Émilie
de la Nouvelle Lune 4

La collection Deux solitudes, jeunesse

Après avoir créé en 1978 la Collection des Deux Solitudes, dirigée par Mme Michelle Tisseyre, afin de faire connaître au Canada français les grands auteurs anglophones – tels Robertson Davies, Margaret Laurence, Mordecai Richler –, les Éditions Pierre Tisseyre ont décidé de mettre sur pied, en 1980, la collection Deux solitudes, jeunesse.

La collection Deux solitudes, jeunesse a pour but de faire connaître aux jeunes lecteurs francophones du Québec et des autres provinces les romans les plus importants de la littérature canadienne-anglaise pour la jeunesse. Déjà plus d'une trentaine de titres, choisis pour leur qualité littéraire et leur originalité, font honneur à cette collection, dont les romans de Kit Pearson, Bryan Doyle, Frank O'Keeffe, Margaret Buffie, et la merveilleuse série des *Émilie de la Nouvelle Lune* de Lucy Maud Montgomery, en quatre volumes.

À l'automne 1998, les Éditions Pierre Tisseyre ont relancé la collection Deux solitudes, jeunesse dans le but d'offrir aux jeunes lecteurs francophones et aux étudiants de plus en plus nombreux dans les classes d'immersion des romans qui leur ouvrent de nouveaux horizons et qui leur permettent d'apprécier une culture à la fois si proche et si différente de la leur.

LUCY MAUD MONTGOMERY

Émilie
de la Nouvelle Lune 4

traduit de l'anglais par
PAULE DAVELUY

ÉDITIONS PIERRE TISSEYRE
5757, rue Cypihot — Ville Saint-Laurent, H4S 1X4

Dépôt légal : 2ᵉ trimestre 1991
Bibliothèque nationale du Canada
Bibliothèque nationale du Québec

Données de catalogage avant publication (Canada)

Montgomery, L.M. (Lucy Maud), 1874-1942

(Emily of the New Moon, Français)

Émilie de la Nouvelle Lune

(Collection des deux solitudes, jeunesse, 8-11).
Traduction de : Emily of the New Moon.
Éd. originale : © 1983.
L'ouvrage complet comprendra 4 v.
Pour les jeunes.

ISBN 2-89051-422-6 (v. 4)

I. Titre II. Titre : Collection.

PS8526.O55E5214 1991   jC813'.52   C91-096189-1
PS9526.O55E5214 1991
PR9199.3.M6E5214 1991

À Stella Campbell Keller
de la tribu de Joseph

I

1

«Fini, pour moi, le thé de fleurs», écrivit Émilie Byrd Starr dans son journal, le soir où elle rentra de Shrewsbury à la Nouvelle Lune, ses jours d'école secondaire derrière elle. Devant, l'immortalité l'attendait.

Le thé était un symbole. Que la tante Élisabeth l'autorise à boire du thé véritable, non en guise de concession occasionnelle, mais comme un fait accompli, signifiait que la vieille demoiselle se résignait à ce que sa nièce devienne une adulte. D'autres ne la voyaient pas autrement depuis belle lurette. À preuve, le cousin Andrew Murray et le copain Perry Miller l'avaient, tous deux, demandée en mariage et s'étaient vus éconduire sans plus de cérémonie. Ayant appris la chose, la tante Élisabeth avait compris qu'il serait ridicule de limiter Émilie au thé de fleurs. «Mais qu'elle n'aille pas pour autant s'imaginer qu'elle portera jamais des bas de soie! Un jupon — vêtement caché — serait toléré, à la rigueur, en dépit de son frou-frou séduisant, mais des bas de soie, jamais: ils étaient immoraux.»

C'est donc par le moyen du thé qu'Émilie — «Elle écrit!» disaient d'elle les gens qui la connaissaient, à ceux qui ne la connaissaient pas — fut acceptée comme l'une des dames de la Nouvelle Lune, cette ferme de l'Île-du-Prince-Édouard où rien n'avait changé depuis qu'elle y était venue, sept ans plus tôt, et où le même ornement sculpté, sur le buffet, projetait toujours la même bizarre silhouette éthiopienne là où elle l'avait admirée, le premier soir. La vieille maison y poursuivait, depuis de longues années, sa calme et sage existence un tant soit peu mystérieuse. Un tant soit peu austère, aussi, mais extrêmement chaleureuse. À Blair Water et à Shrewsbury, on trouvait que c'était là un horizon plutôt bouché pour une jeune personne du calibre d'Émilie et on la trouvait folle d'avoir refusé l'offre que Janet Royal lui avait faite «d'un poste dans un magazine de New York». Folle, d'avoir rejeté une telle occasion de se réaliser. Mais Émilie, qui savait exactement de quelle façon elle voulait se réaliser, ne pensait pas que l'horizon fût bouché, à la Nouvelle Lune, ou qu'en choisissant d'y rester, elle avait perdu sa chance de gravir les sommets alpestres auxquels elle aspirait.

Elle appartenait de plein droit à l'ordre ancien des «raconteurs». Née aux premiers temps du monde, elle eût enchanté sa tribu par ses contes, le soir, auprès du feu; née de ce siècle, elle devait toucher son public par les moyens modernes.

Mais les trames des histoires sont les mêmes, peu importent l'époque et les lieux où elles se déroulent. Les naissances, décès, mariages et scandales restent toujours d'actualité, en ce bas monde. Aussi s'attela-t-elle à l'écriture avec l'intention bien arrêtée de conquérir la gloire, la fortune et quelque chose de plus qui n'était ni l'une, ni l'autre. Écrire n'était pas, pour Émilie Byrd Starr, une affaire de gros sous ou de couronnes de lauriers. C'était ce qu'il fallait faire. Beaux ou laids, les objets, les sentiments, réclamaient jusqu'à l'obsession qu'elle les couche sur papier. Elle passait du tragique au comique comme en se jouant, et la facétie, le drame coulaient indifféremment de sa plume. Un monde de rêves immortels, embusqués derrière le rideau du réel, l'avait choisie comme interprète. Pas question de passer outre à ce devoir ou de s'y soustraire.

Elle débordait de la pure joie d'exister qui est l'apanage de la jeunesse. La vie l'appelait, l'incitait à aller de l'avant. Il lui faudrait se battre, elle ne l'ignorait pas. Elle blesserait constamment — c'était inévitable — ses concitoyens de Blair Water qui lui demanderaient d'écrire leurs notices nécrologiques. Qu'elle emploie un seul terme sortant de l'ordinaire et ils prétendraient, réprobateurs, qu'elle «tirait du grand». Abonderaient les lettres de rejet, et les jours où elle se sentirait vidée de toute inspiration. Il y aurait aussi le miel amer des compliments à rebours... «texte qui mériterait mieux»... etc., qui lui donneraient le goût de jeter l'horloge du salon par la fenêtre, comme l'avait fait Marie Bashkiertseff. Et les jours difficiles où elle ne croirait plus, comme avant, qu'il y a, dans la poésie de la vie, autant de vrai que dans sa prose, mais que poésie comme prose sont des leurres hors de la portée des mortels.

Elle savait que sa tante Élisabeth tolérait, sans pourtant l'approuver, sa manie d'écrire. Au cours des deux années qu'Émilie avait passées à l'école secondaire de Shrewsbury, elle avait, au grand étonnement de sa tante, gagné de l'argent avec ses poèmes et ses récits. Ce fait expliquait la tolérance qu'on lui manifestait. De mémoire d'homme, aucun Murray n'avait pratiqué un tel métier. Et maîtresse Murray n'aimait guère se sentir exclue de quoi que ce soit. Que sa nièce ait un autre univers que celui de la Nouvelle Lune et de Blair Water, univers où la plus déterminée des parentes ne pouvait la suivre, la remplissait de dépit. Les yeux d'Émilie restaient perdus dans des rêves agréables et secrets qui enlevaient à sa tante Élisabeth le goût de faire siennes les ambitions de sa nièce. Après tout, nul n'aime être coupé d'une source vive, pas même la plus autonome des Murray de la Nouvelle Lune.

2

Émilie avait dix-sept ans. Et se réjouissait là où croissaient et se multipliaient les arbres qu'elle aimait, ces vieux géants plantés par des ancêtres mis en terre juste dessous. Au cœur du jardin enchanté de la Nouvelle Lune, parfumé d'odeurs de pin et de roses, tout vibrant des mélopées du vent soufflant sur le golfe et sur le boisé du Grand Fendant, elle se dressait, mince et virginale, ses cheveux pareils à une soie noire luisante. Ses yeux pervenche se cernaient d'ombres violettes. Ils paraissaient plus sombres que nature chaque fois qu'elle se laissait aller à sa passion d'élaborer une intrigue dans sa tête. Le pli Murray soulignait les commissures de ses lèvres, et ses oreilles, un tantinet pointues, ressemblaient à celles de Puck, du *Songe d'une nuit d'été*.

Sans doute était-ce à cause de ce pli et de ces lobes effilés que ses connaissances la traitaient de coquine. La courbe allant de son menton à son cou était exquise, et son sourire, ensorceleur. C'était le beau fruit qui a mûri lentement et dont l'épanouissement soudain éblouit. Cela dit sans s'arrêter aux chevilles, que l'odieuse tante Nancy de Priest Pond vantait à loisir. Et aux joues roses qui, pour un rien, viraient au pourpre sous le coup de l'émotion. Ce rien, ce pouvait être une voile blanche quittant le port dans la splendeur du matin, les eaux du golfe sous la lune, ou un sifflement familier venu du boisé du Grand Fendant.

Jolie? Oui, sans aucun doute, mais on ne la mentionnait jamais, quand on énumérait les «belles» de Blair Water. Nul cependant n'oubliait son visage, qui l'avait jamais regardé. Nul n'interrogeait, lors d'une seconde rencontre: «Il me semble vous avoir déjà vue...» Elle avait hérité, de générations de séduisantes ancêtres, un soupçon de chacune de leurs personnalités. Elle avait la grâce de l'eau qui court et quelque chose de son éclat et de sa limpidité. Ses pensées l'agitaient comme l'aquilon. Ses émotions l'emportaient. C'était l'une de ces créatures vibrantes dont on a peine, lorsqu'elles s'éteignent, à se persuader qu'elles sont vraiment mortes. Au sein du clan terne et sage des Murray, elle resplendissait tel un diamant. On l'aimait, ou on ne l'aimait pas, mais elle ne laissait personne indifférent.

Pendant son enfance, alors qu'elle vivait encore avec son père dans la vieille maison de Maywood où ce dernier était mort, Émilie s'était mise en quête du point de chute de l'arc-en-ciel. Elle avait traversé «à la fine épouvante» les champs longilignes mouillés de pluie et gravi les collines, l'espoir au cœur, mais, plus elle avançait, plus l'arc coloré pâlissait, s'évanouissait. Et Émilie s'était retrouvée, déçue, dans une vallée inconnue, ne sachant plus trop où était sa maison.

— Il y aura d'autres arcs-en-ciel, s'était-elle dit, les yeux pleins de larmes, mais le menton déterminé.

Émilie n'aurait de cesse qu'elle n'ait trouvé le point de chute de l'arc-en-ciel.

3

La vie avait changé à la Nouvelle Lune. Il lui fallait s'y adapter. S'adapter aussi à une certaine solitude. Ilse Burnley, la fantasque compagne de sept années de connivence, était partie étudier la littérature et l'art dramatique à Montréal. Les deux amies s'étaient quittées en pleurs, se jurant fidélité. Jamais plus ne se retrouveraient-elles pareilles, sur ce terreau de leur amitié. Car, qu'ils le veuillent ou non, se glisse entre les amis — même les plus intimes — qui reprennent contact après séparation, un froid, causé par cette même séparation. «L'autre» a changé, croit-on. Et l'on s'en désole, sans se rendre compte que, peut-être, il s'agit là, pour cet autre, d'une nette amélioration.

Avec ses antennes sensibles, Émilie avait senti cela beaucoup mieux qu'Ilse et s'était convaincue que, d'une certaine façon, elle disait adieu à la Ilse d'antan.

Perry Miller était parti, lui aussi. Il ne serait plus jamais là, le garçon de ferme de la Nouvelle Lune, récipiendaire de la médaille d'honneur de l'école secondaire de Shrewsbury, la cible favorite de Ilse, le soupirant qu'Émilie éconduisait régulièrement, mais qui ne se tenait jamais pour battu. Perry perfectionnait son droit dans un bureau de juristes de Charlottetown, l'œil tendu vers le succès. Perry n'était pas en quête du point de chute de l'arc-en-ciel ou de mythiques cagnottes d'or. C'est à la réussite qu'il aspirait et il mettait tout en œuvre pour y accéder. Les gens commençaient à croire qu'il y arriverait. Après tout, l'abîme séparant le clerc de Me Abel du banc de la Cour Suprême du Canada n'était pas plus vaste que celui qui séparait ce même clerc du gamin aux pieds nus de Stovepipe Town.

Il restait un peu plus du chasseur d'arcs-en-ciel en Teddy Kent du Trécarré qu'il n'en restait en Perry Miller. Teddy aussi quittait son coin de pays. Pour les Beaux-Arts de Montréal. Il connaissait depuis longtemps, comme Émilie, les délices, les désespoirs et les angoisses de la quête des arcs-en-ciel.

— Même si *nous* n'en trouvons jamais le bout, avait-il dit à Émilie, alors qu'ils s'attardaient dans le jardin de la Nouvelle Lune, le soir précédant son départ, sous le ciel violet d'un prodigieux crépuscule nordique, la quête l'emporte sur la découverte.

— Mais nous le trouverons, ce point de chute, dit Émilie, en fixant des yeux une étoile qui brillait au-dessus de l'une des Trois Princesses. (L'emploi par Teddy du «nous» l'avait ravie par ses implications. Lucide, elle n'avait jamais tenté de se dissimuler à quel point Teddy comptait pour elle. Comptait-elle pour lui? Un peu? Beaucoup? Ou pas du tout?)

— Je n'en sais vraiment trop rien, dit Teddy, en regardant d'un air morose Jonquille, le chat gris d'Émilie, qui jouait à se prendre pour un tigre dans les bosquets de spirées. Maintenant que l'heure du départ a sonné, je me sens vidé. Qui sait, je n'ai peut-être pas ce qu'il faut pour réussir. Mon petit talent pour le dessin, à quoi ça peut bien mener? Surtout quand j'y pense par les nuits d'insomnie, à trois heures du matin.

— Je connais cette impression, acquiesça Émilie. La nuit dernière, une intrigue m'a tourné dans la tête pendant des heures et

15

j'en ai conclu que ça ne servait à rien d'espérer arriver à quoi que ce soit dans le domaine des Lettres. Je me suis couchée sur cette constatation et j'ai mouillé mon oreiller de larmes. Je me suis éveillée à trois heures, et je n'avais même plus le désir de pleurer. Les larmes semblaient aussi ridicules que le rire ou que l'ambition. Un véritable naufrage. Puis, je me suis levée, dans le petit matin frisquet et j'ai commencé une nouvelle histoire. Ne laisse pas la déprime de trois heures du matin saper tes énergies.

— Le malheur, dit Teddy, c'est que cette heure-là revient toute les nuits. À cette heure maudite, je me persuade toujours que si je désire quelque chose avec trop d'ardeur, je ne l'obtiendrai pas. Et il y a deux choses que je désire très fort. La première, c'est d'être un grand artiste. Je ne me suis jamais cru poltron, Émilie, mais là, j'ai peur. S'il fallait que je rate mon coup! Tout le monde rirait de moi. Ma mère dirait qu'elle me l'avait bien dit. Elle déteste me voir partir, c'est évident. Partir, et revenir bredouille. Autant rester.

— Jamais de la vie! s'écria passionnément Émilie, qui se demandait, in petto, quelle était l'autre chose que Teddy voulait si fort. Tu ne dois pas avoir peur. Mon père m'a dit de n'avoir peur de rien, dans sa dernière conversation avec moi, la nuit où il est mort. Emerson disait: «Fais toujours ce que tu crains de faire.»

16

— Bah! Emerson a dit ça quand il en a eu fini d'avoir peur. Facile d'être courageux quand on dételle.

— Tu sais que je crois en toi, Teddy, murmura doucement Émilie.

— Oui, je le sais. Toi et M. Carpenter, vous êtes les seuls à me faire confiance. D'après Ilse, même Perry a de bien meilleures chances que moi de faire fortune.

— Mais tu ne cours pas après la fortune. Tu cours après l'or de l'arc-en-ciel.

— Et si je me fourvoyais et que je te déçoive. Je ne me le pardonnerais pas.

— Tu ne te fourvoieras pas. Regarde cette étoile, Teddy, celle qui brille au-dessus de la plus jeune princesse: c'est Véga de la Lyre, ma préférée. Te souviens-tu des histoires merveilleuses que tu nous contais sur cette étoile, il y a des années, quand toi et moi et Ilse regardions le cousin Jimmy faire bouillir les pommes de terre dans le verger? Tu prétendais y avoir vécu, dans une vie antérieure. Trois heures du matin, ça n'existe pas, sur cette étoile-là.

— Quels enfants insouciants nous étions! fit Teddy, avec la voix de l'homme mûr qui se rappelle les folies de sa jeunesse.

— Promets-moi, dit Émilie, que chaque fois que tu verras cette étoile, tu te souviendras que je crois en toi.

— Toi-même, promets-moi que chaque fois que tu la verras, tu penseras à moi. Ou, plutôt, promettons-nous que chaque fois que nous la regarderons, nous penserons l'un à l'autre. *Toujours*. Partout, et aussi longtemps que nous vivrons.

— Je le promets, dit Émilie, que le regard de Teddy faisait trembler.

C'était un pacte romantique. Qui menait à quoi? Émilie n'en savait trop rien. Elle savait seulement que Teddy s'en allait, que la vie lui paraissait soudain morne et froide, que le vent du golfe semblait pleurer dans le boisé du Grand Fendant et que l'été s'achevait. Et que le pot d'or au fin bout de l'arc-en-ciel reposait sur une lointaine colline quasi inaccessible.

Pourquoi avait-elle dit cette chose, à propos de l'étoile? Pourquoi le crépuscule d'automne et l'odeur des pins et les derniers reflets du soleil couchant mettaient-ils dans la bouche des gens des mots aussi absurdes?

II

1

«Aujourd'hui, le numéro de décembre de *Marchwood* est arrivé. Mon poème *Les ailes repliées* y était reproduit. Je le mentionne dans mon journal parce que ce poème occupait une page entière et qu'il était illustré. C'est la première fois qu'on fait à mes vers un tel honneur. Camelote, dirait sans doute M. Carpenter, qui éreinte une œuvre par son silence beaucoup mieux qu'avec des mots.

«Mon poème avait vraiment si grand air qu'on le lisait d'emblée. Grâces soient rendues à l'éditeur qui a jugé bon de le faire illustrer. Il m'a redonné confiance en moi-même.

«L'illustration, en soi, n'avait rien de transcendant. L'artiste n'a rien compris à mon

19

poème. Teddy s'en serait mieux tiré. Il a beaucoup de succès, à l'école des Beaux-Arts. Et Véga brille toutes les nuits. Je me demande s'il pense à moi, quand il la voit. Ou même, s'il la voit jamais. Les lumières électriques de Montréal la cachent peut-être. Il semble qu'Ilse et lui sortent souvent ensemble. C'est heureux pour eux qu'ils se connaissent, dans cette grande ville pleine d'étrangers.»

2

«26 novembre, 19-

«Nous avons connu, aujourd'hui, une merveilleuse après-midi d'arrière-saison, chaude encore d'été, et douce d'automne. Je suis restée assise à lire un long moment dans le cimetière près de l'étang. Tante Élisabeth trouve que c'est un endroit morbide et dit à Tante Laura qu'il y a en moi quelque chose de pas normal. C'est pourtant un endroit magnifique où tous les parfums sauvages de Blair Water se promènent sur les ailes du vent. Et tout y est silencieux et serein, des vieux tombeaux aux petits tertres verts semés de fougères gelées. Des hommes et des femmes de ma famille y reposent, qui ont connu, au cours de leur vie, victoires comme défaites et dont les cendres forment maintenant la seule réalité. Dans cette enclave, je ne me sens jamais portée à des extrêmes d'exultation ou de dépression. J'aime les vieilles dalles de granit, en particulier celle de Mary Murray, avec son *J'y suis, j'y reste*, cette inscription dans laquelle son mari avait concentré tout le venin accumulé contre elle pendant leur vie commune. Le tombeau de celui-ci est juste à côté, et je suis persuadée qu'ils se sont réconciliés depuis longtemps. Peut-être même qu'ils reviennent, de temps à autre, quand la lune croît, regarder l'inscription et en rire. Elle s'efface de plus en plus sous les lichens. Cousin Jimmy a cessé de les ratisser. Il n'en restera bientôt qu'une tache verte et argent sur la vieille pierre rouge.»

«20 décembre, 19-

«Aujourd'hui a été une bonne journée et je m'en sens toute ragaillardie. Le magazine *Madison* a acceptée mon histoire *Une faille dans l'acte d'accusation*!!! Oui, ça mérite quelques points d'exclamation. Si ce n'était M. Carpenter, je l'écrirais en italiques. En MAJUSCULES. C'est très difficile d'entrer là. J'ai essayé tant et plus et n'ai jamais reçu, pour mes peines, qu'une moisson de «nous sommes au regret». Et voilà que ses portes s'ouvrent devant moi. Être publié par *Madison* indique de façon nette que vous grimpez d'un palier la montagne des sommets. Le cher rédacteur en chef a poussé la gentillesse jusqu'à m'écrire que mon histoire était charmante. Quel homme aimable!

«Il m'a envoyé un chèque de cinquante dollars. Je pourrai bientôt rendre à tante Ruth et à oncle Wallace ce qu'ils ont dépensé pour moi à Shrewsbury. Comme à l'accoutumée, tante Élisabeth a regardé le chèque d'un air dubitatif, mais elle s'est abstenue — c'était nouveau — de se demander si la banque l'honorerait. Les beaux yeux de tante Laura rayonnaient de fierté.

«Cousin Jimmy dit qu'à son avis, *Madison* vaut tous les magazines yankees mis bout à bout.

«Je me demande si Dean Priest aimera *Une faille dans l'acte d'accusation*. Et s'il le dira. Il ne loue jamais mes écrits. Et j'ai constamment envie de l'y contraindre. Son jugement compte, à mes yeux, autant que celui de M. Carpenter.

«Dean m'étonne. Il rajeunit, on dirait. Il y a quelques années, je le trouvais vieux. Maintenant, il ne me semble plus qu'entre deux âges. Si ça continue, ce sera bientôt une jeunesse. Sans doute est-ce que je mûris et que je le rattrape. Tante Élisabeth n'aime pas plus qu'avant qu'il me fréquente. Elle manifeste à tous les Priest une antipathie marquée. Mais moi, je ne sais vraiment pas ce que je deviendrais sans l'amitié de Dean. Il est le sel de ma vie.»

«15 janvier, 19-

«Journée d'orage. Je n'ai pas dormi de la nuit, après le rejet de quatre manuscrits qui me semblaient particulièrement réussis. Comme Mlle Royal me l'avait prédit, je me suis sentie stupide de ne pas l'avoir suivie à New York, au moment où elle m'en a offert l'occasion. Je suis restée morose tout l'avant-midi, et j'ai attendu le courrier, bouée possible pour me tirer de mon cafard. Il y a, dans l'attente du courrier, un sentiment d'expectative doublé d'incertitude. Que m'apportera celui d'aujourd'hui? Une lettre de Teddy? (Teddy écrit des lettres délicieuses!) Une belle enveloppe mince contenant un chèque? Une grosse enveloppe lamentablement éloquente? L'un des fascinants griffonnages de Ilse? Hélas! Rien de tout cela. Seulement une épître courroucée de la cousine issue de germains Beulah Grant, de Derry Pond, qui prétend, et s'en montre furieuse, que je l'ai mise dans mon histoire *Une folie qui va de soi*, qu'un journal pour les agriculteurs, fort populaire au pays, vient tout juste de reprendre. «Elle n'a pas, me dit-elle, l'habitude qu'on la ridiculise dans les journaux et est-ce que je voudrais bien, à l'avenir, avoir la bonté de m'abstenir de faire d'elle la fable du canton.» La cousine issue de germains a la plume facile, mais elle m'a mise en fureur. Je n'ai jamais *pensé* à elle en écrivant cette histoire. Elle est tellement banale, la malheureuse. Elle n'a rien de commun avec *la tante Kate* du récit, vieille dame débordante de vivacité et d'humour.

«Cousine Beulah a écrit à tante Élisabeth, par la même occasion, et il y a eu de la casse. Tante Élisabeth ne veut pas croire à mon innocence. Elle prétend que *la tante Kate* du récit est la réplique exacte de cousine Beulah et elle me prie poliment — les prières polies de tante Élisabeth ont toujours de quoi intimider — de ne pas caricaturer les membres de ma famille dans mes futures productions.

— C'est indigne d'une Murray, a-t-elle déclaré, du haut de sa superbe, de s'enrichir à même les ridicules des membres de son clan.

«Les prédictions de Janet Royal se réalisent. Avait-elle aussi raison pour tout le reste? Si oui...

«Le coup le plus meurtrier m'est venu de cousin Jimmy, qui a ri sous cape en lisant *Une folie qui va de soi.*

— T'en fais pas pour la vieille Beulah, chaton, qu'il m'a soufflé. Tu l'as bien dépeinte dans *tante Kate.* Je l'ai reconnue avant la fin de la première page. À son nez.

Et voilà! J'ai malencontreusement doté la tante Kate d'un long nez recourbé. On ne

24

peut nier que le nez de cousine Beulah soit long et tortueux. Des innocentes ont été pendues sur la foi de preuves moins concluantes. J'ai eu beau protester que la cousine n'y était pour rien, cousin Jimmy a ri plus fort et conclu:

— Tu veux garder ça secret. Ça se comprend.

«Si tante Kate ressemble vraiment à Beulah Grant, je me suis bougrement fourvoyée.

«Je me sens mieux, maintenant que j'ai noté ce fait. Je me suis délestée d'une bonne partie de mon ressentiment et de mon sentiment d'impuissance.

«C'est à cela que ça sert, un journal, pas vrai?»

3

«**3 février, 19-**

«Grosse journée, aujourd'hui. J'ai reçu trois acceptations. Et l'un des éditeurs m'a demandé de lui envoyer d'autres textes. Ça m'effraie un peu. S'il les rejette, l'humiliation est plus grande que lorsqu'on expédie un manuscrit à quelque ombre falote derrière un pupitre à des milliers de milles de chez soi.

«J'ai aussi découvert que je ne suis pas capable d'écrire sur commande. J'ai essayé, récemment. Le rédacteur de *Young People* m'a demandé une nouvelle sur un certain thème. Je l'ai écrite. Il me l'a retournée en me signalant quelques faiblesses et en me demandant de la récrire. Je m'y suis essayée. J'ai changé des mots et annoté entre les lignes jusqu'à ce que mon texte ressemble à une courtepointe d'encres noires, bleues et rouges. J'ai finalement soulevé l'un des ronds du poêle de la cuisine et j'y ai jeté mon texte original et ses variantes. À l'avenir, je n'écrirai plus que ce qui me plaît. Que les éditeurs aillent... se faire pendre.

«Il y a des aurores boréales et une nouvelle lune brumeuse, ce soir.»

4

«Mon histoire *Une bonne plaisanterie* a paru dans le *Home Monthly*, aujourd'hui. Mais je n'étais qu'une des collaboratrices mentionnées sur la page couverture. Toutefois, pour faire contrepoids, on m'a citée dans la présentation comme «l'une des collaboratrices bien connues et appréciées du magazine *Girlhood Days*.» Cousin Jimmy avait lu cette présentation et je l'entendais se murmurer à lui-même pendant qu'il coupait du bois: une collaboratrice bien connue et appréciée. Il s'est ensuite rendu au magasin général et m'a acheté un nouveau calepin Jimmy. Je ne m'en achète moi-même jamais: ça le frustrerait. Il regarde la petite pile de calepins sur ma table avec révérence, intimement persuadé que toutes sortes de mots magnifiques y sont enfermés dans le fouillis des descriptions, des dialogues et des personnages.

«Je soumets toujours mes histoires à Dean pour qu'il les lise. Je ne peux m'en empêcher. Pourtant, il me les rapporte toujours sans le moindre commentaire ou, pis, avec des éloges mitigés. C'est devenu une sorte d'obsession, pour moi, que Dean en vienne à reconnaître que j'écris des textes qui se tiennent. Ce serait un triomphe. Mais jusqu'à ce qu'il le fasse — si jamais il le fait — tout ne sera que cendre et poussière. Car lui, il connaît ça.»

5

«**2 avril, 19-**

«Le printemps a affecté de sa magie un certain jeune homme de Shrewsbury qui vient, de temps à autre, me rendre visite à la Nouvelle Lune. Ce n'est pas un soupirant dûment accepté par la maison des Murray. Pas plus que par Émilie Byrd Starr elle-même, ce qui importe quand même davantage. Tante Élisabeth s'est étonnée que j'aille avec lui au concert. Elle est restée debout à m'attendre.

— Vous voyez, je ne me suis pas mariée en cachette, tante Élisabeth, lui ai-je dit, en rentrant. Je vous promets que je ne le ferai jamais. Si j'ai envie d'épouser un homme, je vous en préviendrai et je l'épouserai, même si vous ne l'aimez pas.

«Je ne sais si tante Élisabeth s'est couchée rassurée. Ma mère s'est mariée en cachette... et tante Élisabeth croit que c'est héréditaire.»

6

«15 avril, 19-

«Ce soir, j'ai gravi la colline et je me suis promenée au clair de lune autour de la Maison Déçue. La Maison Déçue a été bâtie il y a trente-sept ans — enfin, partiellement — pour une fiancée qui n'y est jamais venue. Elle est là depuis ce temps, ses fenêtres condamnées, inachevée, le cœur brisé, hantée par les fantômes timides des choses qui eussent pu être mais ne furent jamais. Elle me fait de la peine. Ses yeux aveugles n'ont jamais rien vu et n'ont même pas de souvenirs. Aucune lampe familiale n'a jamais lui à travers ses carreaux, sauf une fois, il y longtemps, alors qu'ils ont reflété l'éclat d'un feu de foyer. Ça aurait pu être une si charmante petite maison, pelotonnée contre sa colline boisée, se cachant parmi les épinettes. Une petite maison chaleureuse et amicale. Pas du tout comme celle que Tom Sample se bâtit au Tournant. Celle-là est méchante, avec de petits yeux et des coudes aigus. Étonnant comme les maisons ont leur personnalité avant même qu'on les habite! Un jour, il y a longtemps, quand Teddy et moi étions enfants, nous avons arraché une planche à la fenêtre, enjambé l'appui et fait un feu dans le foyer. Nous nous sommes assis et nous avons arrêté le plan de nos deux vies. Nous avons décidé de les passer ensemble dans cette petite maison. Teddy a sans aucun doute oublié ces fantaisies enfantines. Il écrit souvent, et ses lettres débordent de joie. Elles lui ressemblent. Il me conte des tas de petites choses sur sa vie. Depuis quelque temps, pourtant, ses lettres sont devenues impersonnelles. Elles pourraient tout aussi bien être adressées à Ilse qu'à moi.

«Pauvre petite maison! J'ai bien peur que tu ne restes toujours déçue!»

7

«Le printemps est revenu. Les jeunes peupliers ont des feuilles dorées éthérées. Derrière les dunes, au sable lilas, des milles marins d'océan ondulent doucement.

«L'hiver a passé vite, en dépit de maints crépuscules solitaires et déprimants. Dean rentrera bientôt de Floride. Mais ni Teddy ni Ilse ne viendront dans l'île, cet été. Ilse s'en va sur la côte, visiter une tante, une sœur de sa mère qui ne s'est jamais occupée d'elle auparavant. Et Teddy a la chance d'illustrer une série sur la gendarmerie royale pour un organisme de New York et il passera ses vacances à en tracer des esquisses dans le Grand Nord. Bien sûr, c'est une chance inespérée pour lui et je ne m'en attristerais pas le moins du monde s'il manifestait, lui, un peu de regret de ne pas venir à Blair Water. Mais il n'en a rien fait.

«Sans doute que, pour lui, Blair Water et les souvenirs d'autrefois sont de la vieille histoire.

«Je ne m'étais pas aperçue à quel point j'avais fondé d'espoirs sur la présence d'Ilse et de Teddy ici, cet été. Les attendre m'aidait à traverser les mauvais moments de l'hiver. Quand je pense que pas une fois, cet été, je n'entendrai le signal d'appel de Teddy dans le boisé du Grand Fendant, que, pas une fois, je ne le croiserai par hasard dans l'un ou l'autre de nos repaires favoris, que, pas une fois, nous n'échangerons, au cœur d'un groupe, des signes d'intelligence n'ayant de signification que pour nous deux, toute la couleur se retire de l'existence, laissant celle-ci terne, morne, désolée.

«J'ai rencontré Mme Kent au bureau de poste, hier. Elle s'est arrêtée pour me parler, chose qu'elle fait très rarement. Elle me déteste toujours autant.

— Tu as su que Teddy ne viendra pas à la maison, cet été.

— Oui, ai-je répondu, brève.

«Il y avait, dans ses yeux, un bizarre triomphe douloureux que je m'expliquais. Elle est malheureuse de ce que Teddy ne soit pas là pour *elle*, mais elle exulte qu'il n'y soit pas pour *moi*. Ça prouve qu'il ne cultive pas de sentiment tendre à mon endroit.

«Eh bien, c'est fort probable qu'elle ait raison. Quand même, cessons de nous renfrogner: c'est le printemps.

«Et Andrew est fiancé. À une jeune fille qui plaît à tante Addie. «Elle n'aurait pu me plaire davantage, si je l'avais moi-même choisie», a-t-elle dit à tante Élisabeth, cet après-midi.

«À tante Élisabeth et à moi. Tante Élisabeth fut contente et le manifesta. Tante

Laura pleura un peu. Tante Laura pleure toujours quand quelqu'un qu'elle connaît vient au monde, meurt, se marie ou se fiance, part ou revient, ou vote pour la première fois. Elle était quand même un peu déçue. Andrew m'aurait fait un mari si stable. C'est le moins qu'on puisse dire: Andrew n'a jamais fait d'étincelles, le cher garçon.»

III

1

Au début, nul ne voulut croire M. Carpenter sérieusement malade. Il avait eu, au cours des années précédentes, de nombreuses poussées de rhumatisme qui l'avaient immobilisé pour plusieurs jours. Il revenait ensuite au travail en boitillant, aussi sombre et sarcastique qu'à l'accoutumée, la voix plus coupante que jamais. Enseigner à l'école de Blair Water ne lui procurait plus les satisfactions d'antan. Il ne s'y trouvait plus, selon lui, que des cruches rigolardes sans aucun intérêt. Personne qui pût prononcer correctement août ou pneumonie.

— Je suis fatigué de faire de la soupe dans un tamis, disait-il, bourru.

Les quatre élèves qui avaient été le levain de l'école et qu'il aimait, Teddy, Ilse, Perry et Émilie étaient partis. Peut-être était-il simplement las de tout. Il n'était pourtant pas très âgé, mais il avait brûlé la chandelle par les deux bouts, dans sa folle jeunesse. La petite créature timide et effacée qui lui tenait lieu d'épouse était morte sans déranger personne, l'automne précédent. Elle n'avait jamais paru compter pour M. Carpenter, mais il avait dépéri rapidement, après ses funérailles. Les enfants de l'école redoutaient ses mots cinglants et ses fréquentes colères. Les commissaires hochaient la tête et parlaient de le remplacer, l'année finie.

La maladie de M. Carpenter commença, comme d'habitude, par une crise de rhumatisme. Puis, son cœur s'emballa. Le docteur Burnley, qui lui rendit visite, en dépit de ses dénégations, eut l'air grave et parla à mots couverts du mal de vivre. Louisa Drummond, de Derry Pond, vint le soigner.

M. Carpenter se soumit à ses soins avec une résignation qui n'augurait rien de bon, comme si plus rien, désormais, n'avait pour lui d'importance.

— Faites comme vous voudrez, concéda-t-il. Qu'elle frotte à son goût dans la maison, si ça soulage vos consciences. Du moment qu'elle me laissera tranquille, peu m'importe à quoi elle s'occupe. *Je ne veux pas* qu'on me fasse manger, qu'on me chouchoute et qu'on change mes draps. Et puis, ses cheveux ne me reviennent pas. Trop raides. Trop brillants. Dites-lui d'y voir. Et pourquoi son nez a-t-il l'air d'être toujours froid?

Émilie courait chez lui tous les soirs, lui tenir compagnie un moment. Elle était le seul être dont le vieil homme désirât la présence. Il ne parlait plus guère, mais aimait la trouver là, lorsqu'il ouvrait l'œil. Il échangeait alors avec elle un sourire espiègle, comme s'ils se délectaient ensemble d'une bonne blague qu'eux seuls étaient à même d'apprécier. Ne sachant que penser de cet échange, la tante Louisa s'en formalisait. C'était, au fond, une brave femme. Un cœur maternel battait dans sa poitrine de célibataire, mais les sourires complices qu'échangeaient son moribond et sa visiteuse la déroutaient. Ce qui comptait pour lui n'était-ce pas de sauver son âme? Cet homme n'appartenait pas à l'Église locale. Il ne voulait pas de ministre du culte à son chevet, mais Émilie Starr y était toujours la bienvenue. Et puis, n'est-ce pas, cette fille écrivait. Elle avait été jusqu'à mettre la cousine germaine de sa mère dans un de ses romans. Probable qu'elle cherchait l'inspiration auprès du lit de mort de ce mécréant.

Et la tante Louisa de zieuter avec crainte la machiavélique créature qui allait peut-être la mettre, elle aussi, dans une histoire.

Émilie se refusa longtemps à accepter la fin possible de M. Carpenter, se persuadant qu'il n'était pas si malade qu'il en avait l'air.

L'été le remettrait sur pied. La vie à Blair Water ne se concevait pas sans lui.

Un soir de mai, il sembla prendre du mieux. Ses yeux étincelèrent comme aux beaux jours, débordants d'ironie, sa voix retrouva ses anciennes harmoniques; il taquina sans merci la pauvre Louisa qui ne comprenait rien à ses piques mais les supportait en bonne chrétienne. Il conta une histoire drôle à Émilie et en rit si fort avec elle que la petite pièce aux chevrons bas résonna comme un tambour.

La tante Louisa branla le chef. Elle ne connaissait rien à rien, la pauvre, mais ayant pratiqué longtemps son humble métier d'aide-infirmière, elle savait que ce regain n'annonçait rien de bon. Son malade s'en allait.

Émilie, qui n'en savait rien, rentra chez elle toute réjouie que M. Carpenter ait pris du mieux. Avant peu, il serait de retour à l'école et il tempêterait de plus belle contre ses élèves; il arpenterait la campagne en lisant un classique aux pages cornées. Et il critiquerait ses manuscrits à elle avec l'humour décapant dont elle avait appris à se protéger.

Émilie était contente. M. Carpenter était un ami qu'elle ne pouvait se permettre de perdre.

2

Sa tante Élisabeth l'éveilla à deux heures du matin. On était venu prévenir: L. M. Carpenter faisait demander Émilie.

— Est-il plus mal? s'enquit-elle, en se laissant glisser de son haut lit noir aux colonnes sculptées.

— Mourant, répondit brièvement sa tante. Le docteur Burnley dit qu'il ne passera pas la nuit.

Le désarroi d'Émilie toucha sa tante.

— N'est-ce pas préférable pour lui? dit-elle, avec une gentillesse qui ne lui était pas coutumière. Il est vieux. Fatigué. Sa femme est morte. Il n'aura plus son école, l'année prochaine. Quelle triste vieillesse il aurait en partage! Mieux vaut mourir, pour lui, tu ne crois pas?

— C'est à moi que je pensais, dit Émilie, suffoquée de chagrin.

Elle se rendit chez M. Carpenter dans la nuit de printemps sombre et belle. La tante Louisa pleurait. Émilie n'eut pas une larme. M. Carpenter ouvrit les yeux et lui sourit, de son bon vieux sourire taquin.

— Pas de larmes, murmura-t-il. J'interdis les pleurs auprès de mon lit de mort. Libre à Louisa Drummond de pleurer si elle le veut, mais qu'elle le fasse ailleurs qu'ici. Façon comme une autre de gagner son sel. Elle ne peut plus rien pour moi.

— Y a-t-il quelque chose que *moi*, je puisse faire? s'enquit Émilie.

— T'asseoir là où je puisse te voir jusqu'à la fin, rien de plus. Je ne veux pas partir seul. Il y a combien de vieilles belettes qui attendent mon trépas, dans la cuisine?

— Seulement Louisa Drummond et ma tante Élisabeth, fit Émilie, en retenant un sourire.

— Ne m'en veuille pas si je ne dis pas grand-chose. J'ai parlé toute ma vie. J'en ai fini, maintenant. Il ne me reste plus de souffle. Mais s'il me venait la fantaisie de dire quelque chose, j'aimerais que tu sois là pour l'entendre.

M. Carpenter ferma les yeux et retomba dans le silence. Émilie resta assise à ses côtés. Sa tête se découpait en silhouette contre la fenêtre que l'aurore blanchissait. Les mains fantômes d'un vent capricieux jouaient dans ses cheveux. Le parfum des lys de juin se faufila jusqu'au lit sous la fenêtre et son odeur obsédante, plus douce qu'une musique, rappela à M. Carpenter et à Émilie les parfums perdus des chères années passées. Au loin, deux beaux sapins noirs et élancés de taille absolument identique se dessinèrent, sur le ciel qu'éclairait l'aube, comme les clochers jumeaux de quelque cathédrale gothique émergeant d'une brume d'argent.

Entre les deux sapins brillait une vieille lune usée aussi belle qu'une neuve. Cette beauté réconforta Émilie et l'aida à supporter l'épreuve de cette étrange vigile. Les êtres passaient. La beauté était éternelle.

La tante Louisa venait, de temps à autre, dans la pièce et regardait le moribond. M. Carpenter n'en semblait pas conscient, mais, dès qu'elle sortait, il ouvrait les paupières et faisait un clin d'œil à Émilie. Elle se prit, à son intime horreur, à lui rendre ses clins d'œil, mais ces agissements macabres scandalisaient ce qu'il y avait en elle de Murray.

— Tu es une chic fille, marmonna M. Carpenter, après le deuxième échange de clins d'œil. Je suis heureux que tu sois là.

Vers trois heures, il s'agita. La tante Louisa revint.

— Il ne peut pas mourir avant que la marée baisse, tu sais, expliqua-t-elle à Émilie, en un murmure solennel.

— Ça va faire, les sornettes, articula M. Carpenter à voix forte et claire. Je mourrai quand je serai fin prêt, sacrebleu, marée ou pas marée.

Horrifiée, la tante Louisa tenta de le disculper auprès d'Émilie en assurant qu'il délirait. Elle sortit aussitôt.

— Excuse ma grossièreté, dit M. Carpenter, mais il fallait absolument que je la scandalise pour la faire sortir. Autrement, cette vieille fouine serait restée là, à me regarder mourir. Je n'aurais pas pu le supporter. Je lui ai fourni une bonne histoire à raconter pour le reste de ses jours. Mais je m'en veux. C'est une bonne pâte. Tellement bonne qu'elle en est assommante. Il n'y a pas en elle le moindre brin de malice. C'est ça justement qui lui manque: la pincée de sel qui fait ressortir la saveur d'une personnalité. On en a tous besoin.

Il y eut un autre silence. Puis il ajouta, grave:

— Le problème, c'est que... le Chef... met souvent la pincée trop grosse. Manque d'expérience... il sera plus avisé... après des éternités.

Émilie crut qu'il divaguait, mais il lui sourit.

— Je suis content que tu sois là, chère petite amie. Ça ne t'ennuie pas d'y être?

— Non, dit Émilie.

— Quand une Murray dit non, c'est qu'elle le pense vraiment.

Après un silence, M. Carpenter se remit à parler, davantage à lui-même, cette fois, qu'à un interlocuteur.

— Je m'en vais. Par-delà l'aurore. Par-delà l'étoile du matin. J'ai toujours cru que j'aurais peur. Pas peur du tout. Étonnant. Pense, Émilie, à tout ce que je vais savoir, dans quelques minutes. Plus que tous les mortels ne savent. Toujours voulu savoir. *Savoir.* Jamais aimé les devinettes. J'en ai fini des interrogations sur la vie. Mais pas sur celles de la mort. Je connaîtrai la vérité, Émilie. Encore quelques minutes et je connaîtrai la vérité. Si c'est comme je pense, je serai jeune, de nouveau. Tu ne peux pas savoir ce que ça représente d'être jeune *de nouveau*.

Sa voix sombra un moment dans un murmure indistinct puis s'éleva, très claire.

— Émilie, promets-moi que tu n'écriras jamais pour plaire à personne d'autre qu'à toi-même.

Émilie hésita un moment. Qu'est-ce qu'une telle promesse impliquait?

— Promets, insista M. Carpenter.

Émilie promit.

— Parfait, dit M. Carpenter, avec un soupir de soulagement. Si tu tiens cette promesse, tu n'auras pas à t'en repentir. Rien ne sert d'essayer de plaire à tout le monde et à son père. Vis ta vie sans te laisser séduire par les tenants du réalisme à tout crin. Souviens-toi: les forêts sont aussi réelles que les soues de cochons, et tellement plus plaisantes pour ceux qui s'y trouvent. Tu réussiras. Tu possèdes l'essentiel. Et ne dis pas tout à tes lecteurs. C'est ce qui fait problème, dans notre littérature. Elle a perdu le charme du mystère et de la réserve. Je voulais te dire une autre chose aussi, mais je ne viens pas à bout de m'en souvenir.

— N'essayez pas, fit Émilie, doucement. Vous vous fatiguez.

— Pas... fatigué. J'ai dépassé la fatigue. Je m'en vais. Je suis un raté, pauvre comme la gale. Mais, tout bien considéré, Émilie, j'ai eu une vie mauditement intéressante.

M. Carpenter ferma les yeux et eut l'air si semblable à un mort qu'Émilie esquissa un involontaire mouvement d'alarme. Il éleva une main diaphane.

— Non. Ne l'appelle pas. N'appelle pas cette pleureuse. Juste toi, petite Émilie de la Nouvelle Lune. Fille intelligente, cette Émilie. Qu'est-ce que c'était, donc, que je voulais lui dire?

Un moment plus tard, il ouvrit les yeux et ordonna, la voix puissante:

— Ouvre la porte. Ouvre la porte. On ne fait pas attendre la mort.

Émilie courut à la porte et l'ouvrit toute grande. Un fort vent venu de la mer s'engouffra dans la pièce. La tante Louisa accourut.

— La marée a tourné. Il s'en va avec elle. Il est parti.

Pas tout à fait. Comme Émilie se penchait sur son vieil ami, les yeux d'aigle sous les sourcils en broussaille s'ouvrirent pour la dernière fois. M. Carpenter tenta de cligner de la paupière, mais n'y arriva pas.

— J'y ai... pensé, murmura-t-il. Attention aux italiques.

Y eut-il ou n'y eut-il pas un gloussement espiègle, à la fin des mots? La tante Louisa prétendit que si. Le vieux M. Carpenter, perdu sans rémission, était mort en riant et en marmonnant quelque chose à propos d'italiques. Il délirait, sans nul doute. Elle en conclut que ce lit de mort-là n'avait rien eu d'édifiant et qu'elle était chanceuse de n'en avoir pas davantage du même acabit.

3

Émilie rentra chez elle aveuglée par les larmes, et pleura son vieil ami tout son soûl dans sa chambre. Quel homme magnifique il avait été! Et où était-il, maintenant, avec ses facéties? Dans le pays des ombres, ou dans celui de la lumière? Quelles qu'aient été ses erreurs, il n'avait rien d'un lâche, et Émilie savait que son univers immédiat serait moins chaleureux, maintenant qu'il en était parti. Comme c'était loin, déjà, le moment où elle avait quitté son lit pour se rendre au chevet de son professeur! Elle avait conscience de se trouver à un carrefour. La mort de M. Carpenter n'affecterait pas vraiment sa vie. C'était, néanmoins, un jalon sur lequel elle reviendrait sans cesse dans le cours de son existence, se répétant: «Ce cap passé, tout pour moi fut différent.»

Tout au long de sa vie, elle avait, à ce qu'il lui semblait, progressé par sauts et par bonds. À des étapes très calmes, étalées sur des mois et même des années, avait succédé la prise de conscience soudaine qu'elle quittait le plafond bas du quotidien pour les hautes sphères de l'esprit, plus élevées que tout ce qu'elle avait jamais connu. Et, chaque fois, elle avait eu, au début, le cœur serré et le sentiment d'avoir perdu quelque chose d'important.

IV

1

L'année qui suivit la mort de M. Carpenter se déroula dans le calme pour Émilie et fut assez agréable, en somme, quoique — elle essayait de se le cacher — quelque peu monotone. Pas d'Ilse. Pas de Teddy. Pas de M. Carpenter. Perry? De temps à autre, seulement. Pendant l'été, il y eut Dean. Avec Dean pour compagnon, aucune fille ne se sentait seule. Ils avaient toujours été si bons amis, depuis ce jour où elle était tombée du talus rocheux de la baie de Malvern, et où Dean l'avait sauvée de la mort[*]. Peu importait à Émilie que Dean boite légèrement et qu'une de ses épaules soit plus haute que l'autre, ou que l'éclat rêveur de

---

[*] Voir *Émilie de la Nouvelle Lune 2*.

ses yeux verts donne parfois à sa figure un air inquiétant. Somme toute, personne au monde ne lui *plaisait* autant que Dean. Avec ou sans italiques, quoi qu'en eût dit M. Carpenter.

Il ne plaisait pas à la tante Élisabeth, toutefois. Aucun des Priest ne trouvait grâce devant elle. Il semblait y avoir, entre les Murray et les Priest, une incompatibilité qui ne s'était jamais corrigée, en dépit des mariages occasionnels entre les clans.

— Ces Priest! Vraiment! s'exclamait souvent la tante Élisabeth, la voix empreinte de mépris, reléguant la tribu entière, racines et branches, aux vieilles lunes, d'un geste de sa main maigre de Murray. Ces Priest! Vraiment!

— Les Murray sont les Murray, et les Priest, les Priest, et jamais les deux ne se comprendront! disait Émilie, citant Kipling de travers, alors que Dean lui demandait, feignant le désespoir, pourquoi aucune de ses tantes à elle ne l'aimait, lui.

— Ta grand-tante Nancy, de Priest Pond, me déteste, avait-il dit, avec ce petit sourire qui lui donnait parfois l'allure d'un gnome farfelu. Et ces dames Laura et Élisabeth me traitent avec la politesse glaciale qu'elles réservent à leurs plus chers ennemis. Je crois que je sais pourquoi.

Émilie avait rougi. Elle aussi commençait à se douter du motif pour lequel ses tantes se montraient plus froides que jamais envers

Dean. Elle refusait de s'arrêter à cette pensée et la chassait résolument de son esprit, mais cette pensée refusait d'être chassée. Dean avait changé. Et qu'est-ce que ce changement impliquait? Non, c'était trop absurde. D'ami, Dean se changeait en amoureux. Bêtise! Elle ne voulait pas de Dean comme amoureux, mais le voulait de tout son cœur comme ami. Elle ne pouvait perdre son amitié, qui lui était si chère, si précieuse et stimulante. Pourquoi la vie était-elle si compliquée?

Lorsqu'Émilie en arrivait à ce point de ses rêvasseries, elle revenait rageusement à leurs prémisses, effrayée de s'apercevoir que ce non-sens diabolique était en train de se produire, puisqu'elle-même l'admettait.

Aussi fut-elle, d'une certaine façon, presque soulagée d'entendre Dean déclarer, un soir de novembre:

— Il est grand temps que je pense à ma migration annuelle.

— Où allez-vous, cette année?

— Au Japon. Je n'y suis jamais allé. Ça ne me tente pas particulièrement, remarque, mais à quoi ça me sert de rester ici? Aimerais-tu converser avec moi tout l'hiver dans le petit salon, avec tes tantes à portée de voix?

— Non, dit Émilie, prise entre le fou rire et le froid dans le dos. Elle se souvenait d'un éprouvant soir d'automne où une pluie diluvienne et des vents déchaînés les avaient empêchés de se promener au jardin, Dean et elle, et où ils avaient dû rester assis dans la pièce où la tante Élisabeth tricotait et la tante Laura travaillait au crochet près de la table. Ça avait été épouvantable. Ils n'avaient pu se parler comme ils le faisaient, au jardin; avec la même liberté, les mêmes boutades et la même franchise. Leurs conversations n'avaient pourtant rien d'intime. Ils parlaient de sujets auxquels la tante Élisabeth n'entendait goutte et que, par conséquent, elle désapprouvait. Sans doute était-ce là la raison. Mais quelle qu'elle fût, pour les avantages qu'Émilie tirait d'une telle contrainte, Dean était aussi bien à l'autre bout de la planète.

— Autant partir, n'est-ce pas? fit Dean, espérant que cette fille exquise épanouie dans le vieux jardin lui dise qu'il lui manquerait terriblement, s'il partait. (Elle l'avait prétendu, à chacun de ses départs. Elle ne dit cependant rien, cette fois. Elle ne l'osa pas.)

Pourquoi?

Quand Dean regardait Émilie, ses yeux étaient parfois tendres, parfois tristes, parfois remplis de passion. Son regard, à ce moment précis, reflétait un mélange des trois sentiments. Il *voulait* entendre Émilie dire qu'il lui manquerait, s'il partait, cet hiver. Il partait surtout pour qu'elle se rende compte qu'elle ne pouvait vivre sans lui.

— Je te manquerai, Émilie?

— Bien sûr, répondit-elle, à la légère. (Trop à la légère. Les autres années, elle avait avoué franchement que oui, il lui manquerait. Dean ne regrettait pas vraiment ce changement, mais comment deviner l'état d'esprit de son interlocutrice? Sans doute pressentait-elle ce qu'il s'évertuait, depuis des années, à dissimuler et même à refouler, cette folie, *sa* folie.)

Et alors? Cette indifférence apparente indiquait-elle qu'Émilie se refusait d'admettre qu'il lui manquerait. Ou n'était-ce pas plutôt là une réaction instinctive de défense d'une femme qui refuse d'être piégée?

— Ce sera affreux, ici, cet hiver, sans vous, sans Teddy et Ilse, dit Émilie. Je ne veux même pas m'arrêter à y penser. Déjà, l'hiver dernier a été difficile. Celui qui vient, je le sais, le sera encore plus. Heureusement, j'ai mon travail.

— Ah oui, ton travail, acquiesça Dean, avec cette inflexion à la fois tolérante et goguenarde qui lui venait, maintenant, chaque fois qu'il parlait de «son travail», comme si ça l'amusait qu'on nomme «travail» ses jolies écritures.

«Passons-lui ses fantaisies, à cette charmante enfant», semblait-il dire, aussi carrément qu'avec les mots. Ce sous-entendu blessait l'âme sensible d'Émilie comme la corde du fouet. Et, du coup, son labeur et ses ambitions en devenaient aussi enfantins et négligeables qu'il le pensait. Elle n'était pas de taille à lutter contre lui. Il connaissait tant de choses. Il était si intelligent, si instruit. Il savait tout et, elle, rien. C'est bien cela qui la mettait au supplice. Elle ne pouvait faire fi de son opinion. Elle ne croirait jamais vraiment en elle-même, elle le savait, tant que Dean Priest n'aurait pas admis qu'elle pouvait produire quelque chose de valable. Et il ne l'avait encore jamais admis.

— J'emporterai des images de toi partout où j'irai, mon étoile, dit-il. (Étoile était le surnom qu'il lui donnait, non parce qu'il jouait sur les mots, mais parce qu'elle lui rappelait une étoile.) Je te verrai, assise dans ta chambre, près de ta fenêtre, noircissant joliment du papier, arpentant de long en large ce vieux jardin, vagabondant sur le Chemin d'Hier, les yeux tournés vers la mer. Chaque fois que je me souviendrai d'un joli coin de Blair Water, je t'y verrai. Après tout, la beauté ambiante n'est là que pour servir de décor à la tienne.

«Noircissant joliment du papier», ah! on y était. De ce discours, c'est tout ce qu'entendit Émilie, qui ne s'avisa même pas qu'il venait de lui dire qu'il la trouvait belle.

— Croyez-vous que ce que j'écris n'est rien que «noircir joliment du papier»? interrogea-t-elle, accablée.

Dean parut surpris de sa question.

— Qu'est-ce que ce serait d'autre, alors, mon étoile? Je me réjouis que tu prennes plaisir à écrire. C'est un passe-temps magnifique. Si tu en tires quelque argent, tant mieux! Il en faut. Mais je détesterais que tu te prennes pour une Brontë ou une Austen et que tu t'aperçoives que tu as perdu ta jeunesse à rêver.

— Je ne me prends pas pour une Brontë ou pour une Austen, s'insurgea Émilie. Vous ne parliez pas comme cela, autrefois, Dean. Vous aviez l'air de penser que j'arriverais à quelque chose, un jour.

— On ne détruit pas les rêves d'une enfant, s'excusa Dean. Mais c'est fou de s'accrocher à de tels rêves, quand on grandit. Mieux vaut affronter la réalité. Tu écris des choses charmantes, dans leur genre, Émilie. Contente-toi de cela et ne perds pas les meilleures années de ta vie à aspirer à des sommets hors de ta portée.

2

Cette phrase cruelle, Dean l'avait prononcée sans regarder Émilie. Appuyé au cadran solaire, il paraissait s'appliquer à énoncer une vérité désagréable parce qu'il était de son devoir de le faire.

— Je ne serai pas juste quelqu'un qui écrit de jolies histoires, se révolta Émilie.

Il la regarda en face. Elle était aussi grande que lui, un peu plus, peut-être, bien qu'il ne voulût pas l'admettre.

— Tu n'as pas besoin d'être autre chose que ce que tu es, dit-il, la voix vibrante d'intensité: une femme, comme la Nouvelle Lune n'en a jamais connue. Tu peux accomplir davantage avec ces yeux-là et ce sourire-là que tu ne le pourras jamais avec ta plume.

— On croirait entendre grand-tante Nancy Priest, à vous écouter, rétorqua Émilie, avec autant de cruauté que de mépris.

N'avait-il pas été lui-même cruel et méprisant à son égard?

Le coup de trois heures, cette nuit-là, la trouva angoissée et les yeux grands ouverts. Pendant son insomnie, elle avait été confrontée à deux vérités également détestables. La première, c'est qu'elle ne produirait jamais quoi que ce soit de valable avec sa plume. La seconde, c'est qu'elle allait perdre l'amitié de Dean. Car elle n'avait rien d'autre à lui donner que de l'amitié, et il ne voudrait pas s'en contenter. Elle lui ferait de la peine. Et comment aurait-elle le cœur de faire de la peine à Dean, que la vie avait si cruellement blessé? Elle avait dit «non» à Andrew Murray et refusé en riant la proposition de Perry Miller. Mais ceci était bien différent.

Émilie s'assit dans son lit et soupira.

— Plût au ciel que les amoureux et les soupirants n'existent pas!

Et elle crut qu'elle pensait vraiment ce qu'elle disait.

3

À la lumière du jour, Émilie trouva les choses moins tragiques. Un gros chèque et une bonne lettre d'appréciation l'accompagnant, firent beaucoup pour restaurer sa fierté malmenée. Probablement qu'elle avait prêté à Dean, à cause de ses mots, de ses regards, des sentiments qu'il n'éprouvait pas. Elle ne serait pas la petite oie qui s'imagine que tous les hommes sont amoureux d'elle. Dean avait l'âge de son père, après tout.

Les adieux peu sentimentaux qu'il lui fit, à son départ, la confirmèrent dans cette assurance, la laissant libre de s'ennuyer de lui sans remords. Car il lui manquait terriblement. La pluie d'automne dans les champs, cette année-là, fut plus triste que d'habitude; plus tristes, aussi, les nuages gris, fantômes brumeux rentrant lentement du golfe. Émilie fut heureuse que vienne la neige avec son éclat. Elle se tenait si occupée, écrivant de longues heures et si tard dans la nuit que la tante Élisabeth remarqua à quelques reprises avec force remontrances que le prix de l'huile à lampe grimpait. Comme Émilie payait sa

propre huile, cette allusion ne la toucha pas.
Elle se faisait un devoir de gagner assez pour
remettre à l'oncle Wallace et à la tante Ruth
ce qu'ils avaient dépensé pour elle pendant
ses années d'études. La tante Élisabeth
considérait cette ambition digne de louanges.
Les Murray étaient gens fiers. Ils alléguaient
même qu'ils avaient eu leur bateau à eux,
lors du déluge, la promiscuité à bord de
l'arche leur étant insupportable.

Bien sûr, il y avait encore trop de billets
de rejet, que le cousin Jimmy rapportait du
bureau de poste bouillant d'indignation. Mais
la proportion d'acceptations croissait à un
bon rythme. Chaque intronisation dans un
nouveau magazine représentait un palier vers
les sommets. Émilie apprenait la maîtrise de
son art. Le dialogue amoureux, qui l'avait si
fort ennuyée autrefois, lui venait maintenant
facilement. Les yeux de Teddy Kent lui
avaient-ils donc tant appris?

Il y avait des heures difficiles, où elle se
sentait esseulée. Surtout après les lettres
d'Ilse, si pleines de joyeuses allées-et-venues
à Montréal, de succès au Conservatoire, de
jolies robes neuves. Par les longs crépuscules, alors qu'Émilie regardait, frissonnante,
les champs enneigés, les Trois Princesses
sombres, lointaines, tragiques, elle perdait sa
foi en son étoile. Elle voulait l'été, les
champs de marguerites, la mer embrumée au
lever de la lune, empourprée, au coucher du

soleil. Elle voulait de la compagnie. Teddy. En de tels moments, c'est toujours Teddy qu'elle voulait.

Teddy semblait très loin. Ils s'écrivaient encore, mais les échanges n'étaient plus ce qu'ils avaient été. Soudainement, au cours de l'automne, les lettres de Teddy étaient devenues impersonnelles, guindées. À ces premiers indices de gel, le ton de celles d'Émilie s'était refroidi perceptiblement.

4

Elle connaissait néanmoins des moments d'ivresse, des bonheurs d'écriture qui la baignaient longtemps de satisfaction, moments où elle sentait brûler en elle, flamme inextinguible, la faculté de créer. Elle se sentait alors parfaitement heureuse, libre de tout autre désir, l'égale de Dieu. Grâce à cet univers de rêves, elle échappait à la monotonie et à la solitude. Elle goûtait un bonheur étrange et doux, sans nuages et sans ombres. Quelquefois, elle retournait par la pensée au monde de l'enfance et y vivait de délicieuses aventures, qu'elle n'osait raconter au monde des adultes.

Elle aimait tout particulièrement se promener au clair de la lune, seule avec les plus accomplis des compagnons: les arbres et les étoiles.

La tante Élisabeth n'aimait guère ces échappées solitaires, se rappelant que la mère d'Émilie s'était enfuie, autrefois, pour se marier. Et puis, rôder ainsi dans la nature, c'était bizarre. Aucune autre jeune fille de Blair Water ne le faisait.

— Je ne peux pas rester à l'intérieur, par les nuits de lune, se rebellait Émilie. Il faut que je sorte, que je me promène.

Oh, ce Chemin de Demain, par une calme nuit d'hiver, blanc, mystérieux, comme elle l'aimait! Plus que tous ses autres repaires. Son charme opérait toujours.

Si seulement elle avait eu quelqu'un à qui parler! Une nuit, elle s'éveilla en pleurs, dans l'éclat bleuté d'une lune qui l'inondait de sa froide clarté à travers les carreaux givrés. Elle avait rêvé que Teddy l'avait appelée par-delà le boisé du Grand Fendant, de ce cher sifflement des jours de leur enfance, et qu'elle avait couru vers lui, la joie au cœur, à travers le jardin. Mais elle n'avait pu le trouver.

«Émilie Byrd Starr, se réprimanda-t-elle, que je ne t'y reprenne plus jamais à pleurer sur un rêve!»

V

1

Trois événements marquants se produisirent, cette année-là, altérant le cours tranquille de la vie d'Émilie. À l'automne, elle eut une idylle — du moins, c'est ainsi que la tante Laura la nomma, à la manière victorienne. Le révérend James Wallace, le nouveau pasteur de Derry Pond, un brin efféminé mais débordant de zèle, se trouva mille et un prétexte pour visiter le presbytère de Blair Water. Il s'arrêtait chaque fois, en passant, à la Nouvelle Lune. Les habitants de Derry Pond et de Blair Water devinèrent avant elle qu'Émilie Starr était courtisée par le pasteur. On papota un brin, mais on conclut qu'Émilie sauterait sur l'occasion. Un pasteur! On s'interrogeait pourtant sur les aptitudes de l'élue: elle n'était pas du bois dont on fait les épouses de pasteurs. Mais l'histoire se répétait: Les pasteurs ne fixent-ils pas toujours leur choix sur la dernière fille qui leur convienne!

À la Nouvelle Lune, il y avait divergence d'opinions. La tante Laura, qui voyait M. Wallace comme une menace, espérait qu'Émilie ne le «prendrait» pas. Dans le secret de son cœur, la tante Élisabeth n'était guère emballée par l'homme, elle non plus, mais le ministre du culte la ravissait. Un tel soupirant ne présentait aucun danger: il ne lui viendrait jamais à l'idée de se marier à la sauvette. Aussi considérait-elle Émilie comme chanceuse de le «décrocher».

Quand il devint évident que les visites de M. Wallace à la Nouvelle Lune avaient cessé, la tante Élisabeth en demanda la raison à Émilie et apprit, horrifiée, que l'ingrate fille avait dit à M. Wallace qu'elle ne pouvait l'épouser.

— Et pourquoi pas? s'enquit-elle, le ton désapprobateur.

— À cause de ses oreilles, tante Élisabeth. Ses oreilles, rétorqua Émilie, désinvolte. Je ne pouvais pas courir le risque que mes enfants aient de telles oreilles.

Pouvait-on manquer à ce point de délicatesse? La tante Élisabeth en fut toute retournée. Émilie avait atteint son but: sa tante ne reviendrait plus sur le sujet.

Le révérend James Wallace se sentit appelé à exercer son ministère dans l'Ouest, le printemps d'après. Et le sujet fut clos.

2

Il y eut ensuite, dans l'un des journaux de Charlottetown, une critique vitriolique contre les spectacles d'amateurs de la région. Les gens de Shrewsbury en blâmèrent Émilie Byrd Starr: Qui d'autre qu'elle ironisait avec un tel brio, dans ses écrits? Et puis, bon, cette fille-là n'avait jamais — c'était évident — pardonné aux habitants de son patelin d'avoir cru les ragots la concernant, dans l'affaire de la vieille maison John. C'était là sa revanche. Du Murray tout craché: elle avait nourri son ressentiment pendant des années, attendant l'occasion de se venger. Émilie protesta, en vain, de son innocence. On ne sut jamais qui avait écrit cette critique, mais Émilie en porta l'opprobre tout au long de sa vie.

Juste retour du destin, cette affaire lui profita, car elle fut ensuite invitée à toutes les mondanités de Shrewsbury. Les gens craignaient qu'en la négligeant, ils ne deviennent ses têtes de Turc. Elle ne pouvait assister à toutes les fêtes — Shrewsbury était à sept milles de Blair Water — mais elle alla au dîner dansant de Mme Tom Nickle et fut persuadée, pendant six semaines, que ce dîner avait changé le cours de son existence.

Émilie-dans-la-glace était très jolie, ce soir-là. Elle portait la robe dont elle avait rêvé durant des années. Elle y avait investi, au grand scandale de sa tante, la rémunération entière d'une histoire. En pout-de-soie, bleutée dans une certaine lumière, argentée dans une autre, avec plein de dentelles. Teddy avait dit qu'il la peindrait, dans cet appareil, comme *La jeune fille au sourire*.

Elle eut comme voisin de droite, à table, un homme qui défila un chapelet de blagues tout au long du repas, tant et si bien qu'elle se demanda pourquoi un tel être pouvait bien avoir été créé.

Son voisin de gauche, en revanche, restait muet, mais ses yeux parlaient pour lui. Émilie se dit qu'elle préférait de beaucoup ce genre d'homme, qui dit plus avec les yeux qu'avec les lèvres. Il lui révéla quand même qu'elle ressemblait, dans cette robe-là, «à un rayon de lune dans une nuit d'été». Émilie, qui n'avait jamais su résister à un compliment bien tourné, fut blessée au cœur par cette phrase. La soirée n'était pas finie qu'elle était tombée pour la première fois de sa vie, follement amoureuse. «Amoureuse comme le rêvent les poètes», écrivit-elle dans son journal. Le jeune homme, du nom romantique de Aylmer Vincent, était, lui aussi, tombé éperdument amoureux. Il hantait littéralement la Nouvelle Lune et faisait à Émilie une cour étourdissante. Sa façon de dire «chère Dame» la charmait. Le soir où il lui déclara qu'une belle main est l'un des attributs les plus importants d'une belle femme», et qu'il regarda la sienne avec adoration, Émilie embrassa ses paumes en rentrant à sa chambre parce que «ses» yeux les avaient caressées. Lorsqu'il parlait d'elle, disant, énamouré, qu'elle était «une créature d'ardeur et de flamme», Émilie ardait et flambait dans tous les coins de l'austère Nouvelle Lune. La tante Élisabeth l'éteignit net en la priant de mettre les beignes à frire pour le cousin Jimmy. Lorsque Aylmer lui dit qu'elle était pareille à une opale — laiteuse à l'extérieur, avec un cœur de feu à l'intérieur — elle se demanda si la vie serait toujours aussi belle. «Dire que j'ai cru aimer Teddy Kent!» se répétait-elle, stupéfaite.

Elle négligea ses écritures et demanda à sa tante Élisabeth si elle ne lui donnerait pas la vieille caisse bleue du grenier pour s'en faire un coffre d'espérance. Sa tante accepta aimablement. Les antécédents du jeune homme, scrutés à la loupe, avaient été jugés impeccables. Bonne famille, bonne classe sociale, bon emploi. Tout se présentait sous les meilleures auspices.

3

Il y eut alors un tournant fatal.

Émilie se détacha d'Aylmer Vincent aussi soudainement qu'elle s'y était attachée. Un jour, elle l'aimait; le lendemain, elle ne l'aimait plus. Qu'y faire?

Elle en était consternée. Avait peine à y croire. Elle fit semblant que le vieil enchantement existait toujours. Elle essaya de vibrer, de rêver, de rougir. Peine perdue. Son amour aux yeux noirs — si pareils à ceux d'un bovin, elle s'en avisait soudain — l'ennuyait. Si. Il l'ennuyait. Elle alla même jusqu'à bâiller un soir au beau milieu d'un de ses beaux discours. C'était révélateur.

Elle avait tellement honte d'elle-même qu'elle en devint presque malade. Les habitants de Blair Water la prenaient en pitié, croyant qu'elle avait été plaquée. Ses tantes étaient déçues et désapprobatrices.

«Inconstante. Elle est inconstante, comme tous les Starr», se dit la tante Élisabeth pardevers elle, avec amertume.

Émilie se dit qu'elle méritait ce jugement. Était-elle changeante? Oui, sans aucun doute, puisque sa flamme éblouissante s'était muée si vite en cendres. Il n'en restait pas même une étincelle, pas même un souvenir tendre. D'une plume rageuse, Émilie barbouilla d'encre le passage de son journal sur «l'amour dont rêvent les poètes».

Elle fut longtemps malheureuse de s'être ainsi fourvoyée. N'avait-elle donc pas de cœur? Était-elle donc si superficielle que l'amour lui-même ne représentait plus, pour elle, que le grain qui tombe dans un mauvais sol, comme dans la parabole?

Des tas de filles de sa connaissance avaient connu ce genre d'aventure éphémère. Mais elle! Jamais elle ne s'en serait crue capable. S'emballer, comme elle l'avait fait, pour un beau visage, pour une voix onctueuse, de grands yeux foncés et de jolis discours! C'était à n'y pas croire. Émilie eut l'impression qu'elle s'était conduite comme une écervelée. L'orgueil des Murray en prit un dur coup.

Comble d'ironie, le beau prince d'Émilie épousa, six mois plus tard, une jeune fille de Shrewsbury. Il pouvait bien épouser qui il voulait, Émilie s'en fichait, mais ça soulignait combien ses ardeurs avaient été fragiles, et l'humiliation de cette ridicule aventure n'en fut que plus amère. Andrew aussi s'était vite consolé. Perry Miller ne se consumait pas de chagrin. Et Teddy l'avait oubliée. Était-elle donc incapable d'inspirer à un homme une passion profonde et durable? Bien sûr, il y avait Dean. Mais Dean la quittait tous les hivers, au risque qu'elle soit courtisée et conquise par des soupirants d'occasion.

— Qu'est-ce que j'ai qui ne va pas? se demanda la pauvre Émilie, quelque peu inquiète.

Puis, elle reprit sa plume et connut un secret contentement. Mais, pendant un long moment, les dialogues amoureux de ses textes s'imprégnèrent de cynisme et de misanthropie.

VI

1

Teddy Kent et Ilse Burnley vinrent dans
l'Île pendant l'été pour de courtes vacances.
Teddy avait obtenu une bourse en Arts, dé-
frayant le coût de son séjour à Paris pendant
deux ans, et s'embarquait pour l'Europe deux
semaines plus tard. Il en avait fait part à
Émilie par lettre, avec une certaine désinvol-
ture et elle avait répondu en lui offrant ses
félicitations de camarade et de sœur. Il
n'avait pas été question, dans l'une ou l'autre
missive, de l'or des arcs-en-ciel ni de Véga
de la Lyre.

Émilie n'en attendait pas moins l'arrivée de
Teddy, habitée d'un vague désir dont elle ne
savait que penser mais qui s'incrustait fer-
mement en elle. Peut-être — oserait-elle
l'espérer — que lorsqu'ils se retrouveraient

face à face, dans le boisé familier de leurs anciens rendez-vous, peut-être, oui, que cette froideur qui avait grandi si inexplicablement entre eux s'évanouirait comme s'évanouit le brouillard marin quand le soleil se lève sur le golfe. Sans doute Teddy avait-il eu des aventures amoureuses, comme elle avait eu les siennes. Mais quand il serait là, quand ils se regarderaient au fond des yeux, quand elle capterait son signal dans le boisé du Grand Fendant!...

Ce signal ne vint pas. Le soir du jour où elle savait que Teddy était attendu chez lui, elle se promena au jardin, dans une robe neuve en chiffon bleu poudre, et elle attendit. Le chant du merle faisait monter une rougeur à ses joues et palpiter son cœur. Puis, la tante Laura s'avança dans le crépuscule.

— Teddy et Ilse sont ici, dit-elle.

Émilie entra dans le salon guindé de la Nouvelle Lune, pâle, hautaine, distante. Ilse se jeta à son cou avec l'impétuosité de jadis. Teddy lui tendit la main avec une tiédeur indifférente, égale presque à la sienne. Teddy? Non, pas vraiment. C'était là Frédéric Kent, futur R.A.[*]. Que restait-il du Teddy d'antan dans ce mince et élégant jeune homme à l'air sophistiqué et froid, aux yeux impersonnels, dont l'attitude impliquait qu'il avait relégué

---

[*] R.A. : Royal Academician.

aux oubliettes ses souvenirs et les rêves fous d'autrefois, y compris les insignifiantes campagnardes avec lesquelles il avait partagé son enfance.

En jugeant Teddy de la sorte, Émilie se montrait injuste. Mais elle n'était pas d'humeur à être juste envers qui que ce fût. Nul ne l'est qui vient de se rendre ridicule. Et Émilie sentait que c'était à peu de choses près ce qu'elle venait de faire. Flâner romantiquement au jardin, en portant, exprès, du bleu poudre, guettant un signal amoureux du garçon qui vous a oubliée et qui ne se souvient de vous que comme d'une bonne camarade. C'est cette camarade qu'il venait visiter, selon les règles de la bienséance. Quelle indignité! Au moins, Teddy ne saurait jamais à quel point elle avait été folle. Elle prendrait grand soin de le lui laisser toujours ignorer. Qui, mieux qu'une Murray de la Nouvelle Lune, pouvait se montrer à la fois amicale et distante? Émilie se montra, elle s'en flatta, admirable de savoir-vivre et fut aussi aimable et impersonnelle avec Teddy qu'avec un pur étranger, le félicitant de ses succès sans paraître y attacher le moindre intérêt, posant des questions polies sur son travail, questions qu'il lui retourna aussitôt sur le sien. Elle avait vu quelques-uns de ses dessins dans des magazines. Il avait lu certaines de ses histoires. Ainsi se poursuivit la conversation, creusant entre eux, à chaque phrase, un fossé plus profond. Jamais Émilie ne s'était sentie aussi loin de Teddy. Comme il avait changé, en deux ans d'absence! Leur rencontre eût été, en vérité, éprouvante, n'eût été Ilse qui bavardait avec sa verve et son piquant habituels, établissant les plans de deux semaines de divertissements, posant des centaines de questions, adorable, étourdie, rieuse, habillée sans souci des canons de la mode, de ses oripeaux préférés. Sa toilette était extraordinaire: une chose jaune-vert. Elle avait épinglé une grosse pivoine rose à sa taille et une autre à son épaule. Elle portait un chapeau vert vif orné de fleurs roses. De grands cerceaux de perles se balançaient à ses oreilles. Étrange accoutrement, que personne d'autre qu'elle n'eût osé porter. Et Ilse était, dans cet attirail exotique, l'incarnation d'un millier de printemps tropicaux. Si belle! Émilie s'avisa à nouveau de la beauté de son amie avec un sursaut, non d'envie, mais d'humiliation. À côté des reflets d'or des cheveux d'Ilse, de ses yeux d'ambre et de l'éclat de ses joues roses, elle paraissait sans nul doute pâle et sombre, insignifiante. Teddy était amoureux d'Ilse, ça allait de soi. Il était allé chez elle en premier. Il était avec elle pendant qu'Émilie l'attendait au jardin.

Et puis après? Les dés étaient jetés. Elle se montrerait aussi amicale qu'avant.

Et elle le fut. Mais quand Teddy et Ilse repartirent, ensemble, riant et se taquinant dans le Chemin de Demain, Émilie monta à sa chambre et en ferma la porte à clef. Nul ne la revit avant le lendemain.

2

Les deux joyeuses semaines élaborées par Ilse suivirent, semées de pique-niques, de sauteries et de bombances. La bonne société de Shrewsbury s'avisa qu'il valait la peine de prêter attention à un jeune artiste d'avenir et y prêta conséquemment attention. Ce fut un véritable feu roulant de divertissements, et Émilie tourbillonna tout autant que n'importe qui. Le pied léger dans la danse, prompte à la repartie, mais consumée, tout ce temps, comme ce malheureux fantôme d'une histoire lue autrefois, par le tison ardent qui lui tenait lieu de cœur dans la poitrine. Sentant aussi, tout le temps, sous l'orgueil de surface et la misère cachée, ce sentiment de plénitude qui lui venait quand Teddy était près d'elle.

Elle prit soin de n'être jamais seule avec lui, qu'on n'aurait certes pu soupçonner de chercher à établir avec elle un duo. Son nom était spontanément lié à celui d'Ilse et ils acceptaient de si bon cœur les plaisanteries les concernant qu'il parut évident qu'entre eux tout allait pour le mieux. Ilse n'en avait pourtant rien dit à Émilie. Elle qui racontait à tout venant les romans des autres ne mentionnait jamais, dans ses confidences, le nom de Teddy, ce qui était, en soi, significatif et torturant, aux yeux d'Émilie. Ilse s'enquit de Perry Miller, curieuse de savoir s'il était toujours aussi «épais» qu'avant, et riant qu'une Émilie indignée se porte à la défense de l'absent.

— Il sera Premier Ministre, un de ces jours, je te l'accorde, dit-elle, avec indifférence. Il va travailler comme un fou et sera de toutes les victoires, mais tu ne crois pas qu'il y aura toujours autour de lui un relent de hareng de Stovepipe Town?

Perry vint voir Ilse, se vanta un peu trop de ses succès et fut si bien remis à sa place qu'il ne revint pas. À tout prendre, ces deux semaines semblèrent, à Émilie, comme un véritable cauchemar dont elle crut se défaire quand vint le temps pour Teddy de partir. Il s'en allait sur un voilier jusqu'à Halifax, où il se proposait de tracer quelques esquisses pour un magazine. Une heure avant la marée montante, alors que la *Mira Lee* était à l'ancre dans la rade de Stovepipe Town, il vint lui dire adieu. Il était seul — sans doute Ilse était-elle en visite à Charlottetown — mais Dean Priest était à la Nouvelle Lune et il n'y eut pas, comme elle le redoutait, de solitude *à deux**. Dean reprenait contact

---

* En français dans le texte.

avec elle après les deux semaines de ripaille dont il avait été écarté. Dean ne fréquentait ni les sauteries, ni les pique-niques aux palourdes, mais, pour qui ouvrait l'œil, il semblait toujours rôder aux alentours.

Il se promenait avec Émilie dans le jardin et il y avait, dans son maintien, un je ne sais quoi de victorieux, de possessif, qui n'échappa pas à Teddy. Dean, qui s'y connaissait en sentiments, avait saisi mieux que quiconque le petit drame qui s'était joué à Blair Water, pendant ces deux semaines-là, et la chute du rideau le laissait satisfait. La vieille romance entre Teddy Kent du Trécarré et Émilie de la Nouvelle Lune était terminée. Elle avait compté, peut-être? Elle ne comptait plus. Dean ne considérait plus Teddy comme le rival à abattre.

Émilie et Teddy se séparèrent sur la chaleureuse poignée de main qu'échangent les anciens camarades d'école qui se veulent du bien, mais qui n'ont plus rien à partager.

Teddy s'éclipsa le plus gracieusement du monde. Passé maître dans l'art des sorties, il ne regarda pas une seule fois derrière lui. Émilie se retourna dès lors vers Dean et reprit la conversation interrompue par l'arrivée de Teddy. Ses cils dissimulaient ses yeux. Dean lisait dans ses pensées: il ne devait pas deviner. Deviner quoi? Qu'y avait-il à deviner? Rien. Absolument rien. Pourtant, les cils d'Émilie restaient baissés.

Lorsque Dean s'en alla, trente minutes plus tard, pris par un autre engagement, elle arpenta un moment à pas mesurés l'allée de primeroses. Elle paraissait, à l'œil non exercé, la vivante incarnation de la jeune fille au cœur libre qui réfléchit à son avenir.

«Élaborant une intrigue, sans nul doute, se dit le cousin Jimmy, en la regardant, par la fenêtre de la cuisine, marcher de long en large dans le jardin. Comment s'y prend-elle donc? Ça me dépasse.»

3

Émilie élaborait sans aucun doute une intrigue, comme le pensait le cousin Jimmy, mais, les ombres s'épaississant, elle s'échappa du jardin en passant par le verger de colombines, le long du Chemin d'Hier, traversa le pré vert, franchit le ruisseau longeant la colline, passa devant la Maison Déçue, au cœur de la sapinière. Là-haut, dans un bosquet de bouleaux argentés, on avait une vue parfaite du port, rosi par le couchant. Émilie atteignit le sommet à bout de souffle, courant presque. Arrivait-elle trop tard? Oh, quel malheur si elle arrivait trop tard!

La *Mira Lee* faisait voile hors du port, vaisseau de rêve dans la splendeur du couchant, passant devant des caps cramoisis et des côtes féeriques. Émilie resta là, à la regarder de tous ses yeux jusqu'à ce qu'elle ait franchi la barre et pénétré dans le golfe. Resta là, à regarder le voilier disparaître dans le bleu de la nuit tombante, dévorée du désir de revoir Teddy une fois, une seule, pour lui dire adieu comme elle l'eût souhaité.

Teddy était parti. Vers d'autres horizons. Il n'y avait pas d'arcs-en-ciel en vue. Et qu'était Véga de la Lyre, sinon un soleil enflammé tourbillonnant dans l'espace et incroyablement lointain?

Elle se laissa choir dans l'herbe et resta là, à sangloter, dans le clair de lune froid qui avait succédé à l'amical crépuscule.

C'était impossible. Teddy ne pouvait pas être parti sur cet au revoir sans chaleur, impersonnel et poli. Pas après leurs années d'amitié, pour ne pas dire plus. Quelle détresse en elle! Comment franchirait-elle jamais la nuit qui venait?

«Quelle idiote je suis! se gronda-t-elle. Il a oublié. Je ne compte plus pour lui. Et je mérite ce qui m'arrive. Est-ce que je ne l'ai pas oublié, moi aussi, pendant ces folles semaines où j'ai cru aimer Aylmer Vincent? On le lui a appris. J'ai perdu ma chance d'être heureuse à cause de cette malheureuse infatuation. Je dois me ressaisir. Et ne plus pleurer toutes mes larmes pour un homme qui m'a oubliée. Mais... mais... ça fait tant de

bien de pleurer, après ces affreuses semaines de réjouissances.»

4

Émilie se lança à corps perdu dans son
travail après le départ de Teddy. Le long des
jours et des nuits d'été, elle écrivit, pendant
que des cernes bistrés se creusaient sous
ses yeux et que ses joues perdaient leur in-
carnat. La tante Élisabeth savait que sa nièce
se tuait au travail et fut contente, pour la
première fois, que Doscroche Priest soit là,
puisqu'il arrachait la jeune fille à son pupitre,
le soir, pour des promenades et des conversations dans la nature.

Cet été-là, Émilie remboursa, avec son
travail à la chaîne, son oncle Wallace et sa
tante Ruth de tout ce qu'elle leur devait.

Mais il y avait davantage que du travail à
la chaîne. Au plus creux de sa détresse, pendant ses insomnies, elle s'était rappelé une
certaine nuit d'hiver, alors que Perry, Teddy,
Ilse et elle avaient été bloqués par la neige
dans la vieille maison John, sur le chemin de
Derry Pond[*], le scandale et les ragots qui en
avaient résulté; elle s'était rappelé aussi qu'au
cours de cette nuit d'extase, elle avait

---

[*] Voir *Émilie de la Nouvelle Lune 3*.

imaginé une intrigue à partir d'une phrase jetée, en passant, par Teddy. Cette phrase lui avait paru d'importance, à ce moment-là. Son roman avec Teddy était terminé, mais les notes ne traînaient-elles pas quelque part? Elle avait tracé les grandes lignes de cette histoire dans un calepin Jimmy, le lendemain.

Émilie sauta au bas de son lit, alluma une chandelle et fouilla ses vieux cahiers. Oui, c'était bien cela: *Marchand de rêves*. Elle relut ses notes. C'était *bon*. L'intrigue s'emparait à nouveau de son imagination et réveillait ses élans créateurs. Elle l'écrirait à l'instant même. Couvrant ses épaules d'un peignoir pour les protéger de l'air piquant du golfe, elle s'assit à sa croisée ouverte et se mit à écrire. Tout le reste fut oublié, dans la plénitude grisante de la création. Teddy n'était plus qu'un souvenir falot, et l'amour, une chandelle éteinte. Ne comptaient plus que les mots. Les personnages qui grouillaient dans son inconscient se mirent à vivre sous sa plume, vigoureux, irrésistibles. Larmes, rires, tout s'entremêlait. Elle vivait dans un autre univers et ne revint à la Nouvelle Lune qu'à l'aube, pour trouver sa lampe éteinte et sa table semée de feuillets manuscrits, les quatre premiers chapitres de son roman. *Son* roman! Cette constatation l'emplissait de ravissement, d'incrédulité.

Pendant des semaines, Émilie ne sembla vivre que lorsqu'elle écrivait. Dean la trouva étrangement perdue dans ses pensées, distante, impersonnelle. Elle n'avait plus de conversation. Pendant que son corps était assis ou marchait près de lui, son esprit vagabondait ailleurs. Dans une région où il ne pouvait la suivre. Elle lui échappait.

5

Émilie termina son livre en six semaines, à l'aurore d'un beau matin. Elle déposa sa plume et se rendit à sa fenêtre, élevant son pâle visage fatigué mais triomphant vers le ciel.

Une musique sourdait du silence feuillu du boisé voisin. Les prairies gorgées de rosée et le jardin baignaient dans un calme enchanté. Le vent dansait sur les collines au rythme de son cœur. La mer, les ombres, mille voix magiques l'interpellaient, l'acclamaient. Le golfe chantait. Des larmes mouillèrent ses yeux. Elle avait terminé son livre. Oh, comme elle était heureuse! Ce moment compensait pour tout le reste.

Il était là, *Marchand de rêves*, son premier roman. Peut-être pas un grand livre, mais le sien, le sien propre. Son enfant de papier, auquel elle avait donné naissance qui, sans elle, n'existerait pas. C'était une histoire ardente et délicate, tissée de pulsions amoureuses, de pathos et d'humour. Et elle était *réussie*, elle le sentait.

L'extase de la création l'illuminait encore. Elle feuilleta les pages, lisant une phrase ici, une autre là, trouvant peine à croire qu'elle avait écrit *ça*. Elle avait atteint le point de chute de l'arc-en-ciel. Ses doigts touchaient déjà le bol rempli d'or.

La tante Élisabeth entra dans la chambre sans plus s'embarrasser que d'habitude des formalités inutiles comme de frapper aux portes.

— Émilie, reprocha-t-elle, as-tu encore passé la nuit debout?

Émilie reprit pied dans la réalité avec un sursaut de tout son être, un choc à vous soulever le cœur. Elle eut l'air de la souris prise au piège. Et *Marchand de rêves* devint à l'instant un tas de papiers barbouillés.

— Je... je n'ai pas vu le temps passer, tante Élisabeth, se défendit-elle.

— Tu as pourtant l'âge de raison. Je ne te reproche plus d'écrire, comme je le faisais autrefois. Tu sembles capable de gagner ta vie avec ta plume d'une manière dont personne n'a à rougir, mais tu vas te rendre malade, si tu continues comme tu le fais. As-tu oublié que ta mère est morte de tuberculose? Il est grand temps qu'on s'en occupe.

Émilie ramassa son manuscrit, toute sa joie envolée. Le travail créateur était fini; restait maintenant — ignoble étape — à faire publier le livre. Elle le tapa à la première occasion sur la machine à écrire que Perry lui avait achetée dans un encan, une machine qui ne reproduisait que la moitié des majuscules et qui n'imprimait pas du tout les «m». Elle rajouta les majuscules et les «m» à la plume et expédia le texte à une maison d'édition connue. On le lui retourna avec un billet dactylographié déclarant que «le comité de lecture avait trouvé quelque mérite à ce roman, mais pas assez pour qu'il recommande à l'éditeur de le publier.»

Ce refus gentil écrasa Émilie plus qu'une banale fin de non-recevoir imprimée. Le coup de trois heures lui fut amer, cette nuit-là.

«L'ambition, les hautes visées, écrivit-elle dans son journal, c'est à mourir de rire. Où sont passés mes rêves? Je sentais pourtant que la vie était là, devant moi, comme une page blanche où j'inscrirais mon nom en lettres de succès. J'avais de l'ambition, je pressentais la possibilité de décrocher une couronne. Les années qui s'ouvraient devant moi déposeraient leurs trésors à mes pieds. Foutaise!»

Mais elle était jeune et tout s'oublie, même les déceptions dont on se demande, après coup, pourquoi elles nous ont à ce point affecté. Elle n'en vécut pas moins trois affreuses semaines, puis retrouva assez d'élan pour soumettre son texte à un autre éditeur. Cette fois, l'éditeur lui écrivit qu'il pourrait la publier si elle acceptait d'apporter quelques retouches au roman, qui était «trop tranquille». Il lui faudrait «plus de piquant». La conclusion ne convenait pas à la clientèle: il faudrait la changer.

Émilie déchira la lettre en mille morceaux, sauvagement. Mutiler son œuvre? Jamais. Cette proposition était insultante.

Lorsqu'un troisième éditeur lui retourna son manuscrit avec un billet de rejet, les espoirs qu'Émilie y avait mis s'éteignirent. Elle rangea le manuscrit et reprit sa plume avec un nouvel acharnement.

— Au moins, je peux écrire des nouvelles. Je continuerai dans ce sens.

Il n'empêche que ce roman la hantait. Après quelques semaines, elle le tira de sa cachette et le relut froidement, détachée de l'emballement initial et de la déception des billets de rejet. Et, en toute honnêteté, elle le trouva *bon*. Pas tout à fait la merveille qu'elle avait cru, mais du bel ouvrage quand même. Ce qui ne signifiait rien, les écrivains, à ce qu'on lui avait dit, étant mauvais juges de leur travail. Si seulement M. Carpenter avait été là! Il lui aurait dit la vérité. Émilie prit une décision terrible: elle montrerait le manuscrit à Dean. Elle lui demanderait son opinion impartiale et s'en rapporterait à celle-ci. Ce serait difficile. Il lui était toujours difficile de montrer ses œuvres à quiconque et, plus encore, à Dean, qui connaissait tant de choses et qui avait tout lu. Mais comment *savoir*, autrement? Dean lui dirait la vérité, bonne ou mauvaise, elle en aurait juré. Il ne pensait guère de bien de ses nouvelles. Mais *ceci* était différent. Il trouverait sûrement des éléments valables dans ce roman. Sinon...

6

— Dean, je voudrais votre opinion franche sur ce texte. Je vous prie de le lire attentivement et de me dire ce que vous en pensez. Je ne veux pas de coups d'encensoir ou d'encouragements factices, je veux la vérité, nue et drue.

— En es-tu bien certaine? s'enquit Dean, un brin ironique. Peu d'humains sont capables de regarder la vérité en face, sans qu'on la leur rende présentable par quelques beaux oripeaux.

— Je veux la vérité, s'obstina Émilie, avouant, morte de honte: Ce texte a été refusé trois fois. Si vous lui trouvez du mérite, je continuerai d'essayer de lui trouver un éditeur. Si vous le condamnez, je le brûlerai.

Dean jeta un regard indéchiffrable au petit paquet qu'elle lui tendait. Ainsi, c'était *cela* qui l'avait privé d'elle tout l'été, *cela* qui avait absorbé, possédé Émilie. On allait bien voir! La jalousie naturelle des Priest, toujours premiers partout, refit surface. Le ver était dans le fruit.

Il regarda le doux visage et se prit à détester ce qu'il y avait dans ce paquet.

Il l'emporta quand même. Et le rapporta trois soirs plus tard.

Émilie alla vers lui, au jardin, pâle, tendue.

— Et, alors? dit-elle.

Dean la regarda, mal dans sa peau. Qu'elle était exquise — blanche comme l'ivoire — dans le crépuscule frileux!

— Loyales sont les blessures qu'inflige l'amitié. Si je te mentais, Émilie, je ne serais plus digne d'être ton ami.

— Ainsi, ça ne vaut rien?

— C'est une petite histoire fort jolie, mais superficielle. Elle a aussi peu de consistance qu'un nuage rose, qu'une toile d'araignée. L'intrigue est trop tirée par les cheveux pour qu'on y ajoute foi. Les contes de fées n'ont plus cours. Et le tien fait trop appel à la crédibilité du lecteur. Tes personnages sont des marionnettes. Comment pourrais-tu écrire un vrai roman? Tu n'as jamais vécu.

De désespoir, Émilie se tordit les mains et se mordit les lèvres. Elle n'osait ouvrir la bouche, de crainte que sa voix ne se brise. Elle ne s'était sentie à ce point démunie que le soir où Ellen Greene lui avait appris que son père allait mourir. Son cœur, qui avait battu d'espoir quelques instants plus tôt, était devenu de plomb. Lourd et froid. Elle se détourna et s'éloigna de Dean. Il boitilla doucement à sa suite et lui effleura l'épaule.

— Pardonne-moi, mon étoile. N'est-ce pas mieux de connaître la vérité? Cesse de tendre vers la lune. Tu ne l'atteindras jamais. Pourquoi écrire, de toute façon? Tout a déjà été écrit.

— Un jour, peut-être, articula Émilie en s'appliquant à parler d'une voix posée, je serai capable de vous remercier pour ceci. Ce soir, Dean, je vous déteste.

— Est-ce juste? demanda piteusement Dean.

— Non, ce n'est pas juste, fit Émilie, effondrée. Vous me tuez, et vous vous attendez que je sois juste? D'accord, je me suis attiré cette rebuffade. C'est bon pour moi, sans doute, les rebuffades. Quand vous avez été tué plusieurs fois, ça vous devient égal, mais la première fois, ça saigne. Partez, Dean. Ne revenez pas pour au moins une semaine. Les funérailles seront terminées, alors.

— Je sais ce que ce verdict signifie pour toi, mon étoile, murmura Dean, compatissant.

— C'est impossible que vous le sachiez. Vous avez de la sympathie pour moi, je le sais, mais je ne veux pas de pitié. Je veux seulement du temps pour m'enterrer décemment.

Sachant qu'il était préférable qu'il parte, Dean s'en alla. Émilie le regarda disparaître. Elle ramassa le manuscrit aux pages cornées qu'il avait laissé sur le banc et monta à sa chambre. Elle le relut à sa fenêtre, dans la chiche lumière du jour déclinant. Les phrases bondissaient vers elle, l'une à la suite de l'autre, drôles, poignantes, belles, à ce qu'il lui semblait. Illusion, que cela? Folle, chère illusion! Il n'y avait rien de valable dans ce texte. Dean l'avait affirmé.

Ses personnages! Comme elle les aimait! Comme ils lui semblaient vrais! Ils n'étaient pourtant, selon Dean, que des «marionnettes». Des marionnettes ne s'offusquent pas lorsqu'on les brûle. Elle regarda le ciel criblé d'étoiles. Véga de la Lyre y brillait, toute bleue, au-dessus d'elle. À quoi bon vivre? La vie était par trop cruelle.

Émilie marcha vers l'âtre et y déposa *Marchand de rêves* sur la grille. Elle gratta une allumette, s'agenouilla et la plaça d'une main qui ne tremblait pas, sous un coin du manuscrit. La flamme s'empara des feuilles volantes, avide, meurtrière. Émilie croisa les bras sur sa poitrine et regarda, prunelles dilatées, le feu ravager ses écrits comme il l'avait fait, le jour où elle avait brûlé ses feuilles d'avis plutôt que de laisser sa tante Élisabeth en prendre connaissance. En peu de temps, le manuscrit était devenu la proie des flammes, puis il ne fut plus que cendres, avec, deçà, delà, un mot fantôme surgi des fragments noircis, comme un reproche.

Émilie se pencha, consternée. Qu'avait-elle fait là! Pourquoi avoir brûlé son roman? Il n'était pas bon? Et alors? Il était quand même sien. C'était bête de l'avoir ainsi détruit. Elle avait réduit à néant quelque chose de précieux. Elle se sentait comme les mères qui immolaient leurs enfants à Moloch.

Il ne restait rien que des cendres, qu'un petit tas de cendres noires, de son manuscrit, ce texte qui lui avait semblé, un temps, si merveilleux. Était-ce Dieu possible! Où s'en étaient allés l'esprit, les rires et le charme qui avaient habité ces pages, les personnages qui y avaient élu domicile, les délices secrètes qu'elle y avait tissées comme un clair de lune à travers les pins? Rien que des cendres.

Émilie se redressa d'un élan, à ce point accablée de regrets qu'elle n'en pouvait supporter davantage. Il lui fallait fuir. N'importe où. Sa petite chambre, qui lui était habituellement une retraite, lui devenait une prison. Aller dehors. Quelque part. Dans la froide et libre nuit d'automne. Loin des murs, loin des entraves. Loin de ce petit tas de cendres sur la grille, loin des fantômes réprobateurs de ses personnages assassinés.

Elle ouvrit à la volée la porte de sa chambre et se rua aveuglément dans l'escalier.

7

La tante Laura ne put jamais, au grand jamais, se pardonner d'avoir laissé sa corbeille à reprisage traîner sur le palier. Elle n'avait jamais fait cela de sa vie. Elle rapportait la corbeille à sa chambre, quand Élisabeth l'avait appelée impérieusement de la cuisine pour savoir où elle avait rangé un quelconque objet. Laura avait déposé sa corbeille sur la marche supérieure de l'escalier pour aller le chercher. Elle ne fut partie qu'un moment, mais ce moment suffit au destin. Aveuglée par les larmes, Émilie trébucha sur la corbeille et tomba, tête première, dans l'escalier long et raide de la Nouvelle Lune.

Il y eut un moment de stupeur — elle se sentit emportée dans un tourbillon mortel un tourbillon de froid, puis de chaleur intense — et son vol plané s'acheva dans un abîme aux profondeurs insondables. Une douleur brutale lui déchira le pied. Puis, plus rien.

Lorsque Laura et Élisabeth arrivèrent en courant, il n'y avait plus, au pied de l'escalier, qu'un petit tas de soie chiffonnée entourée de balles et d'écheveaux de laine, et les ciseaux de la tante Laura, tordus et vrillés dans le pied qu'ils avaient cruellement déchiré.

VII

1

D'octobre à avril, Émilie resta allongée sur son lit ou sur la chaise-longue du petit salon, à regarder dériver interminablement les nuages au-dessus des longues collines blanches, se demandant si elle marcherait jamais ou si elle resterait infirme. Elle s'était blessé le dos, en tombant; les médecins ne savaient qu'en conclure et différaient d'opinion. L'un prétendait qu'il n'y avait rien là et que les choses se replaceraient d'elles-mêmes, avec le temps. Deux autres hochaient la tête, la mine inquiète. Tous étaient cependant d'accord à propos du pied. Les ciseaux avaient causé deux graves blessures: l'une, près de la cheville, l'autre, sous le pied. L'infection s'y mit. Durant de longs jours, Émilie erra entre la vie et la mort, puis entre le choix, guère moins terrible, de la mort ou de l'amputation. La tante Élisabeth para à ce malheur. Quand tous les médecins eurent convenu qu'il n'y avait plus rien à tenter d'autre, pour sauver la vie d'Émilie, que d'amputer, elle déclara solennellement que ce n'était pas la volonté du Seigneur que les membres des croyants soient charcutés. Et rien ne la fit changer d'avis. Malgré les larmes de sa sœur, les supplications de son cousin, les imprécations du docteur Burnley et celles de Dean Priest, elle resta inébranlable: le pied d'Émilie ne serait pas coupé. Il ne le fut pas. Lorsqu'Émilie revint, intacte, à la santé, la tante Élisabeth marqua son triomphe sur un docteur Burnley déconfit.

L'amputation écartée, restait, pour Émilie, le danger qu'elle demeure infirme et qu'elle boite. Elle se rongea les sangs tout l'hiver.

— Si je savais à quoi m'en tenir, confiat-elle à Dean, je pourrais me faire une raison. Peut-être. Mais rester là, à me demander si je guérirai, ça me tue.

— Tu guériras, promit Dean avec ferveur.

Que serait-elle devenue, sans Dean, tout au long de cet hiver? Il avait sacrifié son voyage annuel à l'étranger et s'était fixé à Blair Water pour rester près d'elle. Il passait toutes ses journées avec elle, lui faisant la lecture, la conversation, l'encourageant ou se taisant, en parfait compagnon. Lorsqu'il était avec elle, Émilie se sentait capable de faire face, s'il le fallait, à une vie diminuée, mais pendant les longues nuits au cours desquelles ne surnageait plus que la souffrance, elle ne pouvait s'y résigner. Même quand elle ne souffrait pas, ses nuits étaient souvent sans sommeil et pénibles, surtout quand le vent gémissait autour des avant-toits de la Nouvelle Lune ou qu'il chassait des fantômes de neige au-dessus des collines. Elle rêvait souvent. Dans ses rêves, elle gravissait sans cesse un escalier dont elle ne venait pas à bout d'atteindre le sommet, guidée par un étrange petit sifflement: deux notes hautes et une basse, qui s'éloignait à mesure qu'elle grimpait. Mieux valait presque l'insomnie que ce rêve lancinant. Oh, ces nuits amères! Émilie s'était souvent élevée contre le verset de la Bible qui dit qu'il n'y aura pas de nuit, dans le ciel. Elle avait toujours aimé la nuit. La nuit était aussi belle que le jour, et le ciel ne serait pas parfait sans elle.

Eh bien, au cours de ces lugubres semaines, elle se rallia à la version de la Bible: la nuit était une abomination.

Les gens disaient d'elle qu'elle était courageuse, patiente, résignée. Ils ne savaient pas ce qui se cachait de révolte, d'angoisse et de panique derrière les apparences de dignité et de réserve de la fière Émilie. Dean lui-même n'en savait rien ou presque.

Elle souriait bravement lorsque le sourire était de rigueur, mais ne riait plus jamais.

Dean avait beau déployer toutes ses réserves d'esprit et d'humour, il n'arrivait pas à la faire rire.

«Mes jours de rire sont terminés», se disait Émilie à elle-même. Et ses jours de création, tout autant. Elle ne pourrait plus jamais écrire. Le «déclic» ne se déclenchait plus en elle. Aucun arc-en-ciel n'illuminait le ciel sombre de ce terrible hiver.

Les gens lui rendaient visite. Elle eût préféré ne voir personne. Surtout pas l'oncle Wallace et la tante Ruth. Persuadés qu'elle ne marcherait plus jamais, ils le lui disaient chaque fois qu'ils venaient. Pourtant, ils étaient moins difficiles à supporter que les amis qui assuraient, souriants, qu'elle irait mieux avec le temps, mais qui n'en croyaient pas le premier mot. Elle n'avait jamais eu d'amis intimes, sauf Dean, Ilse et Teddy. Ilse lui écrivait des lettres hebdomadaires dans lesquelles elle tentait — c'était évident — de lui remonter le moral. Teddy avait écrit, aussi, quand il avait appris son accident. Sa lettre était très aimable, pleine de tact et manifestait une évidente sympathie. Émilie y vit la lettre que n'importe quel ami d'occasion eût écrite et ne lui répondit pas, bien qu'il ait demandé qu'elle lui donne de ses nouvelles. Aucune autre lettre ne vint de lui.

Restait Dean, qui ne lui avait jamais fait défaut, qui ne lui ferait jamais défaut. Elle se tourna de plus en plus vers lui, au cours de ses interminables jours de mélancolie. L'hiver la mûrit à un point tel que Dean et elle se retrouvaient presque à égalité. Sans lui, la vie était un désert dépourvu de couleur et de musique. Lorsqu'il était là, le désert s'épanouissait, et les mille petites fleurs de la fantaisie et de l'espoir le paraient de guirlandes.

2

Quand le printemps revint, Émilie recouvra la santé si soudainement que ses trois médecins en furent abasourdis. Elle boitilla quelques semaines, appuyée sur des béquilles, puis vint le jour où elle put s'en passer et aller sans aide dans le jardin regarder le bel univers qui l'attendait. La vie était bonne, de nouveau! Le gazon vert était doux sous le pied. Elle avait semé la peine et la peur derrière elle comme vêtements inutiles et elle vibrait d'une nouvelle joie. Non. Pas vraiment de joie, mais de la possibilité d'être heureuse, un jour.

Il valait presque la peine d'avoir été malade pour jouir de la santé retrouvée et du bien-être qu'un tel matin répandait dans les veines avec sa brise marine soufflant sur les champs reverdis. Rien ne se pouvait comparer à une brise venue de la mer. Tout pouvait casser, passer, changer, les crépuscules de l'Île restaient toujours aussi beaux. Le bonheur d'exister l'habita de nouveau.

«En vérité, la lumière est douce et l'œil se plaît à voir le soleil», cita-t-elle, de mémoire, rêveuse.

Le rire aussi revint. La première fois qu'on entendit de nouveau le rire d'Émilie à la Nouvelle Lune, Laura Murray, dont les cheveux cendrés étaient devenus blancs au cours de l'hiver, monta à sa chambre et s'agenouilla près de son lit pour remercier le Seigneur.

Alors même qu'elle priait, Émilie parlait avec Dean de ce même Dieu par l'un des soirs de printemps les plus magnifiques jamais vus.

— Il y a eu, cet hiver, Dean, des moments où j'ai cru qu'Il ne m'aimait pas. Mais ce soir, je suis certaine du contraire, dit-elle doucement.

— Qu'est-ce qui te rend si certaine? interrogea Dean, plus cynique que jamais. Dieu s'intéresse à nous, je le crois, mais il ne nous aime pas. Ce qu'Il aime, c'est nous regarder agir. Sans doute cela l'amuse-t-il de nous voir nous agiter comme nous le faisons.

— Quel dieu mesquin vous vous forgez! reprocha Émilie. Vous ne croyez pas vraiment ce que vous dites.

— Pourquoi pas?

— Parce qu'alors Il serait pire qu'un démon. Un dieu de ce genre, qui ne penserait qu'à son propre amusement, n'aurait aucune excuse. Le démon, lui, a au moins celle de nous haïr.

— Alors, dis-moi qui t'a torturée tout l'hiver, corps et âme, persista Dean.

— Pas Dieu. Il m'a plutôt gratifiée d'un beau cadeau, articula Émilie, la voix ferme. Vous, Dean.

Elle évita de le regarder et éleva vers les Trois Princesses, dans leur parure de mai, sa petite figure pareille à une rose blanche. Tout à côté, la spirée du cousin Jimmy, ployée sous sa neige de juin, lui composait un décor parfait.

— Dean, comment pourrai-je jamais vous remercier de ce que vous avez fait pour moi, de ce que vous avez été, pour moi, depuis le mois d'octobre? Je ne trouve pas les mots.

— Je n'ai rien fait d'autre que de saisir le bonheur au passage. Sais-tu comme j'ai été heureux, mon étoile, de faire quelque chose pour toi, de t'aider, à ma manière, de t'offrir ce que la solitude m'avait appris et que moi seul pouvais te donner. Et de rêver un impossible rêve.

Émilie tressaillit. Pourquoi hésiter? Pourquoi remettre à plus tard cette décision à laquelle elle s'était résolue?

— Êtes-vous si certain, Dean, fit-elle, la voix sourde, que votre rêve soit irréalisable?

VIII

1

La nouvelle qu'Émilie allait épouser Dean Priest fit sensation chez les Murray. À la Nouvelle Lune, on ne savait trop qu'en penser. La tante Laura pleura. Le cousin Jimmy arpenta la maison de long en large en hochant la tête, et la tante Élisabeth se montra extrêmement sombre. Néanmoins, ils se résignèrent à l'inévitable, sachant fort bien — la tante Élisabeth l'avait appris à ses dépens — que lorsqu'Émilie disait qu'elle ferait une chose, elle la faisait.

— Vous faites autant de chichis que si j'épousais Perry de Stovepipe Town, fit Émilie, après une sortie véhémente de sa tante Élisabeth.

— Elle a, ma foi, raison, admit cette dernière, après le départ de sa nièce. De quoi nous plaignons-nous? Dean est riche et les Priest sont de bonne famille.

— Oui, mais ils sont si... si... Priestly! soupira la tante Laura. Et Dean est beaucoup trop vieux pour elle. Et puis, son bisaïeul est mort fou.

— Dean est loin de l'être.

— Ses enfants pourraient l'être.

— Laura! la rabroua sa sœur, sans aller plus loin.

— Es-tu vraiment sûre que tu l'aimes, Émilie? s'informa la tante Laura, ce soir-là.

— Oui, d'une certaine façon, répondit Émilie.

La tante Laura leva les bras au ciel et se récria avec un emportement tout à fait inhabituel.

— Mais, il n'y a qu'une façon d'aimer.

— Oh non, ma petite tante chérie, répondit gaiement Émilie. Il y a une douzaine de façons d'aimer. J'en ai essayé deux ou trois, jusqu'ici. Et c'était raté. Ne vous en faites pas pour Dean et moi. Nous nous comprenons parfaitement.

— Je ne veux que ton bonheur, chérie.

— Je serai très heureuse. Je suis heureuse. J'ai cessé d'être une petite rêveuse romanesque. L'hiver dernier y a pourvu. Je vais épouser un homme dont la présence me comble et qui se déclare satisfait de ce que j'ai à lui offrir: une affection réelle et de l'amitié. Je suis sûre que c'est la recette d'un mariage heureux. Et puis, Dean *a besoin* de moi. Je peux le rendre heureux. C'est magnifique de sentir qu'on tient le bonheur dans ses mains et qu'on peut l'offrir, comme un trésor, à quelqu'un qui en a besoin.

— Tu es trop jeune, répéta la tante Laura.

— C'est seulement mon corps qui est jeune. Mon cœur a cent ans. L'hiver dernier m'a vieillie. M'a assagie. Vous le savez.

— Oui, je le sais.

Laura savait aussi que les propos d'Émilie sur la vieillesse et la sagesse trahissaient surtout sa jeunesse. Les gens qui sont vieux et sages n'en font pas étalage. Et rien ne changeait rien au fait que la mince et belle Émilie n'avait pas tout à fait vingt ans, alors que Dean Priest, lui, en avait quarante-deux. Dans quinze ans... Laura ne voulait pas s'y arrêter.

Il y avait un bon côté à la médaille, toutefois. Dean n'emmènerait pas Émilie au loin. Et puis, des mariages heureux en dépit d'une telle différence d'âge, ça s'était déjà vu...

2

Nul ne semblait emballé de cette union. L'existence d'Émilie en fut empoisonnée pendant de longues semaines. Le docteur ne décolérait pas. C'en était insultant pour Dean. La tante Ruth vint sur place, faire une scène.

— C'est un mécréant, Émilie, un homme qui ne croit en rien.

— Non, protesta Émilie, indignée.

— En tout cas, il ne croit pas aux mêmes vérités que nous, ajouta la tante, comme si la question était tranchée.

La tante Addie, qui n'avait jamais pardonné à Émilie d'avoir éconduit son fils, fut particulièrement éprouvante. Andrew était maintenant marié. Fort bien, d'ailleurs, et heureux, semblait-il, mais... quand même! La tante Addie n'était que pitié et condescendance envers Émilie. Ayant perdu Andrew, la pauvre se consolait, n'est-ce pas, comme elle le pouvait avec Doscroche Priest le bossu. (Ce n'était pas dit avec des mots. C'était sous-entendu. Et Émilie saisissait parfaitement les sous-entendus.)

— C'est certain qu'*il* est plus riche qu'un très *jeune* garçon, disait la tante Addie à qui voulait l'entendre.

— Plus intéressant, aussi, ajoutait Émilie. Les très jeunes garçons sont tellement assommants! Ils n'ont pas assez vécu pour se rendre compte qu'ils ne sont pas la huitième merveille du monde, comme leurs mères le croient.

Et toc! Les points étaient à égalité.

Les Priest ne se montraient pas enchantés de ces épousailles, eux non plus. L'héritage de l'oncle fortuné leur échappait. De là à prétendre qu'Émilie Starr épousait Dean pour son argent, il n'y avait qu'un pas. Les Murray s'assurèrent qu'Émilie avait pris note de cette réaction, mais elle connaissait déjà l'hostilité des Priest à son endroit.

— Je ne me sentirai jamais à l'aise dans votre clan, confia-t-elle à Dean.

— Qui te le demande, mon étoile? Toi et moi vivrons l'un pour l'autre, sans nous plier aux habitudes ou aux ukases d'une tribu, fût-elle Priest ou Murray. Les Priest prétendent que tu ne me conviens pas comme épouse et les Murray me retournent le compliment, comme mari. Que nous importe. Reste que les Priest comprennent difficilement que tu m'épouses par inclination. Comment le pourraient-ils? J'ai peine à y croire moi-même.

— Mais vous y croyez, Dean, n'est-ce pas? Vous m'êtes plus cher que n'importe qui au monde. Je ne vous aime pas à la folie, je vous l'ai dit, mais...

— Aimes-tu quelqu'un d'autre? demanda Dean, la voix mesurée. (C'était la première fois qu'il osait poser cette question.)

— Non. J'ai eu des déboires amoureux, vous le savez. Des folies de jeunesse. Tout ça est derrière moi. Ce dernier hiver en témoigne. J'ai coupé avec mes vieilles folies. Je suis toute à vous, Dean.

Dean porta la main d'Émilie à ses lèvres. Il n'avait encore jamais osé toucher sa bouche.

— Je te rendrai heureuse, je le sais. Même vieux, même difforme, je saurai te rendre heureuse. Je t'ai attendue toute ma vie, toi, mon étoile exquise et inaccessible. Maintenant que tu es à moi, je te porterai sur mon cœur. Et tu m'aimeras, un jour, tu m'aimeras d'amour.

La passion qu'exprimait la voix de Dean alarma Émilie. Dean n'exigerait-il pas d'elle plus qu'elle n'avait à donner?

Ilse, graduée du Conservatoire et rentrée à l'Île pour une semaine de vacances avant une tournée d'été, avait aussi exprimé ses réticences et troublé, un moment, le cœur d'Émilie.

— Au fond, ma chérie, Dean est peut-être l'homme qu'il te faut. Il est brillant. Il fascine et n'est pas imbu de lui-même comme la plupart des Priest. Mais tu seras sa chose. Dean ne supportera pas que tu t'intéresses à quoi que ce soit d'autre qu'à lui. Il lui faut la possession exclusive de ses trésors. Si ça t'est égal...

— Ça m'est égal.

— Mais tu aimes écrire...

— J'en ai fini de tout ça. J'ai perdu intérêt à l'écriture depuis mon accident. Il m'a fait comprendre que la littérature comptait peu, vraiment, dans ma vie et qu'il y avait bien d'autres choses qui m'importaient davantage.

— Tant que tu te sentiras aussi passive, tu seras heureuse avec Dean. Misère de nous! soupira Ilse, en arrachant violemment la rose rouge fixée à sa ceinture. Je me sens tellement rangée et sage de parler ainsi avec toi de tes projets de mariage. Ça semble si... absurde, tu ne crois pas? Hier, toi et moi étions des écolières. Aujourd'hui, tu es fiancée. Demain, tu seras grand-mère.

— Mais toi, Ilse, est-ce qu'il n'y a personne dans ta vie?

— Écoutez-moi la finaude. Non, il n'y a personne. Et puisque je suis en veine de confidences, aussi bien t'avouer qu'il n'y a jamais eu et qu'il n'y aura jamais, dans ma vie, que Perry Miller. Et c'est toi qu'il aime.

Perry Miller! Émilie n'en pouvait croire ses oreilles.

— Mais voyons, Ilse, tu t'es toujours moquée de lui, élevée contre lui...

— Non sans raison. Je l'aimais à un point tel que ça me rendait folle qu'il se rende ridicule! Je voulais être fière de lui, et j'en avais constamment honte. S'il m'avait été indifférent, ça ne m'aurait pas importé qu'il fasse rire de lui. Je ne me remets pas de cet amour, vois-tu. Ça doit être une faille chez les Burnley. On ne se refait pas, que veux-tu! S'il avait voulu de moi, je l'aurais pris. Je le prendrais encore, lui et ses barils de harengs, Stovepipe Town, et tout. Mais, vois-tu, la vie reste quand même très acceptable, sans lui.

— Peut-être qu'un jour...

— À quoi bon rêver? Je ne veux pas que tu joues les entremetteuses. Perry n'a jamais pensé à moi et n'y pensera jamais. Je n'y penserai plus, moi non plus. Te souviens-tu de ce poème qui nous avait fait rire, pendant notre dernière année du secondaire? Farfelu en diable...

Depuis que le monde est monde
Et aussi longtemps qu'il durera,
T'as ton homme au départ de la ronde
Ou c'est à l'usure que tu l'as.
Mais l'avoir du début à la fin
Sans ramper ou sans le prêter,
C'est ce dont une fille a faim
Sans jamais être rassasiée...

C'est ça qui est ça. J'aurai mon diplôme l'an prochain. Les années d'ensuite, je bâtirai ma carrière. Et j'imagine que je me marierai un jour.

— Avec Teddy? glissa Émilie, sans pouvoir s'en défendre. (Elle se serait mordu la langue.)

Ilse lui jeta un long regard perçant qu'Émilie éluda, en fière Murray qu'elle était, avec trop de succès, peut-être.

— Non, pas avec Teddy. Teddy n'a jamais pensé à moi. Je doute qu'il pense jamais à personne d'autre qu'à lui-même. Teddy est un amour, mais égoïste comme c'est pas possible. Je t'assure, c'est un fait.

— Non, s'éleva Émilie, toute retournée.

— Bon, nous n'allons pas nous crêper le chignon pour ça. En somme, quelle différence ça fait, qu'il le soit ou qu'il ne le soit pas? Il est sorti de nos vies. Que le diable l'emporte! Il ira loin. La métropole s'en est entichée. Il deviendra un portraitiste renommé, s'il parvient à se débarrasser de son vieux truc de *te* mettre dans tous les visages qu'il peint.

— Voyons donc! Il ne fait pas ça.

— Eh oui. Je lui ai dit je ne sais combien de fois ce que je pense de cette habitude qu'il a. Il s'en défend. Il n'en est pas vraiment conscient. Pour employer le jargon de la psychologie, c'est le reliquat d'une émotion de son inconscient. Qu'à cela ne tienne! En ce qui me concerne, j'ai l'intention de me marier un jour. Quand j'en aurai assez de ma carrière. C'est amusant, pour l'instant. Plus tard, je ne sais pas. Je ferai un mariage de raison, comme toi: cœur d'or, goussets bien garnis. Étrange, hein, que je parle ainsi d'un homme que je n'ai jamais vu et qui deviendra un jour mon mari. Que fait-il, ce héros, à l'instant même? Il se fait la barbe? Il sacre? Il a le cœur brisé à cause d'une autre femme? C'est *moi*, voyons, qu'il épousera. Et nous serons heureux, cet inconnu et moi. Les deux couples se rendront visite et nous comparerons les mérites respectifs de nos enfants. Tu appelleras ta première fille Ilse, n'est-ce pas, amie de mon cœur... Ah, c'est frustrant, tu ne trouves pas, d'être une femme!

Le vieux Kelly, le marchand ambulant, ami d'Émilie depuis de nombreuses années, avait lui aussi glissé son mot sur l'affaire.

— Mon chou, c'est-y vrai que tu vas te marier avec Doscroche Praste?

— Tout à fait vrai. (Émilie, que le mot Doscroche faisait tiquer, savait qu'il ne servait à rien d'espérer que le colporteur appelle Dean autrement.)

Le vieux Kelly se renfrogna.

— T'es trop jeune pour te marier avec n'importe qui, surtout avec un Praste.

— Pourtant, vous me reprochiez toujours de ne pas avoir d'amoureux, répliqua Émilie, mutine.

— Mon chou, une farce est une farce. Mais là, c'est une farce plate. Fais pas ta tête de cochon et réfléchis un petit brin. Y a des nœuds qui sont faciles à faire mais qu'on défait pas comme on veut. Je t'ai prévenue de ne pas marier un Praste. J'aurais dû te dire le contraire.

— Dean n'est pas comme les autres Priest, monsieur Kelly. Je serai heureuse avec lui.

Le vieux Kelly hocha sa tête aux mèches rouges avec l'air d'en douter.

— Tu seras bien la première de leur tribu à l'être, et ça, ça comprend la vieille dame de la Grange. Mais elle, elle aimait ça se battre.

104

Tous les jours. Tandis que toi, ça va te démolir.

— Dean et moi ne nous bagarrerons pas, fit Émilie, qui s'amusait ferme. Pas tous les jours, en tout cas.

Les prédictions du vieux Kelly ne l'inquiétaient pas outre-mesure: au contraire, elle prenait un malin plaisir à le faire parler.

— Pas si tu le laisses mener la barque. Autrement, il boudera. Tous les Praste boudent, quand ils obtiennent pas ce qu'ils veulent. Il deviendra tellement ombrageux que t'oseras pas parler à aucun autre homme. Les Praste mènent leurs femmes à la baguette. Le vieux Aaron forçait la sienne à se mettre à genoux, quand elle avait une faveur à lui demander. Mon père l'a vu de ses propres yeux.

— Monsieur Kelly, vous croyez vraiment qu'*un homme* pourrait *me* faire faire ça?

Le vieux Kelly rit malgré lui.

— Les genoux des Murray sont un peu raides pour ça. Mais il n'y a pas que ça. Sais-tu que son oncle Jim n'a jamais dit un mot, quand il pouvait grogner, et qu'il disait toujours à sa femme «t'es folle!» quand elle était pas d'accord avec lui?

— Peut-être qu'elle était vraiment folle, monsieur Kelly.

— P't'ête. C'était quand même pas poli. Et son père lançait les assiettes du dîner à la tête de sa femme quand il était contrarié.

C'est la vérité vraie. Le vieux démon était *quand même* un bon zigue, quand tout marchait à son goût.

— Ces comportements sautent une génération, dit Émilie. J'apprendrai à esquiver les assiettes, au besoin.

— Mon chou, y a des choses que tu pourras p't'ête pas esquiver. Sais-tu — le bonhomme baissa la voix sinistrement — que les Praste se tannent d'être mariés à la même femme.

Émilie lança à M. Kelly l'un des sourires que la tante Élisabeth qualifiait d'aguichants.

— Vous croyez que Dean pourrait se lasser de moi? Je ne suis pas belle, cher monsieur Kelly, mais je suis très intéressante.

Le vieux Kelly ramassa les rênes, se tenant pour battu.

— Bon, mon chou, je vois que ton idée est faite. Je pense que le bon Dieu t'avait promise à quelqu'un d'autre. T'as une belle bouche pour embrasser, en tout cas, et j'espère que tout ira bien pour toi. Mais, à mon idée, ton Doscroche sait trop de choses: il veut en savoir trop.

Le vieux Kelly s'en alla, attendant d'être hors de portée de voix pour conclure:

— Ça parle au sorcier! Un gars qu'est plus bizarre qu'un chat de gouttière!

Émilie resta quelques minutes immobile à regarder disparaître la charrette du colporteur. Il avait trouvé le défaut de la cuirasse, et le coup avait porté. Elle eut un léger frisson, comme si un vent venu de la tombe avait balayé son esprit. Un ragot entendu autrefois chez la grand-tante Nancy lui était revenu en mémoire. Dean, à ce qu'on prétendait, avait participé à des messes noires.

Émilie chassa ce souvenir de son cœur. Il s'agissait là de mensonges inventés par des jaloux qui n'avaient pas eu, comme Dean, l'avantage de voyager. Oui, Dean savait trop de choses. Ses yeux avaient vu trop de choses. N'était-ce pas là, d'ailleurs, l'une de ces séductions? Émilie s'en effrayait maintenant. N'avait-elle pas toujours senti — ne sentait-elle pas encore — qu'il semblait se rire du monde, du haut de quelque mystérieux promontoire de connaissances où elle ne pouvait le joindre, où elle ne souhaitait pas vraiment le joindre. Il avait perdu, quelque part en route, elle en avait la conviction, la foi en un idéal auquel elle tenait comme à la prunelle de ses yeux. Pendant un moment, tout comme Ilse, elle se dit que ce n'était décidément pas facile d'être une femme.

«Ça m'apprendra à parler de ces choses avec le vieux Jock Kelly!» se gourmanda-t-elle, fâchée contre elle-même.

Rien d'officiel ne fut jamais conclu, à la Nouvelle Lune, à propos des fiançailles d'Émilie, mais on en vint à les accepter tacitement. Dean était riche. Les Priest possédaient le bagage nécessaire de traditions, y compris une grand-mère qui avait dansé avec le Prince de Galles au fameux bal de Charlottetown. Et puis, tout compte fait, la famille était soulagée qu'Émilie épouse Dean.

— Il ne la coupera pas de nous, dit la tante Laura, prête à n'importe quoi pour ne pas perdre le seul joyau brillant de leur univers fané.

«Prévenez Émilie, écrivit la tante Nancy, que les jumeaux prolifèrent dans la famille des Priest.»

La tante Élisabeth n'en dit pas un mot à sa nièce.

C'est le docteur Burnley, au fond, qui avait fait le plus d'histoires. Il se rangea à l'opinion générale quand il apprit qu'Élisabeth remettait en état le coffre aux courtepointes et que Laura brodait des serviettes de table.

— Ce qu'Élisabeth Murray a uni, que nul ne sépare, laissa-t-il tomber, résigné.

La tante Laura entoura de ses paumes le visage d'Émilie et la regarda au fond des yeux.

— Dieu te bénisse, chère enfant, murmura-t-elle.

— Ça faisait très grand siècle, dit Émilie à Dean. Mais ça ne m'a pas déplu.

IX

1

La tante Élisabeth mit toutefois une condition à son consentement. Émilie ne se marierait pas avant d'avoir atteint ses vingt ans. Dean, qui avait rêvé d'un mariage à l'automne et d'un hiver dans un jardin japonais par-delà le Pacifique, accepta de mauvaise grâce. Émilie aussi eût préféré un mariage hâtif. Au plus profond de son cœur, là où elle n'osait jamais s'aventurer, s'attardait l'impression que «le plus tôt cela serait irrévocable, le mieux ce serait».

Elle était heureuse, pourtant, et se le répétait souvent, sincère. Il y avait sans aucun doute des moments difficiles à passer quand elle s'avisait qu'elle troquait contre le bonheur fou dont elle avait rêvé un bonheur infirme aux ailes brisées. Ce bonheur fou, elle s'appliquait à se le répéter, était à jamais perdu pour elle.

Un jour, Dean lui arriva, tout réjoui, comme un petit garçon au comble du bonheur.

— Émilie, je ne sais pas ce qui m'a pris... j'ai fait quelque chose... J'espère que tu seras d'accord. Oh, Seigneur! Quel désastre, si tu n'étais pas d'accord!

— Qu'est-ce que vous avez fait?

— J'ai acheté une maison.

— Une maison!

— Oui, une maison. Moi, Dean Priest, me voilà propriétaire foncier. Je possède une maison, un jardin, une pinède de cinq arpents. Moi qui, ce matin, n'avais pas un pouce de terre à moi, qui, toute ma vie, ai désiré posséder un coin de ce pays...

— Quelle maison avez-vous achetée, Dean?

— La maison de Fred Clifford. Enfin, celle qu'il a toujours possédée par chicanes légales. *Notre* maison, celle qui nous était destinée avant même la création du monde.

— La Maison Déçue?

— Ah oui, c'est comme ça que tu la nommes. Elle ne sera plus déçue, maintenant. Si tu es d'accord.

— Oh Dean, c'est merveilleux! Cette maison, je l'ai toujours aimée. On en tombe amoureux dès qu'on la voit. Elle est magique. Et nous allons l'aider à réaliser sa destinée. J'ai

110

eu peur. On m'avait dit que vous vouliez acheter une grosse horreur à Shrewsbury.

— Tu devrais me connaître mieux. Je n'aurais pas fait une chose pareille sans te consulter. Les Priest auraient bien voulu que j'achète la maison de Shrewsbury, pourtant. Ma sœur, surtout, en était emballée. C'était une aubaine, j'en conviens: résidence très élégante...

— Élégante, si on veut. Vaste, aussi, acquiesça Émilie, mais pas du tout à mon goût. Je ne m'y serais jamais sentie chez moi.

— C'est ce que j'ai pensé. Je suis content que tu sois contente. J'ai acheté la maison de Fred hier, à Charlottetown, sur un coup de cœur, sans même pouvoir te prévenir, parce qu'un autre acheteur s'est pointé. Si tu n'avais pas été d'accord, j'aurais résilié le contrat. Mais je sentais que tu l'étais. Quelle maison chaleureuse nous en ferons, ma chérie! La maison dont j'ai toujours rêvé. Je la ferai décorer comme un palais pour toi, mon étoile, ma belle étoile pour laquelle rien ne sera jamais trop beau.

— Allons vite la voir, dit Émilie. Je veux lui annoncer ce qui lui arrive, je veux lui dire qu'elle va vivre, enfin.

— Allons-y. J'ai la clef. Je l'ai eue de la sœur de Fred. Émilie, j'ai l'impression d'avoir décroché la lune.

— Et moi, d'avoir plein d'étoiles dans mon tablier, s'écria gaiement Émilie.

2

Ils gagnèrent la maison après avoir franchi, comme en rêve, le verger piqué de colombines, traversé le Chemin de Demain et une prairie, grimpé une colline aux fougères dorées et longé une vieille clôture ornée de bouquets d'asters bleus. Ils avancèrent l'un derrière l'autre dans un petit chemin capricieux bordé de sapins. L'air bruissait de murmures.

Quand ils eurent atteint le bout du chemin, s'étendit, devant eux, un champ en pente douce piqué de petits sapins pointus. Tout au sommet, dans la splendeur du couchant, se dressait *la* maison, *leur* maison.

Les bois l'enserraient de mystère partout sauf au sud où la vue plongeait sur Blair Water, pareil, en cet instant, à un bol d'or mat ceinturé par les collines de Derry Pond, aussi bleues et féeriques que des montagnes de rêve. Entre la maison et le panorama qu'ils n'entravaient aucunement se dressaient, bien rangés, de superbes peupliers de Lombardie.

Ils gravirent la colline jusqu'à la barrière d'un jardin beaucoup plus ancien que la maison, planté là où avait été bâtie la hutte des pionniers.

— Je suis comblé! exulta Dean. Que cet endroit m'est cher! Les écureuils en ont fait leur domaine. Les lapins aussi. Tu aimes les écureuils et les lapins? Des violettes y pousseront, au printemps, dans ce creux de mousse derrière les sapins, des violettes...

*«plus douces que les paupières d'Émilie,
... ou que son souffle...»*

Émilie est un plus joli nom que Cythère ou que Junon, à mon sens. Regarde cette barrière, là-bas. Elle s'ouvre sur la mare aux crapauds derrière le boisé. J'aime ce genre de barrière. Elle n'a aucune raison d'être, mais elle est pleine de promesses. Il pourrait se cacher quelque chose de merveilleux, derrière. Une barrière est toujours un mystère. Un symbole, en quelque sorte. Écoute-moi cette cloche qui tinte quelque part, dans le soir, de l'autre côté du port. Ce son magique vient «de loin, très loin, du pays des fées». Il y a des roses, dans ce coin là-bas. On dirait de vieilles chansons douces mises à refleurir. Des roses assez blanches pour reposer sur ta poitrine, ma douce, et assez rouges pour étoiler le nuage sombre de tes cheveux. Émilie, le vin de la vie m'enivre un peu, ce soir. Ne t'étonne pas si je dis des folies.

Émilie était très heureuse. Le jardin semblait lui parler comme à une amie, dans la lumière vacillante du crépuscule. Elle s'abandonna au charme de l'endroit et regarda la maison avec amour. Quelle chère petite habitation c'était! Elle n'était pas vieille, et elle l'aimait pour cela, car les vieilles maisons en savent vraiment trop. Elles sont hantées par les pieds qui ont franchi leur seuil, les regards qui ont percé leurs fenêtres. Cette maison-ci était aussi neuve, aussi innocente qu'elle. En quête de bonheur. Elle le connaîtrait, ce bonheur. Dean et elle en chasseraient les fantômes. Comme ce serait merveilleux d'avoir leur maison à eux!

— Cette maison nous désire autant que nous la désirons, dit-elle.

— Je t'aime, mon étoile, quand ta voix s'adoucit et s'étouffe ainsi, fit Dean. Ne t'adresse jamais à personne d'autre qu'à moi avec cette voix-là.

Émilie lui lança un regard coquet qui amena presque Dean à l'embrasser. Il ne l'avait encore jamais embrassée sur les lèvres, conscient qu'elle n'était pas prête à ce geste. Il aurait pu l'oser, en cet instant qui transcendait le quotidien, cet instant de charme romanesque. S'il l'eût osé, peut-être alors l'eût-il conquise. Mais il hésita, et le moment magique passa. Un rire leur parvint du chemin obscur derrière les épinettes. Le rire innocent et sans malice d'enfants qui passaient, mais ce rire rompit le sortilège.

— Entrons. Allons visiter la maison, proposa Dean, en la conduisant jusqu'à la porte qui s'ouvrait sur la salon. La clef tourna difficilement dans la serrure rouillée. Dean prit la main d'Émilie et tira la jeune fille vers l'intérieur.

— Tu es chez toi, ma très chère...

Il éleva la lampe de poche et marqua d'un cercle de lumière la pièce aux murs nus, aux cloisons de plâtre, aux fenêtres hermétiquement fermées, au foyer vide... non pas vraiment vide. Émilie y aperçut un petit tas de cendres blanches, les cendres du feu que Teddy et elle avaient allumé, des années auparavant, au cours d'une douce soirée de leur jeunesse, ce feu près duquel ils s'étaient assis pour fixer les balises de leur vie commune. Elle se tourna vers la porte en frissonnant un peu.

— Dean, la maison à l'air abandonné, dans le noir. Je préférerais l'explorer au grand jour. Les fantômes des choses qui ne se sont jamais passées sont pires que ceux des choses qui sont arrivées.

3

Dean suggéra qu'ils consacrent l'été à aménager la maison en participant eux-mêmes à sa décoration pour qu'elle soit exactement comme ils la désiraient.

— Nous nous marierons au printemps. Nous passerons l'été à écouter tinter les cloches des temples au-dessus des sables de l'Orient, nous découvrirons Philae au clair de lune et nous entendrons le Nil soupirer quand il côtoie Memphis. Quand nous reviendrons, à l'automne, nous glisserons la clef dans la serrure de notre maison, et nous entrerons chez nous.

Ce programme ravissait Émilie. Ses tantes en étaient moins enchantées. Il y aurait des cancans. La tante Laura s'inquiétait parce qu'un vieil adage disait que c'était malchanceux de meubler sa maison *avant* le mariage. Dean et Émilie ne se préoccupèrent ni des adages ni des convenances et mirent leurs projets à exécution.

Ils furent submergés de conseils par chacun des membres du clan Murray comme du clan Priest, mais n'en firent qu'à leur tête. Ainsi, ils ne voulurent pas peindre la Maison Déçue mais la recouvrirent de bardeaux qu'ils laissèrent tourner au gris, à la grande déception de la tante Élisabeth.

— C'est seulement à Stovepipe Town que les maisons n'ont pas de peinture, dit-elle.

Ils remplacèrent les vieilles marches temporaires, laissées là par les charpentiers, trente ans plus tôt, par de larges pierres en grès, prises sur la berge. Dean fit poser des fenêtres à battants aux carreaux diagonaux. La tante Élisabeth prévint Émilie qu'ils seraient difficiles à entretenir. Dean fit ajouter, au-dessus de la porte d'entrée, une charmante imposte coiffée d'un petit toit pareil à un sourcil broussailleux et, dans le salon, ils eurent des portes-fenêtres d'où l'on pouvait sortir directement dans le boisé.

Dean fit ajouter des penderies et des armoires un peu partout.

— Je suis assez futé pour savoir qu'une femme ne peut aimer longtemps un homme qui ne lui fournit pas son content d'armoires, déclara-t-il.

La tante Élisabeth fut d'accord pour les armoires, mais crut qu'ils avaient perdu la raison quand elle vit leur papier-peint. Surtout celui du salon. Il fallait quelque chose de gai pour cette pièce, des fleurs ou des rayures or ou même, concession au modernisme, ces paysages de papier qui étaient le dernier cri. Non. Émilie fit tapisser la pièce d'un papier gris ombreux semé de branches de pin enneigées.

— Aussi bien vivre dans le bois que là! décréta la tante Élisabeth.

Comme en tout ce qui touchait sa chère petite maison, Émilie fut intraitable.

Quand même, la tante Élisabeth se montra bonne joueuse. Elle tira, de coffres longtemps intouchés, de la porcelaine et de la coutellerie appartenant à sa belle-mère, des choses que Juliette Murray aurait eues, si elle avait épousé, comme il se devait, un homme accepté par son clan, et elle les donna à Émilie.

Il y avait de très jolies choses dans le lot, dont un pichet en poterie lustrée rose de grande valeur et un authentique service de vaisselle chinois, à motifs de saule pleureur, que la grand-mère d'Émilie avait eu en cadeau de noces. Il n'en manquait pas une pièce. Et il comptait des tasses minces et peu profondes, des soucoupes creuses et des assiettes festonnées et des saucières rondes et pansues. Émilie en garnit le cabinet encastré du salon, où il faisait bel effet. Elle eut aussi un petit miroir ovale à cadre surmonté d'un chat noir, miroir qui avait si souvent reflété des visages de femmes qu'il donnait du charme à ceux qui s'y regardaient; et une vieille horloge qui vous prévenait poliment qu'elle allait sonner, dix minutes avant de le faire, histoire de ne surprendre personne. Dean la remonta, mais ne poussa pas le balancier.

— Quand nous reviendrons, quand tu entreras ici, reine et maîtresse, tu le pousseras toi-même, dit-il.

On découvrit que le buffet Chippendale de la Nouvelle Lune et la table en ébène à pieds-de-biche appartenaient à Émilie. Dean possédait des tas d'objets pittoresques venus du monde entier: un canapé recouvert de soie rayée, qui avait appartenu à une marquise, une lanterne en fer forgé, d'un ancien palais vénitien, qu'il suspendit dans leur salon, un tapis de Chiraz, un tapis de prière de Damas, des chenets en cuivre, d'Italie, des bols en laque, du Japon, un flacon à parfums en agate, peint en Chine mais trouvé dans un coin perdu de la Mongolie, une théière chinoise qu'enserraient des dragons dorés à cinq griffes. Les initiés devinaient qu'elle provenait des cabinets impériaux.

— C'est une partie du butin pris au palais d'été, pendant la Révolte des Boxers, expliqua Dean à Émilie, sans lui dire comment il était entré en sa possession. Un jour, je te raconterai. Pas maintenant. Une histoire est attachée à chacun des objets que j'ai mis dans cette maison.

4

Ils eurent un plaisir fou à disposer les meubles dans le salon. Ils essayèrent une douzaine de façons de les placer avant de trouver l'emplacement idéal. Il leur arrivait parfois de différer d'avis. Ils s'asseyaient alors sur le parquet pour en discuter. Et s'ils ne parvenaient pas à s'entendre, ils chargeaient Jonquille de tirer à la courte paille avec ses dents pour décider du gagnant. Jonquille était de toutes leurs sorties. Gamine était morte de vieillesse. Jonquille s'ankylosait. Elle devenait maussade et ronflait terriblement, mais Émilie l'aimait et n'allait jamais à la Maison Déçue sans son chat. Il grimpait la colline derrière elle comme une ombre grise tachetée d'obscurité.

— Tu aimes ce vieux matou plus que moi, Émilie, lui dit un jour Dean, en plaisantant, mais avec un fonds de gravité.

— Le pauvre. Il vieillit. Vous, vous avez la vie devant vous. Et il me faudra toujours un chat autour de moi. Une maison ne vit pas vraiment, tant qu'un chat heureux ne s'y est pas allongé, sa queue enroulée autour de ses pattes. Un chat donne du charme, du mystère et des idées. À vous, Dean, il faut un chien.

— Je n'en ai jamais désiré, depuis que Tweed est mort. Mais, je ne dis pas... Il nous faudra un chien pour garder tes chats à l'ordre. Oh, n'est-ce pas merveilleux de sentir qu'un endroit vous appartient!

— C'est encore plus merveilleux de sentir qu'on appartient à un endroit, dit Émilie, avec un coup d'œil satisfait à son environnement.

— Notre maison et nous serons de bons amis, acquiesça Dean.

5

Un jour, ils suspendirent leurs tableaux. Émilie apporta les siens, dont la *Dame Giovanna* et la *Joconde*. Ces deux dames-là furent placées dans l'angle entre les fenêtres.

— Tu y mettras ton secrétaire, fit Dean. Et la *Joconde* te soufflera le secret de son sourire et tu en feras une histoire.

— Je croyais que vous ne vouliez plus que j'écrive, dit Émilie. Vous n'avez jamais semblé aimer que j'écrive.

— C'était quand j'avais peur que ton métier t'enlève à moi. Maintenant, ça n'a plus d'importance. Tu feras ce qu'il te plaira.

Émilie ne se sentit pas impliquée. Elle n'avait plus eu le désir de reprendre sa plume depuis sa maladie. Plus les jours passaient, moins elle se sentait attirée par l'écriture. Y penser ramenait à sa mémoire le livre qu'elle avait brûlé, et c'était douloureux. Elle n'était plus à l'écoute du «mot capté par hasard», elle était en exil de son ancien royaume.

— Je vais accrocher la vieille Elisabeth Bas près du foyer, fit Dean. Gravure d'après un portrait de Rembrandt. La charmante aïeule que voilà, avec son bonnet blanc et son immense collerette! As-tu jamais vu visage plus astucieux, à la fois suffisant et débordant d'humour?

— Je n'aimerais pas me mesurer à elle, dit Émilie. On a l'impression qu'elle garde ses mains cachées, dans l'intention de vous en frotter les oreilles, si vous lui résistez. À moins qu'elle n'ait des sucreries dans sa poche.

— Quelle différence entre son sourire et celui de la *Joconde*! fit Dean, dont le regard allait de l'une à l'autre. La dernière ferait une stimulante amante, et la première, une bonne vieille tante.

Il suspendit une miniature de sa mère au-dessus du foyer. Émilie ne l'avait jamais vue auparavant. La mère de Dean avait été une belle femme.

— Mais pourquoi avait-elle l'air si triste?

— Parce qu'elle avait épousé un Priest, fit Dean.

— Aurai-je l'air si triste, moi aussi, plus tard, le taquina Émilie.

— Pas s'il n'en tient qu'à moi.

Mais n'en tenait-il qu'à lui? Cette question s'imposait quelquefois à Émilie, qui refusait d'y répondre.

Elle fut heureuse la plus grande partie de cet été-là, les deux tiers du temps, peut-être, ce qui était, à son avis, une bonne moyenne. Mais, pendant le troisième tiers, il y eut des heures dont elle ne s'ouvrit à personne, des heures pendant lesquelles elle se sentait prisonnière et où l'émeraude qui brillait à son doigt lui semblait une entrave. Un jour, elle alla elle-même jusqu'à la retirer, pour s'en sentir libérée un moment, évasion temporaire dont elle se fit reproche le lendemain, alors qu'elle se sentit plus contente de son sort et plus intéressée que jamais par la petite maison grise, «plus chère encore que Dean lui-même», mais cela, elle ne se l'avoua qu'une seule fois, une nuit, et ne voulut pas croire, le jour revenu, qu'elle ait pu le penser.

6

La grand-tante Nancy, de Priest Pond, mourut, cet été-là, subitement.

— Je suis fatiguée de vivre, avait-elle déclaré. Je pense que je vais arrêter.

Et elle arrêta.

Aucun des Murray n'hérita. Elle laissa tout à Caroline Priest, mais Émilie eut la boule à reflets d'argent, le marteau en forme de chat du Cheshire, les boucles d'oreilles à glands en or et l'aquarelle que Teddy avait fait d'elle, des années auparavant. Émilie mit le marteau sur la porte de sa maison, suspendit la sphère au lustre et porta les boucles d'oreilles pour plusieurs sorties d'apparat. Mais elle rangea le portrait dans un coffre du grenier de la Nouvelle Lune, coffre qui renfermait déjà quelques douces et folles lettres pleines de rêves et de projets.

7

Ils s'amusaient bien quand ils s'arrêtaient pour se reposer. Un merle avait fait son nid dans le sapin du coin nord, et ils le surveillaient et le protégeaient contre Jonquille.

— Pense à la musique emprisonnée dans cette frêle coquille bleue, souligna Dean, un jour, en touchant un œuf. Cet œuf sera un jour un merle, qui nous sifflera joyeusement la bienvenue à la maison, quand nous y rentrerons.

Ils fraternisaient avec un lapin qui venait souvent à cloche-pied du bois voisin jusqu'à leur jardin. Ils s'inventaient des jeux: qui compterait le plus d'écureuils, le jour, et le plus de chauves-souris, le soir. Car ils s'attardaient souvent, à la brunante, assis dehors sur les marches de pierre, à regarder le soir monter de la vallée et les ombres s'allonger sous les sapins, et l'eau du port se changer en une immense mare grise frémissante d'étoiles. Jonquille se lovait à leurs côtés, regardant tout de ses grandes prunelles glauques, et Émilie lui tirait les oreilles, de temps en temps.

— Les chats sont indéchiffrables, mais on les comprend mieux à cette heure-ci.

— Pas seulement les chats, fit Dean. On devine aussi les secrets des humains, à la nuit tombante. Des soirs comme celui-ci me rappellent un vers d'un hymne que ma mère chantait. Elle y parlait des collines où croissent les épices, et je me demandais si «le cerf qui soupire après les cours d'eau» ce n'était pas un peu moi. Émilie, je me rends compte, en regardant ta bouche, que tu t'apprêtes à me parler de la couleur dont nous allons repeindre la remise. N'en fais rien, malheureuse. Parler de peinture quand la lune se lève serait un sacrilège. S'il nous faut absolument parler d'achats, arrêtons-nous à des choses que nous n'avons pas encore et qu'il nous faut: un canot pour nos voyages le long de la Voie lactée, un métier pour tisser des rêves et un bol de nectar de farfadets pour nos festivités. Mets ce que tu voudras dans ton trousseau, mais qu'il s'y trouve une robe de crépuscule garnie d'une étoile. Et d'une écharpe de nuages.

Oh, Dean lui plaisait. Comme il lui plaisait! Si seulement elle avait pu l'aimer!

Un soir, elle s'échappa seule pour aller voir sa maison au clair de lune. Quel endroit charmant c'était! Elle s'y vit, dans l'avenir, allant d'un pas alerte d'une pièce à l'autre, riant sous les sapins, assise près du foyer, sa main dans la main de Teddy... Émilie se ressaisit brusquement. Dans celle de Dean, bien sûr. C'était un lapsus.

8

Vint un soir de septembre où la maison fut prête. Le fer à cheval avait été fixé à la porte pour en éloigner les sorcières, et Émilie avait posé, partout dans le salon, des chandelles de toutes sortes: une petite jaune joyeuse, une autre sans grâce, ornée à profusion d'as de cœur et de carreaux, une mince chandelle élégante. Et l'ensemble était formidable. La maison dégageait des effluves d'harmonie. Les choses qui l'habitaient n'avaient pas à faire connaissance. Elles étaient amies dès le départ.

— Il n'y a vraiment plus rien à ajouter, soupira Émilie.

— Si, il reste quelque chose, s'écria Dean. Comment avons-nous pu oublier? Il nous faut vérifier si la cheminée tire bien. Je vais faire une flambée.

Émilie s'assit sur le canapé et, quand le feu commença à brûler, Dean l'y rejoignit et s'assit près d'elle. Le chat reposait, allongé à leurs pieds, ses flancs s'élevant et s'abaissant en cadence.

Les flammes montaient, joyeuses. Elles chatoyaient sur le piano, dansaient sur les portes de verres des armoires où s'étalait la vaisselle aux saules, franchissaient le seuil de la cuisine et la rangée de bols bruns et bleus qu'Émilie avait posés sur la desserte.

— Nous sommes chez nous, souffla Dean, doucement. Notre maison est plus belle que tout ce dont j'ai rêvé. C'est comme cela que nous passerons les soirs d'automne de toute notre vie, à l'abri des brumes de la mer, toi et moi, seuls avec un feu de cheminée et toute la douceur du monde. Quelquefois, nous accueillerons un ami et partagerons avec lui notre bonheur. Ne partons pas tout de suite. Attendons que le feu s'éteigne.

Le feu crépita et mourut. Jonquille ronronna. La lune se faufila jusqu'à eux à tra-

126

vers les branches des sapins. Et Émilie ne put s'empêcher de penser au soir où Teddy et elle s'étaient assis là. Elle ne pensait pas à Teddy avec amour. Elle pensait à lui. C'était tout. Ça la dérangeait. Elle se demandait si elle ne penserait pas encore à lui le jour de son mariage, quand elle s'avancerait vers Dean.

Le feu s'éteignit tout à fait. Dean se leva.

— Je n'ai pas vécu en vain ces longues années maussades, dit-il en tendant la main à Émilie; avec ceci comme récompense, j'irais même jusqu'à les revivre.

Il l'attira tout contre lui. Un fantôme — quel fantôme? — se faufila entre les lèvres qui allaient s'unir. Émilie se détourna en soupirant:

— Notre bel été est fini, Dean.

— Notre *premier* bel été, la reprit-il.

Sa voix sembla soudain un peu lasse.

X

1

Ils fermèrent à clef, un soir de novembre, la porte de la Maison Déçue, et Dean remit la clef à Émilie.

— Garde-là jusqu'au printemps, dit-il, en regardant les champs qu'un vent glacial balayait. Nous ne reviendrons pas, d'ici là.

Pendant l'hiver qui suivit, le chemin menant à la petite maison fut tellement rempli de neige qu'Émilie ne fut même pas tentée de s'en approcher. Mais elle pensa souvent avec satisfaction à cette maison qui attendait le retour du printemps pour revivre et se réaliser. Ce fut, en somme, un hiver heureux. Dean n'alla pas à l'étranger et se montra si charmant envers les vieilles dames de la Nouvelle Lune qu'elles lui pardonnèrent presque d'être Doscroche Priest. La tante

Élisabeth ne comprenait pas plus qu'avant ce dont il parlait, et la tante Laura lui en voulait du changement qui s'était effectué en Émilie.

Car Émilie avait changé. Le cousin Jimmy et la tante Laura le savaient, même si personne d'autre qu'eux ne s'en était avisé. Il y avait souvent, dans son comportement, une étrange nervosité, et quelque chose manquait à son rire, qui ne fusait plus aussi spontanément qu'avant. «Elle est devenue femme avant son temps», s'était dit la tante Laura, en soupirant. Cette chute terrible dans l'escalier en était-elle seule responsable? Émilie était-elle heureuse? La tante Laura n'osait le demander. Aimait-elle Dean Priest, qu'elle épouserait en juin? La tante Laura n'en savait rien, mais elle savait que l'amour n'est pas un mécanisme que le cerveau enclenche à volonté. Et qu'une fiancée heureuse n'arpente pas sa chambre des heures durant, alors qu'elle devrait dormir. On ne pouvait en blâmer sa plume, puisqu'Émilie n'écrivait plus. C'est en vain que Mlle Royal avait insisté, de New York, pour la persuader de continuer. En vain que l'astucieux cousin Jimmy déposait de nouveaux calepins sur son pupitre, à intervalles réguliers. En vain qu'elle-même, Laura, disait à mots couverts que c'était bien dommage de s'arrêter en si bon chemin. Même la remarque désobligeante de la tante Élisabeth affirmant qu'elle avait toujours su qu'Émilie se lasserait d'écrire —

le caractère inconstant des Starr, n'est-ce pas
— ne réussit pas à convaincre Émilie de
reprendre sa plume. Elle n'avait plus le goût
d'écrire. Elle n'écrirait plus jamais.

— J'ai payé mes dettes et j'ai assez
d'argent en banque pour couvrir les frais de
ce que Dean appelle mes «cossins» de mariage. Et puis, ma petite tante, vous avez tri-
coté deux couvre-pieds au crochet pour moi,
dit Émilie, le ton las. Alors, écrire, n'est-ce
pas, qu'est-ce que ça importe?

— Ta chute dans l'escalier aurait-elle emporté tes ambitions? s'enquit en hésitant la
petite tante, que cette possibilité avait hantée
tout l'hiver.

Émilie lui sourit et l'embrassa.

— Non, chère tante Laura. Ça n'a rien à y
voir. Cessez de vous culpabiliser. Telle que
me voilà, je me marie bientôt et il me faut
penser à mon mari et à ma future maison. Ça
ne suffit-il pas à expliquer que j'aie cessé de
m'occuper de paperasses?

Cela aurait dû suffire, en effet, mais, ce
soir-là, Émilie, à qui cela ne suffisait pas,
quitta la Nouvelle Lune après le coucher du
soleil pour échapper à cette emprise un petit
moment. La journée d'avril avait été chaude,
au soleil, et froide, à l'ombre. Le soir était
glacé. Le ciel s'était couvert de nuages gris,
sauf à l'ouest où une banderille jaune brillait,
très vive. La nouvelle lune se couchait derrière les collines. Émilie hantait seule les pa-

rages. Les ombres drapées sur les champs prêtaient à ce paysage d'avant-printemps un aspect lugubre. Elles l'amenèrent au bord du désespoir. Le meilleur de sa vie était derrière elle.

Le décor avait toujours exercé sur elle une grande influence. Trop grande, sans doute. Elle se sentait en accord avec ce soir austère qui se mariait à son humeur. Elle entendit la mer s'agiter derrière les dunes. Une strophe d'un poème de Roberts lui revint en mémoire:

Rochers gris, mer plus grise encore
Ressac se brisant sur le talus,
Et dans mon cœur ton nom
Que ma bouche ne dira plus.

Bêtises que tout cela! ridicules, sentimentales bêtises! À mettre au rancart pour l'éternité.

2

Arriva, un jour, une lettre d'Ilse. Teddy revenait à l'Île. Il s'embarquait sur le *Flavian* et passerait une partie de l'été au Trécarré.

«J'aurais voulu que tout soit consommé avant son retour», murmura Émilie.

Était-ce ce qui l'attendait? Une perpétuelle inquiétude du lendemain? *Pourquoi* cette inquiétude?

Elle alla marcher et emporta avec elle la clef de la Maison Déçue. Elle n'y était plus retournée depuis novembre et elle souhaitait la revoir — belle, en attente. Sa maison. Dès qu'elle y entrerait, ses peurs diffuses, ses doutes s'évanouiraient. L'allégresse de l'été heureux lui reviendrait.

Elle s'arrêta à la barrière, regardant avec amour la chère petite maison blottie sous les arbres. Tout en bas, Blair Water reposait, grise et morne. Elle aimait Blair Water dans toutes ses parures, y compris celle-ci, sombre et douce. Ma foi, — quelle idée bizarre! — elle avait peur du printemps. Son regard se porta au-delà des peupliers. Dans une éclaircie, une étoile brillait: Véga de la Lyre.

Bouleversée, Émilie ouvrit la porte et pénétra à l'intérieur. La maison semblait l'attendre. Elle farfouilla dans l'obscurité pour trouver les allumettes qui étaient, elle le savait, sur le manteau de la cheminée, et alluma le long cierge vert pâle près de l'horloge. La belle pièce apparut dans la lumière vacillante, telle qu'ils l'avaient laissée, Dean et elle, le dernier soir. Elizabeth Bas était là, qui ignorait la peur, la *Joconde*, qui s'en moquait, et la *Dame Giovanna* qui ne tournait jamais le profil pour vous regarder en face. Et la jolie maman triste de Dean, qui l'avait éprouvée, ça paraissait au fond de ses yeux peints.

Émilie ferma la porte et s'assit dans le fauteuil sous le tableau d'Elisabeth Bas. Les feuilles d'un été mort bruissaient sur la plage, derrière la maison. Et le vent soufflait. Ça ne lui déplaisait pas. «Le vent est libre. Il n'est pas prisonnier comme moi.»

Il ne fallait pas s'arrêter à cette pensée. Ses entraves, elle les avait forgées elle-même. Les avait forgées volontairement, les avait même désirées. Ne restait plus qu'à les porter avec grâce.

La mer gémissait, là-bas, au bout des champs. Mais ici, dans la petite maison, c'était le silence. Un silence étrange, surnaturel, imprégné de sens. Elle n'osait parler, de crainte qu'une voix ne lui répondît.

Et puis, sa peur l'abandonna. Elle se sentit rêveuse, heureuse, loin du quotidien. Les murs de la pièce semblèrent s'effacer. Les tableaux disparurent. Il n'y eut plus, là, devant elle, à ce qu'il lui sembla, que la boule brillante de la grand-tante Nancy, suspendue au lustre vénitien. La pièce s'y reflétait tout entière, pareille à celle d'une maison de poupée, avec elle-même assisse dans le fauteuil, et la bougie sur la cheminée brillant comme une étoile. Émilie regarda la sphère en s'appuyant au dossier du fauteuil, la regarda jusqu'à ce qu'elle ne vît plus que ce minuscule point lumineux dans un univers de brouillard.

3

Dormit-elle? Peut-être que si. Peut-être que
non. Allez donc savoir! Deux fois, auparavant,
au cours de son existence, elle avait écarté le
voile du temps et vu au-delà. La première
fois, c'était dans son délire; la seconde, dans
son sommeil. Elle n'aimait pas se rappeler
ces expériences, qu'elle chassait délibérément
de sa mémoire. Cette fois-ci, c'était différent.

Un petit nuage sembla s'être formé à
l'intérieur de la sphère. Il s'évanouit, mais la
maison de poupée que les miroirs reflétaient
auparavant avait disparu. Il y avait, à sa
place, une immense pièce au toit élevé remplie d'une masse de gens pressés, et, parmi
ceux-ci, un visage qu'elle connaissait.

La sphère avait disparu. Le salon de la
Maison Déçue avait disparu. Émilie n'était
plus assise en spectatrice dans un fauteuil.
Elle était dans cette pièce imposante, au cœur
de cette mêlée, près d'un homme qui attendait avec impatience devant un guichet. Il
tourna la tête, et leurs yeux se croisèrent.
C'était Teddy. Elle vit qu'il la reconnaissait
avec étonnement. Et elle sut, hors de tout
doute, qu'il courait un danger terrible et
qu'elle devait le sauver.

— Teddy. *Viens.*

Il lui sembla qu'elle lui prenait la main et
qu'elle l'éloignait de ce guichet. Puis, elle dé-

riva loin de lui, loin, loin, et il la suivit, lui courant après sans se préoccuper des gens qu'il heurtait. La suivait, la suivait. Elle était de retour dans le fauteuil — à l'intérieur de la sphère dans laquelle elle voyait la gare, rendue aux proportions d'un jouet, et cette personne qui courait, courait... Puis, de nouveau, le nuage emplit la sphère, ondulant, s'amenuisant, se dissipant.

Émilie reprit conscience sur le fauteuil, les yeux fixés sur la sphère de la grand-tante Nancy dans laquelle le salon se reflétait, très calme, piqué d'un point absolument blanc: sa figure à elle, et de la petite lumière solitaire de la bougie qui scintillait comme une étoile.

4

Persuadée qu'elle était morte puis ressuscitée, elle s'échappa comme on fuit de la Maison Déçue et referma la porte à clef derrière elle. Les nuages s'étaient dissipés, et l'univers paraissait estompé et irréel dans le clair de lune. À peine consciente de ce qu'elle faisait, elle courut vers la mer, traversant la sapinière, le pré balayé par le vent, les dunes et la plage comme une créature affolée, dans un royaume au demi-jour étrange et inquiétant. La mer était un satin gris dans la brume montante et balayait le sable de ses vagues au murmure moqueur. Émilie était prise en étau entre la mer brumeuse et les hautes dunes sombres. Oh! rester toujours ainsi! N'avoir plus jamais à revenir dans le quotidien pour y être confrontée à la question sans possible réponse que la nuit lui avait posée!

Elle savait, sans l'ombre d'un doute, qu'elle avait vu Teddy et qu'elle l'avait sauvé ou avait tenté de le sauver d'un quelconque péril.

Et elle savait, tout aussi simplement et tout aussi sûrement, qu'elle l'aimait, qu'elle l'avait toujours aimé et que cet amour l'habitait tout entière.

Et que, dans moins de deux mois, elle devait épouser Dean Priest.

Impossible de l'épouser, maintenant. Ce serait vivre un mensonge. Mais, lui briser le cœur, lui arracher le bonheur qu'il espérait après sa vie de misère, cela aussi était impensable.

Comme l'avait dit Ilse, c'était frustrant en diable d'être une femme.

«Surtout, pensa Émilie, mécontente d'elle-même, une femme qui, apparemment, ne sait pas ce qu'elle veut. J'ai été si certaine, l'été dernier, que Teddy ne comptait plus pour moi, si certaine que Dean m'importait assez pour que je l'épouse. Et voilà que, ce soir, cet horrible pouvoir m'est revenu, alors que je m'en croyais débarrassée pour toujours.»

Elle arpenta la plage une partie de la nuit et se glissa comme une coupable à la Nouvelle Lune au petit jour pour se jeter sur son lit et sombrer dans un sommeil lourd d'épuisement.

5

Ensuite, ce fut épouvantable. Par bonheur, Dean avait été retenu à Montréal par ses affaires. C'est pendant son absence que le monde entier apprit, par les journaux, que le *Flavian* avait éperonné un iceberg et coulé corps et biens. Les manchettes frappèrent Émilie en plein cœur. Teddy devait rentrer sur le *Flavian*. Était-il au nombre des passagers? Ou pas? Qui le lui dirait? Sa mère, cette femme étrange qui la haïssait d'une haine qui restait le seul lien entre elles deux. Jamais, jusqu'à ce jour, Émilie n'avait cherché à se rapprocher de Mme Kent, mais maintenant, plus rien d'autre ne comptait que de savoir si Teddy avait coulé avec le *Flavian*.

Elle gagna le Trécarré au pas de course. Mme Kent vint lui ouvrir, telle, malgré les ans, qu'Émilie l'avait toujours connue, frêle, furtive, avec sa bouche amère et sa joue balafrée. Elle se figea, hostile, quand elle vit Émilie.

— Teddy était-il à bord du *Flavian*? interrogea Émilie, sans ménagements.

Mme Kent lui adressa un petit sourire contraint.

— Que t'importe?

— Ça m'importe, fit Émilie, le ton brusque.

Elle avait son «regard à la Murray», celui que peu de gens affrontaient sans admettre la défaite.

— Si vous le savez, dites-le moi.

Mme Kent le lui dit, contre son gré, la détestant tout du long et tremblant comme feuille au vent.

— Non. Il n'a pas embarqué. J'ai reçu un câble de lui, aujourd'hui. Il a été empêché de partir, au dernier moment.

— Merci.

Émilie se détourna aussitôt. Pas assez vite, toutefois. Mme Kent avait vu le soulagement et la joie envahir les yeux pleins d'ombre. Elle se jeta sur la jeune fille, lui agrippant le bras.

— Ça ne te regarde pas, dit-elle sauvagement. Qu'il soit ou non sain et sauf. Tu vas épouser un autre homme. Comment oses-tu venir ici, t'informer de mon fils? Tu n'en as pas le droit.

Émilie la regarda et eut pitié d'elle. La pauvre créature avait fait de sa vie une vallée de tourments à cause de cette jalousie morbide, lovée comme un serpent autour de son cœur.

— Je n'en ai peut-être pas le droit, dit-elle. Mais je l'aime.

Mme Kent se tordit les mains.

— Tu... tu as l'audace de dire cela, toi qui te marieras bientôt avec un autre?

— Je ne me marierai pas avec un autre.

Émilie était elle-même étonnée de sa déclaration. Elle tournait en rond depuis des jours, ne sachant à quoi se résoudre, et voilà que, maintenant, elle savait. Elle ne se sortirait pas facilement de cette impasse, mais elle devait s'en sortir. Tout lui paraissait soudain si clair, amer et inévitable.

— Je ne peux pas épouser un autre homme, madame Kent, parce que j'aime Teddy, mais lui ne m'aime pas. Vous n'avez donc plus à me détester, maintenant.

Elle s'éloigna très vite du Trécarré.

«Où est donc passé mon orgueil, se demanda-t-elle, l'orgueil des fiers Murray, que j'avoue si simplement cet amour ni demandé ni bienvenu!»

L'orgueil n'avait, en cette matière, aucune prise sur elle.

XI

1

Quand la lettre de Teddy arriva — la première de longtemps — la main d'Émilie trembla en la décachetant.

«Il faut que je te dise, écrivait-il, l'étrange aventure qu'il m'est arrivée. Peut-être la connais-tu déjà. Et peut-être n'en sais-tu rien et me croiras-tu un peu fou. Je ne sais qu'en penser moi-même. Je sais seulement ce que j'ai vu, ou cru voir. J'attendais à la file avec les passagers du *Flavian* pour acheter mon billet du train menant à Liverpool quand j'ai senti une pression sur mon bras. Je me suis retourné et je t'ai vue. Je le jure. Tu as dit: Teddy, viens. J'étais si étonné que je ne savais que dire ni que faire. Je ne pouvais que te suivre. Tu courais. Non, tu ne courais pas. Je ne sais pas comment tu te déplaçais, je sais seulement que tu t'éloignais. Comme tout cela semble bizarre! Je me croyais le jouet d'une hallucination. Et puis, aussi soudainement que tu étais apparue, tu as disparu. Nous nous étions éloignés du groupe et nous avions gagné un espace vide où rien ne bloquait la vue. Tu n'étais plus là. Quand j'ai repris mes esprits, j'avais manqué ma correspondance et perdu mon passage à bord du *Flavian*. J'étais furieux, humilié. Et puis, j'ai appris le naufrage. Et mes cheveux se sont dressés sur ma tête.

«Émilie, tu n'étais pas en Angleterre. Je l'aurais su. Qu'est-ce que j'ai vu, à la gare? Cette vision m'a sauvé la vie, c'est indubitable. Si j'étais monté à bord du *Flavian*... mais je ne suis pas monté. Grâce à — quoi?

«Je rentrerai bientôt. À bord du *Moravian* — si tu ne m'en empêches pas de nouveau. Émilie, on m'a conté, il y a longtemps, une étrange histoire te concernant et concernant la mère de Ilse. Je l'avais presque oubliée. Sois prudente. On ne brûle plus les sorcières, de nos jours, mais on ne sait jamais...»

Non, on ne brûle plus les sorcières. Émilie eût quand même accepté plus volontiers le bûcher que ce qui l'attendait.

2

Émilie gravit la colline pour venir au rendez-vous que Dean lui avait fixé à la Maison Déçue. Elle avait reçu un mot de lui, ce jour-là, écrit dès son retour de Montréal, lui demandant de le rencontrer au crépuscule. Il l'attendait sur le seuil, impatient, heureux. Les merles sifflaient dans la sapinière et le soir se parfumait de balsamine. Au lointain battaient sur la plage, dans le soir calme, les brisants d'un orage apaisé. Son qu'on n'entendait que rarement, mais qu'on n'oubliait jamais ensuite, funèbre comme bourrasques nocturnes, triste comme si la création y épanchait son mal de vivre.

Dean se porta à sa rencontre, tout feu, tout flamme, puis s'arrêta abruptement.

Quel visage elle avait! Et ses yeux! Que lui était-il arrivé en son absence? Cette jeune fille très pâle et distante n'était pas l'Émilie qu'il connaissait.

— Qu'est-ce qu'il y a ? interrogea-t-il, déjà au fait de la réponse.

Émilie le regarda. Elle allait lui assener un coup mortel: à quoi bon essayer de l'atténuer.

— Je ne peux pas vous épouser, Dean, murmura-t-elle. Je ne vous aime pas.

Elle n'en put dire plus. Elle n'avait pas d'excuse. Pas de plaidoyer à présenter pour sa défense. Oh, combien c'était terrible de voir le bonheur se retirer par votre faute d'un visage humain!

Il y eut une courte pause — qui parut éternelle, à cause de cette douleur lancinante de la mer, en fond sonore. Puis, Dean déclara, très doucement:

— Je savais que tu ne m'aimais pas. Tu semblais heureuse, pourtant, de m'épouser. Qu'est-ce qui t'a fait changer d'idée?

Il avait le droit de savoir. Émilie se débrouilla comme elle put pour raconter son incroyable histoire.

— Vous voyez, conclut-elle, aux abois, atteindre ainsi Teddy à travers l'espace prouve que je lui appartiens. Il ne m'aime pas, il ne m'aimera jamais, mais je lui appartiens. Oh! Dean, n'ayez pas l'air si accablé. Je me devais de vous avouer mes sentiments, mais si vous le souhaitez toujours, je vous épouserai. Je voulais que vous sachiez la vérité, puisque maintenant, moi aussi, je la sais.

— On sait bien, une Murray de la Nouvelle Lune n'a qu'une parole, fit Dean, les traits douloureusement moqueurs. Tu m'épouseras, si je le souhaite. Eh bien, je ne le souhaite plus. Je ne me vois pas marié à une femme dont le cœur appartient à un autre qu'à moi.

— Pourrez-vous jamais me pardonner, Dean?

— Te pardonner quoi? Je ne peux m'empêcher de t'aimer, et toi, tu ne peux t'empêcher d'aimer Teddy. Qu'y faire? On ne peut pas repartir à zéro. J'aurais dû me douter que la jeunesse appelle la jeunesse. Je n'ai jamais été jeune. Si j'avais su l'être, en dépit des années qui nous séparent, j'aurais pu te garder. Peut-être.

Il cacha sa figure défaite dans ses mains. Émilie se dit que la mort était douce, en comparaison.

Mais, quand Dean releva la figure, son expression avait changé: c'était la familière expression cynique et moqueuse d'antan.

— Quitte cet air tragique, Émilie. Des fiançailles rompues sont monnaie courante, de nos jours. Chaque médaille a son revers. Tes tantes se féliciteront de ta décision, et mon propre clan se dira que l'oiseau a échappé au piège de l'oiseleur. Il n'empêche que je regrette que ta grand-mère des Highlands d'Écosse t'ait légué ce dangereux chromosome de voyance plutôt que de l'emporter avec elle dans la tombe.

Émilie appuya les mains contre la colonne du portique et y posa la tête. Les traits de Dean s'altérèrent de nouveau en la regardant. Et lorsqu'il parla, sa voix se fit très douce, bien qu'encore froide et sans éclat. Toute la couleur et la chaleur s'en étaient allées.

— Émilie, je te rends ta vie. Elle m'appartenait, si tu t'en souviens, depuis le jour où je t'ai sauvée du Malvern. Elle est à toi de nouveau. Et nous devons nous dire adieu, tu vois, en dépit de notre pacte. Fais-le vite. Tous les adieux doivent être brefs — qui sont définitifs.

Émilie se suspendit à son bras.

— Oh! pas adieu, Dean, pas adieu. Ne pouvons-nous rester amis. Je ne peux pas vivre sans votre amitié.

Dean encadra de ses mains le visage qu'il avait rêvé de voir rougir sous son baiser et le regarda, grave, tendre.

— Nous ne pouvons plus être amis, ma chérie.

— Vous oublierez, Dean. Vous cesserez de m'aimer.

— Pour t'oublier, il faudrait que je sois mort. Non, mon étoile, nous ne pouvons plus être amis. Tu ne veux pas de mon amour et je n'ai rien d'autre à t'offrir. Je vais partir. Quand je serai vieux, mais alors là, vraiment très très vieux, je reviendrai et nous serons de nouveau amis, peut-être.

— Je ne pourrai jamais me pardonner.

— Je ne te fais pas de reproches. Je te remercie, même, pour cette année que tu m'as donnée, ce cadeau royal. Rien ne pourra jamais me l'enlever. Tout compte fait, je ne voudrais pas échanger ce dernier été parfait que j'ai vécu contre les petits bonheurs minables de milliers d'autres créatures. Mon étoile, mon étoile...

146

Émilie le regarda avec, dans les yeux, le baiser qu'elle ne lui avait jamais donné. Comme le monde lui semblerait désert, après le départ de Dean! Viendrait-elle jamais à bout d'oublier la terrible peine qu'elle lisait dans ses yeux?

Si elle était partie, alors, elle n'aurait jamais recouvré sa liberté, toujours entravée par ces yeux blessés et par le remords d'avoir été un bourreau. Dean s'en avisa peut-être, car il y eut, dans son sourire, alors qu'il se tournait pour partir, un soupçon de malveillance.

Il s'éloigna le long de l'allée, s'arrêta, la main sur la barrière, se retourna et revint sur ses pas.

3

— Émilie, j'ai, moi aussi, un aveu à te faire. Autant m'en libérer la conscience. Je t'ai obtenue par le mensonge. C'est peut-être à cause de cette très laide action que je n'ai pu te garder.

— Un mensonge?

— Tu te souviens de ce roman que tu avais écrit? Tu m'avais demandé de te dire franchement ce que j'en pensais. Je t'ai menti. C'était un bon travail. Il avait quelques défauts: c'est un peu mélo, un peu forcé... il te reste à atteindre la sobriété, à éliminer les fioritures... mais c'était bon. Ça sortait des sentiers battus, à la fois dans le thème et dans le développement. C'était charmant, et les personnages vivaient vraiment. Ils étaient naturels, attachants. Voilà! Tu sais maintenant ce que j'en pense.

Émilie le fixa, une rougeur au visage.

— Il était bon! Et je l'ai brûlé! souffla-t-elle.

Dean sursauta.

— Tu l'as brûlé?

— Oui. Et je ne peux pas le récrire. Oh! Dean, vous m'avez menti. Pourquoi?

— Parce que je détestais ton livre. Tu t'y intéressais davantage qu'à moi. Tu aurais éventuellement trouvé un éditeur. Ça aurait été la gloire. Et je t'aurais perdue. Les motifs de ces agissements paraissent bien laids, quand on les met en mots. Et tu me dis que tu as brûlé ton manuscrit! Ça semble oiseux de te dire que je regrette. Inutile de te demander de me pardonner.

Émilie tenta de se ressaisir. Un événement capital venait de se produire: elle était devenue libre. Libre de ses remords, de sa pitié. Elle ne devait plus rien à Dean. Les plateaux de la balance s'équilibraient.

«Il ne faut quand même pas que j'en garde rancune à Dean, comme l'aurait fait le vieux Hugh Murray», pensa-t-elle, bouleversée.

— Je vous pardonne, Dean, murmura-t-elle.

— Je te remercie.

Il regarda le cottage derrière elle.

148

— Cette maison restera éternellement déçue. C'est son destin, sans doute. Les maisons ne peuvent pas y échapper plus que les hommes.

Émilie évita de regarder la petite maison qu'elle avait aimée, qu'elle aimait toujours. Et qui ne serait jamais à elle, maintenant.

— Dean, voici la clef.

Dean fit non de la tête.

— Garde-la jusqu'à ce que je te la redemande. À quoi ça me servirait, maintenant? Je pourrais vendre la maison, j'imagine, mais ça me semblerait sacrilège.

Un autre geste restait à poser. Détournant la figure, Émilie tendit sa main gauche afin que Dean en retire l'émeraude qu'il y avait mise. Elle la sentit glisser de son doigt, y laissant une bande froide là où la pierre avait réchauffé sa peau. La bague lui avait souvent semblé une entrave, mais son cœur se serra de regret quand elle ne fut plus là. Avec l'émeraude disparaissait — perdu pour toujours — le trésor qui avait enrichi sa vie, ces dernières années: l'amitié de Dean et sa stimulante présence. La liberté avait aussi ses amertumes.

Lorsque Dean, boitant plus bas qu'avant, eut disparu de sa vue, Émilie rentra à la Nouvelle Lune. C'était la chose à faire. Dean avait enfin admis qu'elle pouvait écrire. Mais combien dérisoire lui semblait ce triomphe.

4

Si les fiançailles d'Émilie et de Dean avaient créé une commotion dans les clans, leur rupture y déchaîna une véritable tempête.

Les Priest exultaient et s'indignaient d'un même souffle, mais les Murray, inconséquents, étaient furieux. La tante Élisabeth, qui s'était élevée, au début, contre des fiançailles qu'elle désapprouvait, désapprouvait maintenant, avec la même véhémence, leur rupture. Les gens parleraient. Les gens souligneraient l'inconstance notoire des Starr.

— Alors, ironisa l'oncle Wallace, vous avez vraiment cru que cette girouette ne changerait plus jamais d'idée?

Tous les Murray s'exprimèrent à satiété sur le sujet, selon leur tempérament. C'est néanmoins le propos d'Andrew, gorgé d'un fiel amer, qui blessa le plus profondément Émilie. Elle était, avait-il déclaré — la coiffant d'un mot qu'il avait ramassé quelque part — instable. Les Murray ne savaient pas vraiment ce que ce mot signifiait, mais ils le reprirent en chœur. Émilie était une fille instable. Voilà! Ça expliquait tout. Le qualificatif resta accroché à elle comme une tique. Écrivait-elle un poème, refusait-elle du gâteau aux carottes que tous les membres du clan appréciaient, portait-elle son chignon bas sur le cou alors que la mode était aux chignons hauts, paraissait-elle, certains matins, n'avoir pas dormi de la nuit, ses yeux s'emplissaient-ils de larmes à la vue de la beauté, préférait-elle une promenade dans le verger à une sauterie à Shrewsbury, c'était parce qu'elle était instable.

Émilie se sentit seule dans un univers hostile. Personne ne la comprenait, même pas la tante Laura. Ilse lui écrivit une lettre plutôt bizarre dont chacune des phrases entrait en contradiction avec la suivante et qui laissa à Émilie l'impression qu'Ilse l'aimait toujours, mais qu'elle la trouvait instable, elle aussi. Ilse aurait-elle appris, par quelque hasard, que Perry Miller était venu à la Nouvelle Lune, aussitôt après la rupture, pour demander de nouveau à Émilie de l'épouser? (Émilie l'avait envoyé promener avec un tel sans-gêne que Perry, guéri à tout jamais de ses fantasmes, s'était juré qu'il en avait fini avec elle. Mais Perry se l'était juré si souvent!)

XII

1

«Une heure du matin. Guère le moment — c'est vrai — d'écrire dans son journal! Mais je ne viens pas à bout de dormir et je suis fatiguée de rester allongée là, dans le noir, à rêver tout éveillée. J'ai donc allumé ma chandelle et repêché mon vieux journal pour me débarrasser de mes obsessions en les mettant en mots.

«Je n'ai pas écrit dans ce cahier depuis le soir où j'ai brûlé mon manuscrit et où je suis tombée dans l'escalier. Depuis le soir où je suis morte. Je suis, éventuellement, revenue à la vie, et j'ai trouvé tout changé autour de moi. Tout était neuf. Redoutable et peu familier.

153

«Ça me paraît si loin, maintenant. Je tourne les pages du journal, relisant à la volée les notes gaies que j'y ai consignées et je m'étonne que ce soit moi, Émilie Byrd Starr, qui les aie écrites.

«La nuit est belle, quand on est heureux; elle est consolante, lorsqu'on souffre, mais terrible, quand on est seul et malheureux. Ce soir, je me sens terriblement seule. Submergée d'angoisse. À croire que mes émotions me tueront. La solitude m'étreint dans son étau et me laisse dépourvue de toute énergie et de tout courage.

«Je me sens si terriblement seule, cette nuit! Si seule! L'amour ne viendra plus à moi. J'ai perdu l'amitié. Pis encore, je sens, au fond de moi, que je ne peux plus écrire. J'ai essayé à plusieurs reprises, sans réussir. La vieille flamme créatrice semble s'être épuisée et je suis incapable de la rallumer. Tout au long de la soirée, j'ai tenté de bâtir une intrigue, mais c'est une mécanique boiteuse dans laquelle des marionnettes bougeaient quand je tirais les ficelles. J'ai finalement déchiré mes notes en mille morceaux, persuadée de rendre service à l'humanité.

«Ces dernières semaines ont été difficiles. Dean est parti. Je ne sais vraiment pas où. Il ne m'a pas écrit, et ne m'écrira plus jamais, j'imagine. Ne plus recevoir de lettres de Dean, alors qu'il voyage à l'étranger, me semble frustrant et peu naturel.

«Pourtant, je jouis d'être libre de nouveau.

«Ilse m'écrit qu'elle viendra à l'Île en juillet et août. Et que Teddy y viendra aussi. Voilà peut-être ce qui explique ma nuit blanche. Je ne veux pas être là, quand il viendra.

«Je n'ai jamais répondu à la lettre qu'il m'a écrite, après le naufrage du *Flavian*. Comment aurais-je pu écrire là-dessus? S'il en parle, quand il viendra, je ne serai pas capable de le supporter. S'il allait deviner que je l'aime, et que c'est à cause de cet amour que j'ai pu reculer les limites du temps et de l'espace pour le sauver! Je meurs de honte à seulement y penser. Et à penser à ce que j'ai dit à Mme Kent. Pourtant, je n'ai jamais regretté de lui avoir tout avoué. Cette franchise élémentaire m'a soulagée. Je ne crains pas qu'elle aille le lui répéter. Jamais elle ne voudrait lui laisser savoir qu'il m'est cher.

«Comment est-ce que je vais bien pouvoir traverser l'été, moi, je voudrais qu'on me le dise.

«Il y a des jours où je déteste la vie. Et d'autres où je l'aime passionnément, avec la conscience qu'elle est belle, qu'elle pourrait être belle, si...

«Avant son départ, Dean a condamné les fenêtres de la Maison Déçue. Je ne vais jamais là où je pourrais la voir. Mais je la vois quand même, dans ma tête, qui attend, sur sa colline. Muette. Aveugle. Je n'en ai jamais retiré mes choses, au grand dam de tante Élisabeth. Je ne crois pas que Dean en ait retiré les siennes non plus. Tout est resté comme avant. Chère petite maison! Qui ne sera jamais habitée. Je me sens comme il y a des années, quand j'ai voulu suivre l'arc-en-ciel jusqu'à son extrémité et l'ai perdu. Il y aura d'autres arcs-en-ciel, avais-je alors déclaré.

«Mais y en aura-t-il? Vraiment?»

2

«15 mai, 19-

«Un miracle s'est produit, en ce jour de printemps pareil à un poème: alors que je me penchais à ma fenêtre, à l'aube, pour écouter une petite brise espiègle venue du boisé du grand Fendant, le déclic, mon échappée inexprimable sur l'éternité, s'est soudain déclenché, après des mois de vide. Du coup, j'ai su que je pouvais de nouveau écrire. Je me suis ruée sur mon pupitre et j'ai saisi ma plume. Et j'ai écrit. Lorsque j'ai entendu cousin Jimmy descendre, au matin, j'ai jeté ma plume et appuyé ma tête à mon pupitre, heureuse de pouvoir encore travailler.

Gagner son pain à la sueur de son front
C'est le vrai paradis sur terre,
Car Dieu donne plus dans la malédiction
Que l'homme dans la bénédiction.

«Ainsi écrivait Elizabeth Barrett Browning. Et comme elle avait raison! Sans doute le travail à la chaîne, en usine, peut-il être associé à une malédiction, mais celui pour lequel nous sommes faits, celui que nous avons été mis au monde pour exécuter, quelle bénédiction! Quelle joie il apporte! Je l'ai senti, aujourd'hui, alors que la fièvre brûlait le bout de mes doigts et que ma plume me paraissait à nouveau une amie.

«Le droit au travail, on pourrait croire que l'obtient qui le veut. Il n'en est rien. Parfois, l'angoisse ou le chagrin nous le retirent. Si Dieu avait puni Adam et Ève en les condamnant *à l'oisiveté*, c'est là qu'ils auraient été des parias et des maudits. Le paradis ne me sera pas plus doux que le bonheur que j'ai connu, cette nuit, parce que le droit de travailler m'était revenu.

«Oh mon Dieu, tant que je vivrai, donnez-moi le droit de travailler», ai-je prié. Le droit et le courage.»

3

«25 mai, 19-

«Cher soleil, quel remède efficace tu fais! Toute la journée, je me suis émerveillée de la beauté du monde dans sa splendeur nuptiale.

157

Et ce soir, je débarrasse mon esprit de ses poussières dans le bain aérien d'un crépuscule de printemps. J'ai choisi, parce que nul n'y vient jamais, le chemin de la colline qui gravit la Montagne Délectable. J'y ai vagabondé à cœur joie, m'arrêtant à tout moment pour approfondir une réflexion ou caresser une chimère venue à moi comme un esprit ailé. Puis, j'ai erré dans les champs du plateau jusqu'à très tard et étudié les étoiles dans mes jumelles. Quand je suis rentrée, je me sentais à des millions de milles dans l'éther bleu et mon décor familier m'était devenu momentanément étranger.

«Mais il y a une étoile que je n'ai pas regardée: Véga de la Lyre.»

4

«30 mai, 19-

«Ce soir, alors que j'en étais au milieu d'une histoire, tante Élisabeth m'a demandé d'aller désherber la plate-bande des oignons. J'ai déposé ma plume et j'ai gagné le potager. Rien n'empêche, grands dieux, de réfléchir en sarclant les mauvaises herbes. L'âme oublie alors ce que font les mains. C'est ainsi que j'ai travaillé de mes mains tout en arpentant, en esprit, la Voie lactée.»

5

«Cousin Jimmy et moi nous sommes sentis comme des assassins, hier soir. Nous l'étions. Et des assassins d'enfants, en plus.

«C'est l'un de ces printemps où les érables donnent. Chacune des samares qui est tombée d'un érable, cette année, semble s'être enracinée. Partout sur la pelouse, dans le jardin et dans le verger, de minuscules érables ont poussé par centaines. Et, bien sûr, il faut les déraciner. Autrement, ils grandiraient. Alors, nous les avons arrachés, hier, toute la journée, ces fragiles petites choses vivantes, nous sentant quelque peu coupables. Qui sommes-nous pour leur retirer le droit de devenir des arbres majestueux? Cousin Jimmy en pleurait presque.

— Y a des fois, m'a-t-il soufflé, où je pense que c'est mal d'empêcher les choses de grandir. Moi, je n'ai pas grandi — dans ma tête.

«La nuit dernière, j'ai rêvé que j'étais poursuivie par les fantômes de milliers de jeunes érables. Ils se groupaient autour de moi, me fouettaient de leurs branches, m'étouffaient de leurs feuilles. Je me suis éveillée à demi morte de peur, mais avec une

159

splendide inspiration pour une histoire: la vengeance de l'arbre.»

6

«J'ai cueilli des fraises, cet après-midi, sur les rives de Blair Water, parmi les herbes parfumées par le vent. J'aime cueillir des fraises. Cette occupation me semble relever d'une perpétuelle jeunesse. Les dieux en ont sans doute cueilli sur l'Olympe sans rien perdre de leur dignité. Une reine ou un poète peuvent s'abaisser jusqu'à elles: n'importe quel pauvre hère y a droit.

«Ce soir, je suis assise ici, dans ma chambre, avec mes livres et mes tableaux et mes chères fenêtres aux carreaux bizarres, dans le crépuscule d'été, pendant que les merles s'interpellent dans le boisé du grand Fendant et que les peupliers se racontent des secrets oubliés.

«Ce monde n'est pas si affreux, après tout, et les gens qui l'habitent ne sont pas si mauvais qu'on le prétend. Émilie Byrd Starr a elle-même ses bons côtés. Elle n'est pas vraiment la perverse créature qu'elle croit être, aux petites heures du matin, la jeune fille sans amis, l'écrivain raté que désole le rejet successif de trois manuscrits. Et pas,

160

non plus, la froussarde qu'elle se sent devenir quand elle pense que Frédéric Kent viendra à Blair Water en juillet.

XIII

1

Émilie lisait à la fenêtre de sa chambre quand elle l'entendit. Elle lisait l'étrange poème d'Alice Meynelle: *Lettre d'une jeune fille à sa propre vieillesse*, et vibrait d'une émotion toute mystique à ces étranges prophéties. Dehors, le soir tombait sur le jardin. Et, entre chien et loup, lui parvinrent les deux notes élevées et la longue note basse de l'appel de Teddy dans le boisé du Grand Fendant, l'appel familier auquel elle avait si souvent répondu, au cours des crépuscules d'antan.

Le livre qu'elle tenait tomba, oublié, sur le sol. Elle se leva, pâlie, ses yeux dilatés fixant l'obscurité. Teddy était-il là? On ne l'attendait pas avant la semaine d'après, alors qu'Ilse arrivait ce soir même. Se serait-elle leurrée?

Avait-elle vraiment entendu ce sifflement? Ne l'avait-elle pas plutôt imaginé? Le chant d'un merle, peut-être?

Le sifflement se répéta. Elle savait, comme elle l'avait immédiatement deviné, que c'était Teddy qui l'appelait. Aucun son au monde ne se pouvait comparer à celui-là. Et il y avait si longtemps qu'elle ne l'avait entendu. Teddy était là. Il l'attendait, il l'appelait. Devait-elle y aller? Elle rit sous cape. Y aller? Elle n'avait pas le choix. Elle devait y aller. Elle n'avait plus d'orgueil, et, rien, même le souvenir amer de ce soir où elle avait attendu un appel qui n'était jamais venu, ne pouvait contenir son élan vers lui. La peur, l'humiliation, tout était oublié, dans la folle extase du moment.

Sans se donner le loisir de se rappeler qu'elle était une Murray, ne soustrayant qu'un moment pour se regarder dans la glace et s'assurer que sa robe de crêpe ivoire lui allait très bien, — quelle chance qu'elle l'ait mise! — elle vola vers lui à travers le jardin. Il l'attendait dans l'obscurité enchanteresse du boisé, tête nue, souriant.

— Teddy.

— Émilie.

Leurs mains, leurs yeux se joignirent. Le bonheur était revenu. Tout ce qui avait rendu leur jeunesse magique était là, de nouveau. Ils étaient réunis après ces longues et pénibles années de séparation, d'aliénation. Il n'y avait plus, entre eux, de timidité, plus de crainte que l'autre n'ait changé. Ils étaient redevenus les enfants qu'ils avaient été. Mais la douceur sauvage qui envahissait Émilie, la capitulation sans condition étaient nouvelles. Oh, elle était à lui. D'un mot, d'un regard, d'une intonation, il était son maître. Qu'importe qu'en des moments plus réfléchis elle se rebelle contre cette douce dépendance. Qu'importe que demain elle regrette l'élan qui la jetait vers lui. Ce soir, ce qui comptait, c'était qu'il soit là.

À tout prendre, ils ne se retrouvèrent pas en amoureux, mais plutôt en amis de longue date. Il y avait tant à raconter, tant à garder sous silence, pendant qu'ils arpentaient les allées du jardin et que les étoiles les narguaient dans le noir.

Un seul sujet ne fut pas abordé, celui qu'Émilie redoutait plus que tout. Teddy ne parla pas de sa vision dans la gare de Londres. Comme si ça n'avait pas existé. Pourtant, Émilie sentit que ce phénomène les avait rapprochés, après un long malentendu. Il valait mieux n'en pas souffler mot. C'était là leur secret. Qu'il valait mieux oublier. En créature inconséquente, Émilie fut déçue qu'il n'en parlât pas. Et en conclut que cela avait eu peu d'importance à ses yeux.

— C'est bon d'être de retour! s'exclama Teddy. Rien n'a changé, ici. Rien n'a bougé dans cet Éden. Regarde, Émilie, comme

Véga de la Lyre brille. Notre étoile, l'as-tu oublié?

Oubliée! Comme elle avait souhaité pouvoir le faire!

— On m'a écrit que tu allais épouser Dean, fit Teddy, abruptement.

— J'en avais l'intention, dit Émilie, mais je ne m'y suis pas résolue.

— Pourquoi pas?, interrogea Teddy, comme s'il en avait le droit.

— Parce que je ne l'aimais pas, répondit Émilie, lui concédant ce droit.

Et de rire, tous les deux, d'un rire contagieux, délicieux. (Le rire est sûr, il ne trahit pas.)

Ilse arriva à la course dans l'allée, parée d'une robe de soie jaune de la couleur de ses cheveux et d'une capeline du brun doré de ses yeux. C'était comme si une nouvelle rose jaune éblouissante s'épanouissait dans le jardin.

Émilie fut contente de la voir. Soulagée, tout au moins. Le moment était d'importance cruciale. Certaines choses graves ne se peuvent exprimer avec des mots. Et ils en étaient là. Elle s'éloigna de Teddy, l'air soudain guindé. Elle était redevenue une Murray de la Nouvelle Lune.

— Mes chéris! s'exclama Ilse, en les entourant de ses bras. N'est-ce pas divin de nous retrouver ici, ensemble? Oh, que je vous aime, tous les deux! Oublions que nous sommes vieux et sages et redevenons des enfants fous et heureux pendant ce bel été qui s'ouvre.

2

Un mois extraordinaire suivit. Mois semé de roses, de brumes légères, de clairs de lune parfaits, de crépuscules d'améthyste, de petites pluies douces, de musique, de magie. Mois de rires, de danses, d'enchantement sans fin. Néanmoins, mois de secrètes prises de conscience.

Rien ne fut jamais dit. Teddy et elle furent rarement seuls, mais il y avait de l'amour dans l'air. Ça se sentait. Émilie rayonnait. La mélancolie d'avant, qui avait tellement inquiété sa tante Laura, avait disparu de ses yeux. La vie était bonne, remplie d'amitié, d'amour, de la joie des sens comme de celle de l'esprit, de chagrins aussi, de beauté, de réussites, d'échecs, et c'est cette alternance qui la rendait si passionnante.

Chaque matin, au réveil, le jour nouveau prenait pour Émilie les traits de la bonne fée qui apporte un cadeau. Oubliés, pour l'instant, l'ambition, le pouvoir, la renommée. Que ceux auxquels ils importaient en paient le prix et s'en saisissent. L'amour, lui, ne s'achetait ni se vendait.

Le souvenir de son livre sacrifié cessa de la ronger. Qu'importait un livre de plus ou de moins dans cet univers où il y en avait déjà tellement! Les vies inventées paraissaient fades à côté de celle qu'elle vivait. Foin des lauriers! Les fleurs d'oranger feraient une plus douce couronne. Et quelle étoile du destin brillerait jamais davantage que Véga de la Lyre? Ah oui, vraiment, rien ne comptait plus, sur la terre, pour Émilie, que Teddy Kent.

3

— Si j'avais une queue, j'en fouetterais le plancher, pesta Ilse, en se jetant sur le lit d'Émilie et en lançant à travers la chambre l'un des plus précieux livres de celle-ci, le *Rubaiyat* que Teddy lui avait donné dans ses jours de collège. Le dos s'arracha et les feuilles volèrent de tous côtés, au grand déplaisir d'Émilie.

— As-tu déjà été tellement exaspérée par quelque chose que tu ne sois plus capable de pleurer? Ni de sacrer? demanda Ilse.

— Ça m'est arrivé, acquiesça Émilie. Mais je ne me défoulais pas sur les livres de mes amis. J'allais plutôt chanter pouilles au responsable.

— Il n'y avait personne autour de moi que je puisse engueuler, alors j'ai fait ce qui pouvait me soulager, dit Ilse, en filant un regard malveillant à la photo de Perry Miller, en évidence sur la commode d'Émilie.

Émilie la regarda aussi, et son visage se «Murrayifia». La photo était toujours à sa place, mais là où les yeux ardents et cyniques de Perry avaient l'habitude de vous sourire, il n'y avait plus maintenant que des trous déchiquetés, affreux à voir.

Émilie fut indignée. Perry avait été si fier de ces photos. C'était les premières qu'il ait fait prendre de sa vie. «Jamais pu m'en payer, avant», avait-il avoué franchement. Il y était très beau, même s'il paraissait quelque peu agressif avec sa chevelure bouclée lissée vers l'arrière, sa bouche ferme et son menton bien en évidence. La tante Élisabeth avait été impressionnée et se demandait comment elle avait pu faire manger dans la cuisine un si magnifique jeune homme. Et la tante Laura s'était essuyé les yeux en se disant que, oui, bon, Émilie et Perry... ce serait bien d'avoir un homme de loi dans la famille, bonne profession, bonne troisième, après celles de ministre du culte et médecin. Quoique, quand on s'y arrêtait... Stovepipe Town...

Perry avait quelque peu gâché son cadeau à Émilie en la demandant de nouveau en mariage. Il ne venait pas à bout de comprendre qu'on pût le refuser, alors que tout s'aplanissait devant lui. Il en voulait à Émilie de ses refus répétés.

— J'ai le vent dans les voiles, avait-il plastronné. Et ça ne peut aller qu'en s'améliorant. J'aimerais que tu te décides à mon sujet.

— Tu veux seulement que je prenne une décision? Rien d'autre?

— Rien d'autre. Qu'est-ce qu'il pourrait y avoir d'autre?

— Écoute, Perry, avait dit Émilie, la voix ferme. Tu es un bon vieux camarade. J'ai de l'affection pour toi. J'en aurai toujours, mais c'est fini, les folies. Si tu me demandes encore de t'épouser, je ne te reparlerai plus jamais. Qu'est-ce que tu préfères? Que je te garde mon amitié ou que je disparaisse de ta vie?

— Si c'est comme ça! avait dit Perry, en haussant les épaules avec philosophie. (Il en était d'ailleurs venu récemment à la conclusion qu'il tournait pour rien autour d'Émilie et qu'il valait mieux pour lui s'en abstenir, à l'avenir.)

Dix ans à jouer les soupirants éconduits, ça suffisait. Il y avait d'autres filles, après tout. Mais où donc s'était-il fourvoyé? S'il s'était montré moins fidèle, s'il avait fait sa cour par passades et retraits, comme Teddy Kent, peut-être aurait-il eu plus de succès? Les filles étaient bizarres. Ces choses, Perry les avaient pensées, mais n'en avait rien dit, Stovepipe Town ayant appris quelques subtilités. Il avait simplement déclaré:

— Cesse de me regarder comme tu le fais et je cesserai d'avoir envie de toi. Chose certaine, je ne me serais jamais démené pour grimper dans l'échelle sociale si je n'avais pas été amoureux de toi. Je serais resté garçon de ferme ou je serais devenu pêcheur en haute mer. Conclusion: je ne regrette rien. Tu as cru en moi. Tu m'as épaulé, tu m'as défendu auprès de ta tante Élisabeth. Ça a été — le beau visage de Perry s'était soudain empourpré et sa voix avait frémi — ça a été doux de rêver à toi, toutes ces années. Je vais cesser de rêver. À quoi ça me sert? Mais garde-moi ton amitié, Émilie.

— Toujours, avait-elle promis, impétueusement, en lui tendant la main. Tu es un roc, Perry chéri. Je suis fière de toi.

Et voilà qu'elle retrouvait, mutilée ainsi, la photo qu'il lui avait donnée. Elle jeta à Ilse un regard pareil à une mer déchaînée.

— Ilse Burnley, comment as-tu pu faire une chose pareille?

— Cesse de me regarder comme ça, démone de mon cœur, rétorqua Ilse. Tu perds ton temps. Je n'ai jamais pu sentir cette photo, tu vois. Avec Stovepipe Town en arrière plan.

— Ton geste relève du niveau de Stovepipe Town.

— Perry a couru après. La bouche en cœur. Regardez-MOI. Je suis une vedette. Tu parles! Je lui ai crevé les yeux. Avec tes ciseaux. Et rien ne m'a jamais causé plus de satisfaction. Ces yeux pleins de suffisance! Je les aurais regardés deux secondes de plus, et je me serais écroulée en larmes. Oh, je le déteste, bouffi d'orgueil comme un jeune chien.

— Tu m'as dit que tu l'aimais, il me semble, fit Émilie, durement.

— C'est pareil, fit Ilse, morose. Dis-moi pourquoi je ne peux pas chasser cette créature de mon esprit? Pour ne pas dire de mon cœur, ce qui serait par trop victorien. Je n'ai pas de cœur. Je n'aime pas Perry: je le déteste. Mais je ne peux m'empêcher de penser à lui tout le temps. Et ça me tue. Mais si tu veux savoir pourquoi je lui ai crevé les yeux, je vais te le dire. Le misérable a tourné casaque en politique. Lui qui se réclamait du parti conservateur est devenu membre du parti libéral.

— Alors que toi, tu conserves tes allégeances aux Conservateurs.

— Si tu veux, mais ça n'a rien à voir. Je déteste les girouettes. Je n'ai jamais pardonné à Henri IV d'être devenu catholique, de protestant qu'il était. Je lui en aurais voulu tout autant s'il avait viré dans l'autre camp. C'est ce que Perry a fait: il a changé de parti pour s'associer à Leonard Abel. Du Stovepipe tout craché. Un jour, Perry sera le juge Miller, un jour, il sera riche. Je m'en fiche. J'aurais voulu qu'il ait des milliers d'yeux pour pouvoir les percer tous. Retire cette photo de ma vue. *Je t'en prie*, Émilie.

Émilie rangea le portrait mutilé dans un tiroir de sa commode. Sa brève colère s'était évanouie. Elle comprenait pourquoi Ilse avait rendu aveugles les yeux de Perry. Ce qu'elle comprenait moins, c'était pourquoi Ilse aimait à ce point et aussi incurablement Perry Miller. Et elle avait pitié de cette dernière qui aimait sans espoir un homme qui ne l'aimait pas.

— Ça devrait suffire pour me guérir, cracha Ilse. Je ne *peux* pas, je ne *veux* pas aimer ce renégat, ce tourne-casaque. Je m'en sacre. Mais ce qui m'intrigue, Émilie, c'est que je ne te déteste pas, toi, qui repousses ce que moi je désire tant. Ce qui t'importe, c'est ta plume. As-tu jamais aimé quelqu'un, créature de glace?

— Perry ne m'a jamais aimée, répondit Émilie, en éludant la question. Il s'est seulement imaginé qu'il m'aimait.

— Moi, tu vois, je serais contente de seulement m'imaginer qu'il m'aime. Je l'avoue franchement. Tu es la seule personne au monde à qui je puisse le dire. Ça me soulage. C'est sans doute pour ça que je ne me résigne pas à te détester. Au fond, je ne suis peut-être pas aussi malheureuse que je le crois. Demain peut apporter n'importe quoi. Je vais vriller Perry Miller hors de ma vie et de mes pensées comme je lui ai vrillé les yeux.

Son ton changea du tout au tout.

— Émilie... le Teddy Kent de cet été me plaît beaucoup plus que celui d'autrefois.

— Tiens donc.

Le ton était éloquent, mais Ilse resta sourde à ses implications.

— Oui, je le trouve charmant. Ses années en Europe l'ont changé. Peut-être qu'elles lui ont appris à mieux dissimuler son égoïsme, tu ne crois pas?

— Teddy Kent n'est pas un égoïste, voyons donc! Tu te trompes. Regarde comme il entoure sa mère.

— Parce qu'elle l'adore. Teddy aime qu'on l'adore. C'est bien pour ça, tu sais, qu'il n'est jamais tombé amoureux de personne. Pour ça, et peut-être aussi parce que les filles lui courent tellement après qu'il en devient blasé. À Montréal, c'était à vous en rendre malade. Ridicules, les pauvres; aux petits soins pour lui, la langue pendante. C'était tellement flagrant que j'aurais voulu m'habiller en homme pour montrer que je n'étais pas de leur sexe. En Europe, c'était pareil, forcément. Quel homme peut être soumis à un tel traitement pendant six ans sans en devenir gâté, indifférent? Avec nous, ses bonnes copines qui le connaissons par cœur, il n'oserait pas. Mais je l'ai vu recevoir les hommages — remerciant d'un gracieux sourire et d'un regard, d'une caresse. Disant à chacune exactement ce qu'il croyait qu'elle voulait entendre. Chaque fois, j'aurais voulu lui dire ma façon de penser, pour qu'il s'en souvienne, sur le coup de trois heures, pendant ses insomnies.

Le soleil avait sombré dans un banc de nuages violets, derrière la Montagne Délectable. Un petit vent froid balaya la colline et les champs de trèfle. La chambre s'assombrit, et l'échappée sur Blair Water qu'offrait une brèche dans le boisé du Grand Fendant devint d'un seul coup d'un gris de plomb.

La soirée d'Émilie était gâchée. Mais elle sentait — savait — que Ilse se trompait sur plusieurs points. Il était évident aussi — elle en était consciente — qu'elle avait bien gardé son secret. Ilse elle-même n'en avait rien deviné. En Émilie, la partie Murray et la partie Starr s'en réjouirent.

4

Elle resta longtemps assise à sa croisée, à scruter le ciel qui tournait lentement du noir au pâle argent à mesure que la lune y montait. Ainsi, les filles avaient «couru après» Teddy.

Elle regretta de s'être précipitée si spontanément quand il l'avait appelée en sifflant dans le boisé du Grand Fendant. «Siffle, mon ami, siffle, et j'accourrai» convenait sans nul doute aux ballades écossaises, mais nul ne vivait en permanence dans les ballades écossaises. Et il y avait eu cette altération dans la voix de Ilse, ce ton presque de la confidence, quand elle avait parlé de Teddy. Est-ce que ça signifiait quelque chose? Comme elle était jolie, ce soir, Ilse dans cette élégante toilette verte sans manches, au tissu semé de papillons dorés, avec ce collier vert qui encerclait son cou et pendouillait jusqu'à ses hanches comme un long serpent. Avec ses souliers verts à boucles d'or. Ilse portait toujours des souliers ravissants. Qu'était-ce donc qu'Ilse avait voulu laisser entendre? Qu'elle et Teddy...

Après le déjeuner, la tante Laura mentionna au cousin Jimmy qu'elle était certaine que quelque chose tracassait la chère enfant.

XIV

1

— «**À** qui se lève matin, Dieu aide et prête la main»… dit Teddy, en se glissant aux côtés d'Émilie sur les longues herbes du talus de Blair Water.

Il était venu près d'elle si silencieusement qu'elle ne l'avait pas entendu approcher et n'avait pu réprimer le sursaut et l'afflux de sang à la figure qu'elle souhaita qu'il n'ait pas vus.

Elle s'était éveillée tôt. Pénétrée du désir — que sa famille qualifiait de fantasque — de voir le soleil se lever, elle avait descendu l'escalier et traversé le jardin pour gagner le boisé du Grand Fendant et, de là, aller à la rencontre de l'aurore et de ses mystères. Elle n'avait pas pensé que Teddy ferait de même.

— J'aime venir ici, au lever du soleil, lui dit-il. C'est la seule occasion que j'aie d'être seul quelques instants. Nos soirées et nos après-midi sont pris par nos escapades, et ma mère aime que je passe les matins avec elle. Elle est si seule, depuis six ans.

— Je m'en veux d'avoir empiété sur ta précieuse solitude, fit Émilie, dont l'orgueil se rebiffait à l'idée qu'il pût penser qu'elle connaissait cette habitude et qu'elle était venue dans l'espoir de le rencontrer.

Teddy rit.

— Ne prends pas tes grands airs avec moi, Émilie Byrd Starr. Tu sais très bien que je suis ravi de te trouver ici. J'espère cela depuis toujours. Voilà, c'est fait. Restons assis ici et rêvons ensemble. Dieu a fait ce matin pour nous, juste pour nous deux. Parler le gâcherait.

Émilie acquiesça de la tête. C'était si merveilleux d'être assise là, avec Teddy, au bord de l'eau, sous le corail du ciel matinal, et de rêver, seulement de rêver, pas plus, des rêves fous, doux, secrets, inoubliables. Seule avec Teddy, pendant que tout le monde dormait. Oh, que ce moment exquis, dérobé au quotidien, se prolonge un peu plus! Un vers d'un poème de Marjorie Picktall lui revint en mémoire, pareil à une mesure de musique :

Oh, gardez le monde à l'aube, toujours!

Elle le murmura, comme une prière, dans sa tête.

Tout était si beau, en ce moment magique d'avant l'aurore : les iris sauvages bleus autour de l'étang, les ombres violettes dans le creux des dunes, les brumes transparentes flottant au-dessus de la vallée, le tissu d'or et d'argent qu'on appelle un champ de marguerites, la brise du golfe, le bleu des terres lointaines, au-delà du port, les panaches de fumée s'élevant dans l'air immobile des cheminées de Stovepipe Town, là ou les pêcheurs se lèvent tôt. Et Teddy, allongé à ses pieds, ses longues mains brunes nouées derrière sa nuque. Elle ressentit de nouveau l'attrait magnétique de sa personnalité. Le ressentit si fort qu'elle n'osa croiser son regard. Pourtant, elle s'avouait avec une secrète candeur qui eût scandalisé sa tante Élisabeth qu'elle souhaitait laisser courir ses doigts dans les sombres cheveux luisants, qu'elle souhaitait sentir les bras de Teddy l'enlacer, qu'elle souhaitait presser son visage contre le tendre visage masculin, sentir ses lèvres sur les siennes...

Teddy retira l'une de ses mains de sous sa nuque et la posa sur celles d'Émilie. Pendant un moment d'abandon, elle l'y laissa. Puis, les mots de Ilse lui revinrent à l'esprit, la brûlant comme une flamme. «Je l'ai vu recevoir les hommages, remerciant d'une caresse, disant à chacune ce qu'il croyait qu'elle voulait entendre.»

Teddy avait-il pénétré ses pensées? C'était si évident qu'elle l'aimait. Insupportable, aussi. Elle se remit sur pieds d'un élan, repoussant la main de Teddy.

— Je dois rentrer.

Le fait brutal. Impossible, pour elle, de mitiger son attitude. Il ne fallait pas, absolument pas, qu'il pense que...

Teddy se leva, lui aussi. La voix, l'attitude changées. Le moment merveilleux était passé.

— Moi aussi. Ma mère va me chercher. Elle se lève toujours tôt. Pauvre petite maman. Elle n'a pas changé. Elle ne se réjouit pas de mes succès. Au contraire. Elle croit qu'ils m'enlèvent à elle. La vie n'a pas été facile pour elle. J'aimerais l'emmener avec moi, mais elle s'y refuse. Sans doute parce qu'elle ne peut supporter de quitter le Tré-carré, et aussi parce qu'elle n'aime pas me voir m'enfermer dans mon atelier comme si je l'en excluais. Qu'est-ce qui a bien pu la rendre si sauvage. Je ne l'ai jamais connue autrement, mais elle a dû être comme tout le monde, autrefois. Étrange, pour un fils, d'en connaître si peu sur sa mère! Et même pas qui lui a infligé cette cicatrice sur la figure. Je ne sais à peu près rien de mon père, et rien du tout de sa famille. Elle ne dit jamais rien des années d'avant notre venue à Blair Water.

— Quelque chose l'a blessée, un jour, c'est certain. Si terriblement qu'elle n'a jamais pu s'y résigner, dit Émilie.

— La mort de mon père, par exemple?

— J'en doute. À mon sens, il y a eu autre chose. Bon, alors, au revoir.

— Viendras-tu au souper dansant chez Mme Chidlaw, ce soir?

— Oui. Son chauffeur doit passer me prendre.

— Dis donc! À quoi ça servirait, je me le demande, de t'inviter à m'accompagner dans une voiture tirée par un seul cheval — et emprunté, en plus? J'irai avec Ilse, alors. Perry y sera?

— Non. Il m'a écrit qu'il ne pourrait venir. Il prépare sa première plaidoirie, qu'il donnera après-demain.

— Perry fait son chemin. Avec sa ténacité de bouledogue, il ne lâche pas sa proie. Il deviendra riche pendant que nous resterons pauvres comme la gale. C'est que nous, vois-tu, nous courons après l'or de l'arc-en-ciel.

Émilie se dit qu'elle ne s'attarderait pas. Il pourrait penser qu'elle attendait son bon vouloir, «la langue pendante». Elle se détourna presque impoliment. Il s'était montré prêt, sans regret, à «accompagner Ilse». Comme si l'une ou l'autre ça n'avait pas vraiment d'importance. Elle n'oubliait pas, cependant, qu'il avait posé sa main sur la sienne. Ça brûlait encore. Au cours de cet instant fugitif, de cette brève caresse, il l'avait, ce que Dean n'avait pas réussi après des années de vie commune, faite sienne à jamais.

Cette constatation la hanta toute la journée. Elle revécut de mémoire, sans se lasser, ce moment d'abandon. Et il lui sembla étrange que rien ne fût changé à la Nouvelle Lune et que le cousin Jimmy se préoccupât des araignées rouges sur ses asters.

2

Un petit clou sur la route de Shrewsbury mit Émilie en retard de quinze minutes au repas de Mme Chidlaw. Elle se jeta un regard rapide dans le miroir avant d'entrer et s'en détourna, satisfaite. Une flèche de brillants dans ses cheveux bruns communiquait son brio à sa nouvelle robe. Cette robe : dentelle vert pâle sur fourreau bleu azur, que Mlle Royal avait achetée pour elle à New York, lui allait particulièrement bien. Les tantes l'avaient trouvée bizarre. Selon leurs critères, le vert et le bleu ne se mariaient tout simplement pas. Et puis, n'est-ce pas, il y avait si peu de tissu. Mais elle mettait si bien en valeur la jeune créature aux yeux d'étoiles que le cousin Jimmy s'était exclamé, lugubre, après son départ :

— Dans cette robe, Émilie n'est plus à nous.

— Elle a l'air d'une *actrice*, s'était scandalisée la tante Élisabeth.

Émilie ne se sentait pas du tout comme une actrice quand elle traversa le solarium pour gagner la véranda où se déroulait le souper dansant. Elle se sentait vivante, heureuse. Teddy serait là. Elle aurait le bonheur de le regarder, de loin, parler à tout venant tout en pensant à *elle*. Ils danseraient ensemble. Peut-être lui dirait-il ce qu'elle se languissait d'entendre...

Elle s'immobilisa une seconde avant d'entrer, les yeux éblouis par le décor étalé là devant elle, l'un de ces décors que leur charme fixe à jamais dans le souvenir.

La table était mise dans la grande alcôve au détour de la véranda recouverte de branches de vignes. Derrière celle-ci, des sapins sombres et des peupliers de Lombardie se découpaient contre le ciel rosâtre et jaune un peu passé de ce crépuscule d'été. Entre leurs troncs, elle entrevoyait le saphir sombre de la baie. Elle voyait de grandes masses d'ombre autour d'un îlot de lumières : l'éclat des perles sur le cou blanc de Ilse. Il y avait d'autres invités : le professeur Robins, de McGill, dont une barbiche en forme de pique allongeait la longue figure mélancolique, Lisette Chidlaw, au visage rond surmonté d'une masse de cheveux foncés, Jack

Glenlake rêveur et beau, Annette Shaw, jolie poupée blanche et or au sourire affecté; le solide petit Tom Hallom, au faciès irlandais plein d'humour, Aylmer Vincent. Plutôt obèse. À la calvitie précoce. Faisant toujours le joli cœur auprès des dames. (Penser qu'elle l'avait, un temps, pris pour le prince Charmant!) Il y avait là aussi Élise Borland et le solennel Gus Rankin qui réservait, semblait-il une chaise libre près de lui pour elle. De tout ce beau monde, Émilie ne vit que Teddy et Ilse.

Ils étaient assis ensemble juste en face d'elle. Teddy, mince et soigné comme d'habitude, sa tête sombre près de la blonde tête d'Ilse. Et Ilse, éblouissante en son taffetas turquoise aux bouillons de dentelle sur sa jolie poitrine. Une reine, vraiment.

Au moment où Émilie les aperçut, Ilse levait les yeux vers Teddy, lui posant une question qu'Émilie jugea, à l'expression sur la figure de son amie, très intime et d'une importance capitale. Elle ne se rappelait pas avoir jamais vu cette expression sur les traits d'Ilse. Il y avait comme un défi dans son interrogation. Teddy la regardait et répondait. Émilie devina que le mot «amour» entrait dans la réponse. Le couple se regarda longuement, puis Ilse rougit et détourna les yeux. Ilse? Rougir? Ça ne s'était jamais vu. Teddy releva le menton et balaya la table d'un regard qui semblait exultant et victorieux.

Émilie mourut à l'intérieur, sans qu'il y parut. Quelle terrible désillusion! Son cœur, si vibrant le moment d'avant, devint lourd et sec. Malgré les lumières et les rires, elle sombrait dans le froid d'une nuit sans fin. Elle ne retint pas un mot de ce que lui dit Gus Rankin. Elle ne regarda plus Teddy, qui semblait très en verve et qui badinait avec Ilse, et se montra insensible aux avances que Gus multiplia pendant le repas. Il eut beau raconter toutes ses histoires, Émilie, comme la reine Victoria, «n'en fut pas amusée». Mme Chidlaw se repentit d'avoir envoyé son chauffeur à une invitée aussi capricieuse. Sans doute avait-on eu tort d'apparier Émilie Starr et Gus Rankin, parce que Perry Miller n'était pas disponible, mais il y a des limites à tout : vous auriez dit une duchesse lésée dans ses privilèges. «Il me faut pourtant la traiter avec civilité, se dit l'hôtesse, autrement, elle me mettra dans l'un de ses romans...»

En réalité, Émilie bénissait le ciel d'être avec Gus Rankin, qui n'avait besoin de personne pour maintenir une conversation.

La danse fut abominable pour elle, qui se sentait fantôme parmi de joyeux lurons. Elle dansa avec Teddy, mais celui-ci, se rendant compte que l'âme s'en était allée de la silhouette qu'il tenait contre lui, ne sollicita pas d'autre danse. Il ne dansa plus qu'avec Ilse et passa le reste de la veillée dans le jardin

avec elle. L'attention qu'il lui porta fut remar-
quée. Millicent Chidlaw s'informa auprès
d'Émilie si les rumeurs de fiançailles entre
Frédéric Kent et Ilse Burnley étaient fondées.

— Il a toujours été fou d'elle, n'est-ce
pas? conclut-elle.

La voix neutre, Émilie acquiesça que oui,
peut-être...

Guettait-on ses réactions?

Bien sûr que Teddy était amoureux d'Ilse.
Comment en eût-il été autrement? Ilse était si
belle! Comment eût-elle pu se mesurer, elle,
toute d'ombre lunaire, à ce soleil éblouissant?
Teddy l'aimait bien. Voilà, c'était cela,
comme on aime un cher vieux camarade. Pas
plus. Elle s'était *de nouveau* imaginé des
choses. Elle repensa au matin près de Blair
Water, alors qu'elle lui avait presque laissé
voir... peut-être même avait-il vu?... Ce
soupçon la révulsait. Deviendrait-elle jamais
sage? Elle avait appris sa leçon, ce soir.
Cruellement. À l'avenir, elle ne se montrerait
plus que digne, inaccessible. Et pour le reste
de ses jours.

Comme dans le dicton populaire, elle fer-
mait la porte de l'écurie après que le cheval
en ait été volé, mais ça ne la faisait pas rire
de se le dire.

Et comment — oui, vraiment, comment —
parviendrait-elle à traverser la nuit qui venait?

XV

1

Rentrée d'un séjour d'une semaine chez l'oncle Oliver, à l'occasion du mariage d'une cousine, Émilie apprit, au bureau de poste, que Teddy Kent était reparti.

— En coup de vent, lui dit Mme Crosby. Il a reçu un télégramme lui proposant de devenir assistant-directeur du Collège des Arts, à Montréal, et il est allé voir de quoi il retournait. C'est pas formidable, ça? On est fier de lui, à Blair Water. Mais quel dommage, quand même, que sa mère soit si bizarre!

Mme Crosby n'attendait jamais de réponse à son monologue. Une veine. Serrant son courrier contre elle, Émilie, que cette nouvelle avait saisie, sortit en trombe du bureau de poste. Elle croisa, en route, plusieurs personnes qu'elle ne vit même pas, ce qui accrédita encore plus sa réputation de fille hautaine, arrogante et vaniteuse. Lorsqu'elle entra à la Nouvelle Lune, sa tante Laura lui tendit une lettre.

— Teddy l'a laissée pour toi. Il est venu ici, hier soir, pour te faire ses adieux.

La hautaine, arrogante et vaniteuse Mlle Starr faillit fondre en larmes. Une Murray, en larmes sur la place publique, ça ne devait pas se voir. Serrant les dents, Émilie prit la lettre et gagna sa chambre. La glace autour de son cœur fondait rapidement. Pourquoi donc s'était-elle montrée si tiède avec Teddy, pendant la semaine après la danse chez Mme Chidlaw? Mais qui eût pu penser qu'il partirait si vite! Et maintenant...

Elle ouvrit sa lettre. il n'y avait rien d'autre, dedans, qu'une coupure d'un ridicule poème que Perry avait écrit et publié dans un journal de Charlottetown, journal qu'on ne recevait pas à la Nouvelle Lune. Teddy et elle en avaient beaucoup ri. Ilse en avait été trop frustrée pour s'en moquer. Et Teddy lui en avait promis une copie.

Eh bien, elle l'avait, sa copie!

2

Elle était assise dans le noir, à regarder tomber la nuit sur les arbres secoués par le vent quand Ilse, qui rentrait de Charlottetown, pénétra dans la pièce.

— Ainsi, Teddy est parti. Je vois que tu as eu une lettre de lui, toi aussi.

Aussi!

— Oui, dit Émilie, se demandant si elle ne mentait pas en qualifiant de «lettre» une coupure de journal, puis concluant que ça n'avait, au fond, aucune importance.

— Il était vraiment désolé de partir si précipitamment, mais c'était important pour sa carrière. Devenir assistant-directeur de ce collège, à son âge, c'est alléchant. Moi aussi, je dois bientôt partir. Quelles vacances merveilleuses nous avons eues! Reste la danse à Derry Pond, demain. Tu iras, Émilie?

Émilie fit non de la tête. Qu'importaient les danses, maintenant que Teddy était parti!

— Au fond, fit Ilse, pensive, j'ai l'impression que cet été a été plutôt raté, même si nous nous sommes bien amusés. Nous avons essayé de redevenir les enfants que nous avons été, mais nous n'y sommes pas arrivés. Ç'a été de la frime, tout du long.

De la frime? Oh, que ce mal de l'âme, que cette honte qui la brûlait et dont elle se mourait n'aient été que de la frime! Teddy n'avait même pas daigné lui écrire un mot d'adieu. Elle savait, depuis la danse chez les Chidlaw, qu'il ne l'aimait pas, mais l'amitié a des droits. L'amitié même ne semblait pas importer à Teddy. Il était retourné à ce qui comptait vraiment pour lui. Et il avait écrit à Ilse. Pas à elle.

Elle donnerait le change. Il y avait des moments où la fierté des Murray devenait un atout.

— Je ne suis pas fâchée que l'été soit fini, dit-elle, comme si de rien n'était. J'ai négligé mes écritures, ces deux derniers mois. Il faut que je m'y remette au plus tôt.

— Ton travail, c'est toute ta vie, pas vrai? constata Ilse. Moi, j'aime bien le mien, mais — on est ce qu'on est — je ne me laisserais pas piéger par lui. Tu trouves ça normal, toi, de ne t'attacher qu'à ça?

— Beaucoup plus que de m'encombrer de trente-six babioles.

— Tu as raison, sans doute. Et tu réussiras. Tu le mérites, en tout cas, puisque tu sacrifies tout sur l'autel de ta déesse. Nous sommes bien différentes, toi et moi. Je suis pétrie d'une pâte moins forte. Il y a des choses que *je ne pourrais* laisser échapper, que *je ne laisserais jamais* échapper. Le vieux Kelly l'a dit : quand on peut pas avoir ce qu'on désire, il faut désirer ce qu'on peut avoir. C'est plein de bon sens.

Émilie se porta spontanément vers Ilse et l'embrassa sur le front. Plût au Ciel qu'elle réussît à se berner elle-même comme elle bernait les autres.

— Nous ne sommes plus des enfants, Ilse. Nous ne pouvons plus revenir à cet heureux temps. Nous sommes des femmes, et nous devons nous tirer de ce pas du mieux que nous le pouvons. Je crois que tu seras heureuse, un jour. Je te le souhaite.

Ilse serra la main d'Émilie.

— Ça a du bon sens en maudit, fit-elle, rêveuse.

Si elle n'avait pas été à la Nouvelle Lune, son exclamation eût probablement été plus crue.

XVI

1

«17 novembre, 19-

«**D**eux adjectifs coiffent, depuis la nuit des temps, les jours de novembre : morne, triste. Il ne m'appartient pas de les séparer. Conséquemment, cette journée de novembre a été morne et triste, dedans comme dehors, pour le corps comme pour l'âme.

«Hier se défendait bien. Il y a eu un chaud soleil, et le gros tas de citrouilles de cousin Jimmy faisait une jolie tache de couleur contre les granges grises. Le val, près du ruisseau, était patiné par l'or des genévriers dépouillés de leurs feuilles. Je me suis promenée tout l'après-midi dans le mystère des bois dénudés que la beauté n'avait pas désertés, puis, de nouveau, au crépuscule, aux dernières lueurs du couchant. Le soir était doux. Un calme lourd enveloppait les champs et la colline, piqués de petits bruits disparates que j'entendais parce que j'écoutais plus avec mon cœur qu'avec mes oreilles. Ensuite, les étoiles sont venues, en grand apparat, me transmettre leur message.

«Aujourd'hui a été lugubre. J'ai écrit toute la journée, mais ce soir, je n'ai pas pu continuer : c'était comme si la grâce m'avait quittée. Je me suis enfermée dans ma chambre que j'ai arpentée comme un fauve en cage. «Minuit sonne, à l'horloge du château», mais le sommeil me fuit. Je ne peux plus dormir. La pluie contre les carreaux est funèbre, et les vents défilent comme des régiments de trépassés. Je suis hantée par les joies fantomatiques du passé et angoissée par l'avenir.

«Je ne cesse de penser, c'est fou, à la Maison Déçue, assaillie, sur sa butte, par ce vent de tempête. Cette petite maison me fait mal, cette nuit. Où est Dean, cet hiver? Voilà une autre cause de souci. Teddy ne m'écrit plus, pourquoi : c'en est une autre. Certaines nuits, la solitude me submerge. Je cherche alors du réconfort dans mon journal. Et c'est à cet ami fidèle que je conte mes peines.»

2

«J'ai écrit une *bonne* histoire, aujourd'hui. M. Carpenter en aurait été satisfait. J'étais heureuse en l'écrivant. Mais quand je l'ai terminée et que je suis retombée dans la réalité...

«Quand même, je ne vais pas en faire un plat. La vie est redevenue *vivable*. Elle ne l'était pas pendant l'automne. Tante Laura croyait que j'allais tout droit vers la tuberculose. Je me suis battue contre la neurasthénie et j'ai gagné : je suis de nouveau une femme libre, très saine d'esprit. Bien qu'il arrive que je retrouve encore, parfois, dans ma bouche, le goût amer de ma folie.

«Ma carrière se porte bien. J'en retire assez pour vivre, et tante Élisabeth lit mes histoires à tante Laura et à cousin Jimmy, le soir. Je viens à bout de traverser chaque jour qui passe sans y laisser trop de plumes. Mais comment sera demain? Voilà ce qui m'effraie.»

3

«Je me suis promenée en raquettes dans la neige au clair de lune. Le vent pinçait agréablement le visage, et la nuit, étoilée, givrée, lyrique, était exquise. Certaines nuits sont comme le miel, certaines, comme le vin, et d'autres, fiel et absinthe. Celle-ci était un vin doux qui vous faisait tourner la tête. J'y ai vibré d'espoir et me suis réjouie d'avoir triomphé des forces des ténèbres qui avaient failli me réduire à l'impuissance, la nuit précédente.

«Je viens tout juste de rentrer. J'ouvre les rideaux et je regarde dehors. Le jardin est blanc et immobile sous la lune, tout d'ébène et d'ombres gelées.

«Et, loin derrière, les champs reposent, solitaires. Solitaires? Je n'avais pas l'intention d'écrire ce mot. Il s'est glissé tout seul sous ma plume. Je ne suis pas *solitaire*. J'ai mon travail et mes livres et l'espérance du printemps, et je sais que cette paisible existence que je mène m'est beaucoup plus profitable que la vie tumultueuse de cet été.

«Je le croyais, quand je l'ai écrit. Maintenant, je regarde la vérité en face. Ce n'est pas vrai. Je stagne.

196

«Je suis seule et je souffre de ne pouvoir partager mes pensées avec des pairs. À quoi bon le nier?

«Quand je suis entrée dans la chambre, j'étais victorieuse, mais maintenant, ma bannière traîne dans la poussière.»

4

«20 février, 19-

«Quel mois aigre et maussade que février! Tout à fait dans le ton des traditions Murray. Une tempête se déchaîne sur le pays et le vent balaie les collines des alentours. Au-delà du boisé, Blair Water se terre, triste chose noire dans un désert blanc. La grande nuit hivernale qui sévit dehors fait paraître ma chambre encore plus chaleureuse, avec son feu qui pétille. Je me sens beaucoup plus en accord avec le monde, ce soir, que je ne l'ai été pendant la belle nuit de janvier dont j'ai parlé dans mon journal. Cette nuit-ci n'insulte pas autant à ma solitude.

«Aujourd'hui, dans le *Glassford's Magazine*, il y avait une nouvelle, illustrée par Teddy. J'ai vu mon propre visage — l'héroïne — me regarder. Ça me fait toujours un effet singulier. Aujourd'hui, j'en ai été irritée. Pourquoi mon visage lui importe-t-il, si *moi*, je ne lui importe pas?

«J'avais découpé son portrait dans le répertoire des notables du pays et je l'avais glissé dans un cadre que j'avais posé sur mon pupitre. Je n'avais pas de photographie de Teddy. Ce soir, j'ai retiré la coupure du cadre et l'ai déposée sur les braises du foyer. Je l'ai regardée se recroqueviller. Juste avant que le feu ne s'en empare, le portrait a comme frissonné, et Teddy a semblé me faire un clin d'œil — ironique, espiègle — comme s'il disait : «Tu crois que tu as oublié, mais si c'était vrai, tu ne m'aurais pas brûlé. Tu es à moi. Tu seras toujours à moi. Et je ne veux pas de toi.»

«Si une bonne fée m'apparaissait soudain et si elle m'offrait de faire un vœu, voilà ce qu'il serait : Que Teddy Kent revienne dans le boisé du Grand Fendant et qu'il m'appelle à lui en sifflant encore et encore. Et je ne répondrais pas. Je ne ferais pas un seul pas vers lui.

«Je n'en peux plus. Il faut que je le chasse de ma vie.»

XVII

1

Le clan Murray connut des moments difficiles, l'été qui suivit le vingt-deuxième anniversaire d'Émilie. Ni Teddy ni Ilse ne revinrent à l'Île, cet été-là. Ilse était en tournée dans l'Ouest et Teddy avait gagné un quelconque territoire nordique où il dessinait les illustrations d'un feuilleton sur une tribu indienne.

Émilie eut tellement de soupirants, cet été-là, que les commères de Blair Water ne surent plus où donner de la tête. D'autant que la communauté n'en prisait aucun.

Il y eut le beau, le séduisant Jack Bannister, le don Juan de Derry Pond, «fripouille pittoresque», comme l'appelait le docteur Burnley, que n'entravait aucun code moral. Allez donc savoir l'effet que sa langue bien pendue et ses traits réguliers feraient sur la fantasque Émilie! Les Murray en furent préoccupés trois semaines durant, puis il apparut qu'Émilie avait quelque bon sens, après tout. Jack Bannister disparut du paysage.

— Émilie n'aurait jamais dû lui adresser la parole, s'indigna l'oncle Oliver. Il paraît qu'il écrit son journal et qu'il y raconte ses histoires d'amour avec ses blondes et ce qu'elles lui ont dit.

— Ne craignez rien, il n'écrira pas ce que *moi*, je lui ai dit, les rassura Émilie.

Harold Conway fut aussi cause d'inquiétude. Ce garçon de Shrewsbury, dans la trentaine, avait l'air d'un poète monté en graine avec sa broussaille de cheveux blond ardent et ses yeux bruns très vifs. Il jouait du violon pour gagner sa vie.

Émilie alla à un concert et à une pièce de théâtre avec lui, et les tantes de la Nouvelle Lune connurent quelques nuits d'insomnie. Mais lorsque, pour employer le parler de Blair Water, Rod Dunbar «lui coupa l'herbe sous le pied» ce fut bien pis. Les Dunbar ne se réclamaient d'aucune religion officielle. La mère était presbytérienne, le père, méthodiste, le frère, baptiste, et l'une de ses sœurs faisait partie de la Science chrétienne. Son autre sœur était théosophiste, ce qui était pis que tout le reste parce qu'on ne savait pas au juste ce que c'était. Dans cette salade, qu'était Rod? Certainement pas un compagnon digne d'une orthodoxe de la Nouvelle Lune.

— Le grand-oncle de Rod était un maniaque de la religion, bougonna l'oncle Wallace. Ils l'ont gardé enchaîné dans sa chambre pendant seize ans. Qu'est-ce qu'elle a donc, cette fille, à s'intéresser à lui? Pure folie.

Les Dunbar étaient au moins gens respectables; on ne pouvait en dire autant de la famille de Larry Dix, l'un des notoires Dix de Priest Pond, dont le père avait, un temps, fait paître ses vaches dans le cimetière, et dont l'oncle était soupçonné d'avoir jeté un chat mort dans le puits d'un voisin par pure malveillance. Larry lui-même se tirait bien d'affaire, comme dentiste. C'était un jeune homme si sérieux et si pondéré que rien d'incriminant ne pouvait être retenu contre lui, sauf qu'il était un Dix. La tante Élisabeth n'en fut pas moins soulagée quand Émilie l'envoya paître.

— Jeune présomptueux, commenta la tante Laura, renversée, qu'un Dix ait pu aspirer à une Murray.

— Ce n'est pas à cause de sa présomption que je l'ai écarté, expliqua Émilie. Il ne connaissait rien de rien à l'amour.

— Je suppose qu'il n'a pas fait sa demande assez romantiquement à ton goût, la taquina la tante Laura.

— Non, voyez-vous, c'est le genre de mari qui va offrir à sa femme un aspirateur en cadeau de Noël, riposta Émilie.

— Elle ne prend rien au sérieux, se désola la tante Élisabeth.

— On lui a jeté un sort, dit l'oncle Wallace. Elle n'a pas eu un seul soupirant convenable de l'été. Elle est si fantasque que les garçons bien en ont peur.

— Elle passe pour une coquette, c'est mauvais pour sa réputation, renchérit la tante Ruth.

— Toujours empêtrée dans quelque entourloupette sentimentale, coupa l'oncle Wallace.

Le clan sentit qu'il avait, avec un bonheur inhabituel, trouvé les mots justes. Les aventures amoureuses d'Émilie n'avaient rien de commun avec celles que les Murray jugeaient convenables; elles étaient moins conventionnelles, plus excitantes.

2

Émilie bénit son étoile que personne du clan, sauf la tante Élisabeth, ne sut jamais rien de la plus excitante de toutes, car, du coup, on l'aurait crue folle.

Tout se passa si simplement que c'en fut presque comique. L'éditeur de l'*Argus* de Charlottetown, quotidien à prétentions littéraires, avait choisi, dans un vieux journal américain, pour reproduction dans l'édition spéciale consacrée à l'Île-du-Prince-Édouard, villégiature estivale, un roman de plusieurs chapitres non couvert par le copyright : *Des fiançailles royales*, écrit par un auteur inconnu, Mark Greaves. Le personnel était réduit pour les vacances. Les typographes avaient composé le texte vaille que vaille pour l'édition spéciale et tout était prêt, sauf le dernier chapitre, qui avait disparu et qu'on ne venait pas à bout de retrouver. L'éditeur ne pouvait, au pied levé, trouver un roman qui remplisse exactement l'espace disponible, et, l'eût-il trouvé, que le temps eût manqué pour le composer. L'édition spéciale allait sous presse dans une heure. Que faire?

À ce moment précis, Émilie était entrée dans son bureau. Mme Wilson et elle étaient amies et Émilie passait toujours la saluer quand elle venait en ville.

— Tu tombes pile, avait dit M. Wilson. Me rendrais-tu un service?

Il lui avait lancé les chapitres informes des *Fiançailles royales*.

— Je t'en prie, mets-toi au travail et écris le chapitre final de cette histoire. Je te donne une demi-heure. Ils le monteront dans l'autre demi-heure. Et le satané numéro sortira à temps.

Émilie avait parcouru le texte d'un trait. Impossible de deviner ce que Mark Greaves avait prévu comme dénouement.

— Vous n'avez pas d'idée de sa conclusion?

— Non. Je n'ai même pas lu son texte, grommela M. Wilson. Je l'ai pris parce que sa longueur me convenait.

— Je vais faire de mon mieux, avait promis Émilie, mais je n'ai pas l'habitude de traiter la royauté à la légère. Mark Greaves semble très à l'aise dans ce milieu.

— Je te gage qu'il n'a jamais rencontré un prince de sa vie, renâcla M. Wilson.

Pendant les trente minutes qui lui avaient été allouées, Émilie avait rédigé au pied levé une conclusion très acceptable au roman. M. Wilson s'en était saisi avec un soupir de soulagement, l'avait tendu à un typographe et avait renvoyé Émilie avec force remerciements.

— Je me demande si les lecteurs s'aviseront du manque dans la couture, avait-elle dit en riant. Et si Mark Greaves lira jamais ce chapitre, et ce qu'il en pensera.

Cette perspective était si farfelue qu'elle l'avait chassée de son esprit. Aussi, quand, deux semaines plus tard, le cousin Jimmy fit entrer un étranger dans le petit salon où elle arrangeait les roses dans le vase de cristal de la tante Élisabeth — l'une des précieuses antiquités de la Nouvelle Lune — Émilie n'associa-t-elle pas tout d'abord le visiteur aux *Fiançailles royales*. Ce qu'elle vit, plutôt, sans l'ombre d'un doute, c'est qu'il s'agissait là d'un homme en colère.

Le cousin Jimmy s'éclipsa discrètement et la tante Laura, venue porter à refroidir, sur la table, un contenant rempli de confitures de fraises, se retira également, se demandant qui pouvait bien être le visiteur d'Émilie. Émilie elle-même se le demandait. Elle resta debout près de la table, mince et gracieuse dans sa robe vert pâle, éclairant comme une étoile la pièce sombre au charme démodé.

— Veuillez vous asseoir, fit-elle, avec la réserve courtoise des gens de la Nouvelle Lune.

Le nouveau venu ne bougea pas. Il resta figé devant elle, à la regarder. Ce lion enragé qui s'était rué dans son domaine était devenu, Émilie le sentait, un gentil mouton.

Il était difficile d'imaginer que cet être bizarre ait pu, un jour, être un bébé. Il portait des vêtements d'avant-garde. Un monocle était vissé dans l'un de ses yeux, qui ressemblaient à s'y méprendre à de petits raisins secs. Ses sourcils noirs dessinaient des triangles parfaits au-dessus des raisins. Une crinière noire descendait jusqu'à ses épaules. Son menton était proéminent, et son visage, blanc comme marbre. «En portrait, se dit Émilie, il paraîtrait plutôt romantique, mais, dans le salon de la Nouvelle Lune, il a surtout l'air déphasé...»

— Créature de rêve, énonça-t-il, en la regardant.

Émilie se demanda s'il n'était pas un dément échappé de l'asile.

— La laideur vous est inconnue, continua-t-il, tout feu, tout flamme. Je vis un moment mémorable. Que je ne veux pas gâcher par des paroles. Des yeux pervenche saupoudrés d'or me regardent. Des yeux que j'ai cherchés pendant des éternités.

— Qui êtes-vous? demanda abruptement une Émilie maintenant certaine que son visiteur était un fou.

Il posa la main sur son cœur et se courba très bas pour la saluer.

— Mark Greaves, pour vous servir. Mark D. Greaves. Mark Delage Greaves.

Mark Greaves! Ce nom-là éveillait un écho en Émilie. Un écho familier.

— Vous ne reconnaissez pas mon nom? C'est bien cela, la gloire! Un leurre. Même dans ce coin reculé du monde, j'aurais pourtant cru...

— Oh! s'exclama Émilie, en qui la lumière s'était faite. Si, je me souviens. Vous êtes l'auteur de *Fiançailles royales*.

— Le roman que vous avez si impitoyablement assassiné, oui.

— Oh, je suis désolée, coupa Émilie. C'était impardonnable, bien sûr, mais laissez-moi vous expliquer...

Il l'interrompit d'un geste de sa très longue, très blanche main.

— Peu importe. Peu importe. Ça ne m'intéresse plus du tout, maintenant. J'étais furieux, je l'admets, quand je suis entré chez vous. Je suis descendu à l'hôtel *Les dunes* de Derry Pond. Quel nom, n'est-ce pas, pur poème de mystère, de romanesque, et j'ai parcouru l'édition spéciale de l'*Argus* ce matin. J'étais bouleversé. J'avais le droit de l'être, n'est-ce pas? Et pourtant, plus triste qu'autre chose. Mon roman avait été mutilé. On lui avait donné une fin heureuse. Quelle horreur! Ma fin à moi était triste et de bon goût. Une fin heureuse ne peut être de bon goût. Je me suis précipité au siège social de l'*Argus* et, cachant ma colère, j'ai découvert qui était la coupable. Je suis venu ici pour dénoncer, pour tempêter... je reste, pour adorer.

Émilie ne savait plus à quel saint se vouer. Rien d'aussi saugrenu ne s'était jamais produit à la Nouvelle Lune.

— Vous ne me comprenez pas. Vous êtes étonnée... et cet étonnement vous sied bien. Je vis, je le répète, un moment merveilleux. Arriver, bouillant de colère et se voir confronter à la divinité. Se rendre compte, en vous apercevant, que vous m'avez été, à moi seul, destinée de toute éternité.

Émilie vivait un cauchemar et souhaita ardemment que quelqu'un de la maison entre dans la pièce.

— Ne parlez pas comme ça, voyons, protesta-t-elle. Vous ne me connaissez même pas.

— Nous ne sommes pas des étrangers, l'interrompit-il. Nous nous sommes aimés dans une autre vie, c'est certain, et notre amour a été un feu d'artifice magnifique, un amour d'éternité. Je vous ai reconnue dès que je vous ai vue. Et lorsque vous vous serez remise de votre surprise, vous me reconnaîtrez. Quand pouvez-vous m'épouser?

Être demandée en mariage par un homme que vous ne connaissiez pas cinq minutes auparavant était une expérience plus curieuse que plaisante. Émilie n'en tira aucun plaisir.

— Cessez vos folies, coupa-t-elle froidement. Je ne vous épouserai jamais.

— Jamais! Il le faut, pourtant. C'est la première fois de ma vie que je demande une femme en mariage. Je suis le célèbre Mark Greaves. Je suis riche. Je possède le charme de ma mère française et le bon sens de mon père écossais. Avec mes ascendances françaises, je rends hommage à votre beauté et à votre mystère. Avec mes ascendances écossaises, je m'incline devant votre réserve et votre dignité. Vous êtes parfaite. Des femmes innombrables m'ont aimé, que moi, je n'aimais pas. Je suis entré dans cette pièce en homme libre. J'en sors prisonnier. Captif de votre enchantement. Je plie le genou devant vous en esprit.

Émilie eut peur qu'il s'agenouille pour de vrai. Il en paraissait bien capable. Et que sa tante Élisabeth s'avise de survenir au même moment.

— Je vous en prie, allez-vous-en, fit-elle, confondue. Je... je suis très occupée et je n'ai pas le temps de vous parler davantage. Je suis désolée pour le roman. Laissez-moi seulement vous expliquer...

— Cette histoire n'a plus aucune importance à mes yeux. Sachez toutefois qu'il ne faut jamais mettre des fins heureuses à vos textes. Jamais. Je vous apprendrai. Oui, je vous apprendrai tout : l'art de la tristesse et de l'inachevé. Ah, quelle élève vous ferez! Quelle merveille ce sera que d'enseigner une telle élève! Je baise vos mains.

Il fit un pas en avant comme pour se saisir de la main d'Émilie. Elle recula.

— Vous êtes fou! s'exclama-t-elle.

— Est-ce que j'en ai l'air? demanda M. Greaves.

— Oui, rétorqua froidement Émilie.

— Alors, c'est que je suis intoxiqué par le vin des roses. Tous les amoureux sont fous. Divine folie. Oh, les belles lèvres, jamais encore embrassées!

Émilie se redressa de toute sa hauteur, furibonde. Cette entrevue absurde avait assez duré.

— Monsieur Greaves, fit-elle — et tel était le pouvoir du regard à la Murray que M. Greaves se rendit immédiatement compte qu'elle ne parlait pas dans le vide — j'en ai assez entendu. Puisque vous ne voulez pas me laisser expliquer ce qui a trait à votre texte, j'ai le plaisir de vous saluer.

M. Greaves la fixa gravement pendant un long moment. Puis déclara, solennel :

— Un baiser? Ou un coup de pied au cul? Ce sera lequel?

Il aimait les métaphores.

— Un coup de pied au cul, fit Émilie, définitive.

M. Greaves se saisit du vase en cristal et le lança violemment contre le poêle. Émilie étouffa un cri. Ce vase, c'était le trésor de la tante Élisabeth.

— Réaction de défense, s'excusa M. Greaves, en dardant ses yeux dans les siens. Il fallait que je fasse ce geste, autrement, je vous aurais tuée. Vestale froide. Aussi froide que vos neiges nordiques. Adieu.

Il ne claqua pas la porte en sortant. Il la referma plutôt gentiment, et irrévocablement afin, aurait-on pu penser, qu'Émilie se rende compte du trésor qu'elle perdait. Quand elle vit qu'il était vraiment sorti du jardin, elle laissa fuser un soupir de soulagement.

«Encore heureux, se dit-elle, en riant comme une folle, qu'il ne m'ait pas lancé le pot de confitures!»

La tante Élisabeth entra.

— Émilie! Le vase en cristal de roche! Le vase de ta grand-mère Murray! Tu l'as brisé?

— Non, pas moi, tante chérie. C'est M. Greaves, M. Mark Delage Greaves qui l'a brisé. Il l'a lancé sur le poêle.

— Voyons donc!

La vieille demoiselle n'en revenait pas.

— Et pourquoi aurait-il fait cela?

— Parce que je refusais de l'épouser.

— Tu le connaissais?

— Pas du tout.

La tante Élisabeth ramassa les fragments du vase de cristal et quitta la pièce, rendue muette par les circonstances. Il y avait — il devait y avoir — quelque chose de pas normal chez une fille à laquelle un homme proposait le mariage à la première entrevue, surtout que cet homme lançait des vases antiques précieux à d'inoffensifs poêles.

3

Mais c'est l'affaire du prince japonais qui affecta surtout les Murray, cet été-là. La petite-cousine Louise Murray, qui avait vécu vingt ans au Japon, revint à Derry Pond, en visite, emmenant avec elle le fils d'un ami de son mari, un jeune prince japonais qui s'était converti au christianisme grâce à elle et qui souhaitait connaître le Canada.

Sa venue fit sensation dans le clan et dans la communauté. Mais ce fut bien pis quand on s'aperçut que le prince s'était épris d'Émilie Byrd Starr de la Nouvelle Lune.

Émilie aimait bien le jeune prince. Elle avait de la sympathie pour lui, qui devait se plier aux habitudes presbytériennes de Derry Pond et de Blair Water. De toute évidence, un prince japonais, tout converti qu'il fût, ne pouvait s'y sentir comme chez lui. Alors, elle conversa beaucoup avec lui — il parlait l'anglais à la perfection — et ils se promenèrent ensemble au clair de lune dans le jardin de la Nouvelle Lune, tous les soirs où ce personnage au masque impénétrable et à la chevelure noire tirée loin des tempes, faisait son entrée chez ses tantes.

Les Murray ne s'alarmèrent de cette assiduité que lorsque le prince offrit à Émilie une petite grenouille taillée dans une magnifique agate. La cousine Louise savait ce que signifiait la grenouille et en informa, en larmes, les cousins de la Nouvelle Lune. Ces grenouilles d'agate étaient des bijoux de famille. Elles n'étaient offertes qu'en cadeau de mariage ou de fiançailles. Émilie s'était-elle fiancée? demanda la tante Ruth, qui vint faire une scène carabinée à la Nouvelle Lune. Émilie refusa de répondre. Elle en avait plein le dos des interrogations incessantes sur ses soupirants de l'été.

— Il y a des choses qu'il vaut mieux que vous ne connaissiez pas, dit-elle à la tante Ruth, avec impertinence.

Les Murray, désemparés, conclurent qu'elle avait décidé d'être une princesse japonaise et qu'il ne leur servait à rien de rouspéter.

Le prince n'était auréolé d'aucune gloire, aux yeux des Murray. Personne de la famille n'avait jamais pensé à épouser un étranger, encore moins un Japonais. Mais, que voulez-vous, Émilie avait du tempérament.

— Tu t'es vraiment surpassée, commenta la tante Ruth. Après tous ces individus louches, tu optes pour un païen.

— Ce n'est pas un païen, Ruth, le défendit la tante Laura. Il s'est converti. Cousine Louise dit qu'elle s'en porte garante.

— Je te répète qu'il est païen, s'obstina la tante Ruth. Cousine Louise n'aurait jamais pu convertir personne. Elle-même n'a pas tous ses esprits. Et son mari est un partisan de l'enseignement moderne. Mon doux seigneur! Un païen jaune. Lui, et ses grenouilles en agate.

— Émilie semble exercer un attrait certain sur des hommes hors du commun, fit la tante Élisabeth, en pensant au vase de cristal de roche.

L'oncle Wallace dit que l'idée même de cette union était absurde. Andrew déclara qu'Émilie aurait dû, au moins, choisir un Blanc. La cousine Louise, qui sentait que le clan la blâmait, répétait, en émoi, que ceux qui connaissaient le prince le trouvaient très bien élevé.

— Quand on pense qu'elle aurait pu décrocher le révérend James Wallace! se désolait la tante Élisabeth.

Ils survécurent à cinq semaines d'un tel régime, puis le prince retourna au Japon. Il y avait été rappelé, leur dit la cousine Louise, par sa famille. Un mariage avait été arrangé pour lui avec une princesse d'une famille samouraï. Il avait obéi, bien sûr, mais il laissa la grenouille d'agate à Émilie, et nul ne sut jamais ce qu'il lui dit, un soir, dans le jardin, au lever de la lune. Émilie était toute blanche et lointaine et étrange, quand elle rentra, mais elle adressa un sourire espiègle à ses tantes et à la cousine Louise.

— Je ne serai pas une princesse japonaise, après tout, leur dit-elle, en faisant semblant d'essuyer une larme.

— Émilie, je crains bien que tu n'aies fait qu'aguicher ce pauvre garçon, reprocha la tante Louise. Tu l'as rendu très malheureux.

— Je ne l'ai pas aguiché. Nous parlions de littérature et d'histoire, la plupart du temps. Il ne pensera plus jamais à moi.

— J'ai vu sa figure quand il a lu ta lettre, rétorqua la cousine Louise. Et je connais la signification des grenouilles d'agate.

La Nouvelle Lune poussa un soupir de soulagement et se remit à sa routine. Les yeux de la tante Laura perdirent leur éclat troublé, mais la tante Élisabeth regretta encore davantage le révérend James Wallace.

Cet été-là avait été dur pour les nerfs de tout le monde.

XVIII

1

Au cours de la dernière semaine d'octobre, le cousin Jimmy se mit à labourer le champ de la colline. Ce jour-là, Émilie trouva le légendaire diamant perdu des Murray[*], et la tante Élisabeth trébucha dans l'escalier menant à la cave et se fractura la jambe.

Dans l'ombre chaude de cet après-midi d'octobre, Émilie se tenait sur les marches de grès de la Nouvelle Lune et regardait tout autour d'elle avec des yeux avides la beauté moelleuse de l'année déclinante. La plupart des arbres avaient perdu leurs feuilles, mais un petit bouleau encore paré d'or se pointait hors des jeunes cèdres, et les peupliers le long de l'allée semblaient une rangée

---

[*] Voir *Émilie de la Nouvelle Lune 1.*

de chandelles dorées. Au-delà s'allongeaient les champs des hauteurs bordés en écharpe par trois rubans rouge vif : les crêtes que le cousin Jimmy avait labourées. Émilie avait écrit toute la journée et elle était fatiguée. Elle descendit au jardin et gagna la cuisine d'été envahie par la vigne. Elle fureta tout autour à l'aveuglette, cherchant l'endroit idéal où planter des tulipes. Ce sol riche où le cousin Jimmy avait, peu de temps auparavant, décollé avec un levier les vieilles marches pourries du bas côté, serait parfait. Le printemps venu, il se chargerait de calices majestueux.

Le talon d'Émilie s'enfonça profondément dans le sol humide et en ressortit chargé de terre. Elle sautilla jusqu'au banc de pierre et nettoya son talon à l'aide d'un branchage. Quelque chose de brillant tomba sur le gazon comme une goutte de rosée. Émilie ramassa l'objet et poussa un petit cri. Elle tenait, dans sa main, le diamant perdu, il y avait plus de soixante ans, par la grand-tante Miriam Murray.

Émilie avait toujours rêvé de retrouver ce diamant. Teddy, Ilse et elle l'avaient cherché tant et plus. Mais elle n'y pensait plus depuis longtemps. Et voilà qu'il était là, brillant comme un neuf. Sans doute était-il tombé au fond de quelque lézarde des vieilles marches et s'était-il enfoui dans la terre quand on avait enlevé celles-ci.

Cette découverte créa une sensation à la Nouvelle Lune. Quelques jours plus tard, les Murray tinrent conseil autour du lit de la tante Élisabeth pour décider de ce qu'on devrait faire. Le cousin Jimmy déclara que «l'objet trouvé appartient à la personne qui le trouve». Edward et Miriam Murray étaient morts depuis longtemps. Ils n'avaient pas laissé d'héritiers. Selon le cousin, le diamant appartenait de plein droit à Émilie.

— Nous en héritons tous, protesta l'oncle Wallace. C'est une belle pierre. La juste chose à faire serait de la vendre et de donner à Émilie la part de sa mère.

— On ne vend pas un diamant de famille, s'éleva la tante Élisabeth.

Les autres semblant se rallier à cette opinion, l'oncle Wallace convint que noblesse oblige. Le diamant, en fin de compte, fut adjugé à Émilie.

— Elle pourra le faire monter en pendentif, dit la tante Laura.

— Non, une bague serait préférable, dit la tante Ruth, qui aimait contredire. Et Émilie ne devrait pas la porter tant qu'elle ne sera pas mariée. Un diamant aussi gros que celui-là est du dernier mauvais goût pour une jeune fille.

— Oh, alors, là! fit la tante Addie, avec un petit rire déplaisant qui laissait entendre que si Émilie attendait son mariage pour porter le diamant, c'était bien possible qu'elle ne le porte jamais — vingt-trois ans presque, et aucun soupirant. (La tante Addie n'avait jamais pardonné à Émilie d'avoir repoussé Andrew.)

— Le diamant perdu te portera chance, Émilie, dit le cousin Jimmy. Je suis content qu'on te l'ait laissé. Il t'appartient. Mais me permettrais-tu de le tenir, de temps en temps, et de le regarder? Quand je regarde quelque chose comme ça, je découvre qui je suis. Pas Jimmy Murray le demeuré, mais celui que je serais devenu, si je n'avais pas été poussé dans un puits. N'en dis rien à Élisabeth, mais laisse-moi tenir le diamant et le regarder, de temps en temps.

«Ma pierre préférée, en somme, c'est le diamant, écrivait Émilie à Ilse, ce soir-là. J'aime aussi les autres, sauf les turquoises, que je trouve insipides. Le satiné de la perle, l'éclat du rubis, le violet de l'améthyste, le lait et le feu de l'opale, je les aime tous.»

«Tu ne parles pas de l'émeraude», lui répondit Ilse, un peu méchante, pensa Émilie qui ignorait qu'un correspondant de Shrewsbury renseignait Ilse dans ses lettres sur les assiduités de Perry Miller à la Nouvelle Lune.

Vrai, Perry y venait souvent, mais il s'était résigné à ne plus demander Émilie en mariage et paraissait totalement absorbé par sa profession. On le considérait comme une étoile montante, et les politiciens perspicaces attendaient, disait-on, qu'il ait un peu vieilli pour le présenter comme candidat de leur parti, au provincial.

«Qui sait, tu seras peut-être un jour lady Émilie, écrivait Ilse. Perry deviendra sir Perry.»

Coup de patte, qu'Émilie considéra plus rosse que l'égratignure de l'émeraude.

2

Au début, il ne sembla pas que le diamant perdu ait porté chance à quiconque, à la Nouvelle Lune. Le soir même où il fut trouvé, la tante Élisabeth se fractura la jambe. Enveloppée dans son châle et coiffée de son bonnet — les bonnets étaient depuis longtemps passés de mode, même pour les vieilles dames, mais la tante Élisabeth en portait encore — elle descendait à la cave chercher un pot de gelée de mûres pour une voisine malade, quand elle s'accrocha malencontreusement et tomba. En la relevant, on s'aperçut que sa jambe était cassée. Pour la première fois de sa vie, la vieille demoiselle dut s'aliter pour plusieurs semaines.

La Nouvelle Lune continua de fonctionner sans elle, à son grand étonnement, mais le défi de la distraire était bien plus difficile à relever que celui de faire marcher la maison.

Elle se rongeait de tristesse d'être inactive. Elle ne lisait pas, ne souhaitait pas qu'on lui fît la lecture, se persuadait que tout s'en allait à vau-l'eau, qu'elle resterait infirme, que le docteur Burnley était un vieux fou, que Laura ne viendrait jamais à bout d'empaqueter correctement les pommes, que l'engagé escroquerait le cousin Jimmy...

— Aimeriez-vous que je vous lise la petite histoire que j'ai écrite aujourd'hui, tante Élisabeth, s'informa un jour Émilie. Ça vous distrairait.

— Avec plein de chassé-croisés d'amour dedans? interrogea la tante. Non, merci.

— Ce serait plutôt une histoire d'humour.

— Bon, alors, d'accord. Ça passera le temps.

Émilie lut son texte. La tante ne fit aucun commentaire. Mais, le lendemain après-midi, elle demanda :

— As-tu d'autres histoires comme celle d'hier?

— Non.

— Parce que, si tu en as, ça me plairait de les entendre. En t'écoutant, j'ai oublié mes problèmes. Les personnages m'ont semblé si vrais que j'aimerais savoir ce qu'il advient d'eux.

— Je vais écrire une autre histoire sur eux, promit Émilie.

Quand cette histoire lui fut contée, la tante Élisabeth en réclama une troisième.

— Ils sont amusants, ces Applegath, remarqua-t-elle. J'ai connu des gens comme eux. Et ce petit bonhomme, Jerry Stow, qu'est-ce qu'il va devenir, le pauvre enfant?

3

Une inspiration vint à Émilie, un soir qu'elle était assise, oisive, à sa fenêtre, regardant d'un œil morne les prés glacés et les collines grises sur lesquels le vent s'acharnait. Les feuilles mortes volaient par-dessus le mur du jardin. Quelques flocons commençaient à tomber.

Elle avait eu une lettre d'Ilse, ce jour-là, disant qu'un tableau de Teddy : *La jeune fille au sourire*, qui avait fait sensation à Montréal, avait été accepté par le Salon de Paris.

«Je suis revenue de la côte juste à temps pour la fin de l'exposition, écrivait Ilse, et la jeune fille au sourire, c'est toi, Émilie. Tu te souviens de l'esquisse que Teddy avait faite de toi, il y a des années, celle que ta tante Nancy avait gardée. Eh bien, il l'a retravaillée, enjolivée, si bien que tu étais là, me souriant sur la toile de Teddy. Les critiques ont vanté son sens de la couleur, sa technique, son approche : tu connais leur jargon. Et l'un d'eux a prédit que le sourire de cette jeune fille deviendrait aussi célèbre que celui de la *Joconde*. Ce sourire, je l'ai vu cent fois sur ta figure, Émilie, lorsque tu voyais cette chose invisible que tu appelles «le déclic». Teddy en a capté l'essence. Il n'aguiche pas, comme celui de la *Joconde*, il laisse entrevoir quelque merveilleux secret que tu posséderais et qui rendrait tout le monde heureux, si tu consentais à le révéler. C'est un truc, je suppose. *Tu* ne connais pas plus ce secret que le reste des mortels. Mais le sourire laisse pressentir le contraire. Teddy l'a traduit sur la toile. Il a du génie, ce tableau le prouve. Quel effet ça fait, Émilie, d'être l'inspiratrice d'un génie? Je donnerais cher pour qu'on me fasse un tel honneur.»

Émilie ne savait vraiment qu'en penser. Ou, plutôt, si. Elle en voulait à Teddy. Quel droit avait-il, lui qui faisait fi de son amour et même de son amitié, de peindre son visage, son âme, ses visions secrètes et de les montrer ensuite au monde entier? Il l'avait prévenue, autrefois, qu'il le ferait. Elle avait été d'accord, alors. Mais tout avait changé, depuis. Tout.

Émilie chassa ces pensées de sa tête pour s'arrêter à la demande de sa tante Élisabeth qu'elle écrive une autre histoire sur les Applegath. C'est alors que l'idée lui vint d'allonger les deux récits et d'en faire un livre. Pas comme *Marchand de rêves*. Ce moment de grâce ne reviendrait jamais. Mais ce nouveau livre pourrait être sa version à elle, d'après ce qu'elle en connaissait, de la comédie humaine.

Elle courut à la chambre de l'invalide.

— Chère tante, est-ce que ça vous plairait que j'écrive un roman pour vous sur les héros de mes récits? Juste pour vous. Un chapitre par jour.

La tante Élisabeth dissimula son intérêt.

— Oh, tu le peux, si tu veux. Et je t'écouterai m'en faire lecture. Mais ne t'avise pas d'y mêler les gens que nous connaissons.

Émilie ne glissa aucun parent ou voisin dans son intrigue. Ce ne fut pas nécessaire. Les personnages fictifs se massaient aux portes de son inconscient, réclamant une identité et une maison. Ils riaient, fronçaient les sourcils, pleuraient, dansaient et tombaient amoureux. La tante Élisabeth se résignait à cet aléa, consciente qu'il fallait de la romance dans un roman. Émilie lui lisait chaque soir le chapitre écrit le jour même. Laura et Jimmy furent autorisés à écouter, eux aussi. Le cousin ne se tenait plus de joie, persuadé que c'était là la plus magnifique histoire jamais écrite.

— Je me sens rajeunir en l'écoutant, avoua-t-il.

— Moi, j'ai souvent le goût de rire, et encore plus souvent le goût de pleurer, confessa la tante Laura. Et j'ai tellement hâte de savoir ce qui arrivera aux Applegath, dans le prochain épisode, que j'ai du mal à dormir, la nuit.

— Ce n'est vraiment pas mal, concéda la tante Élisabeth. Mais, selon moi, tu devrais retrancher ce que tu as écrit sur les linges à vaisselle graisseux de Gloria Applegath. Mme Charlie Frost de Derry Pond va croire que tu la vises. Ses linges à vaisselle sont toujours graisseux.

— La merde va forcément tomber quelque part, dit le cousin Jimmy. Gloria est drôle, dans un livre, mais nommez-moi quelqu'un qui voudrait vivre avec elle. Au lieu d'essayer de sauver le monde, elle devrait lire sa Bible.

— Moi, c'est Cissy Applegath que je ne peux pas sentir, s'excusa la tante Laura. À cause de son parler pincé.

— C'est une créature qui n'a rien dans la caboche, acquiesça sa sœur.

— Un qui m'énerve, s'indigna le cousin Jimmy, c'est le vieux Jesse Applegath. Donner des coups de pied au chat pour passer sa colère! Si ça a du bon sens! Mais... — un espoir dans la voix — il mourra peut-être bientôt?

— Ou il se repentira, avança la tante Laura, en guise de suggestion.

— Non, il ne faut pas qu'il se repente, fit le cousin Jimmy. Tue-le, si c'est nécessaire. J'aimerais bien, toutefois, que tu changes la couleur des yeux de Peg Applegath. Je n'aime pas les yeux verts; jamais aimé les yeux verts.

— Mais je ne peux pas les changer. Ils *sont* verts, protesta Émilie.

— Tant pis. Alors, les favoris d'Abraham Applegath, supplia le cousin. Abraham me plaît bien. C'est un joyeux luron. Tu ne pourrais pas lui enlever ses favoris?

— Non.

Pourquoi ne voulaient-ils pas comprendre? Abraham *avait* des favoris, était déterminé à les garder. *Elle* ne pouvait le changer.

— Rappelez-vous que ces personnages sont fictifs, les gourmanda la tante Élisabeth.

À un moment donné — et ce fut là l'un des triomphes d'Émilie — la tante Élisabeth éclata de rire. Et en eut si honte qu'elle ne consentit même plus à sourire, le reste de la lecture.

— Élisabeth croit que Dieu n'aime pas nous entendre rire, murmura le cousin Jimmy à Laura, derrière sa main.

Il redescendit au rez-de-chaussée en hochant la tête et en marmonnant :

— Comment s'y prend-elle? Je peux écrire des poèmes, mais ça, jamais. Ces personnages-là sont vivants.

L'un d'eux l'était d'ailleurs trop, au gré de la tante Élisabeth.

— Ton Nicolas Applegath ressemble trop au vieux Douglas Courcy de Shrewsbury, protesta-t-elle. Je t'ai dit de ne pas mettre des gens que nous connaissons dans ton livre.

— Je n'ai jamais vu Douglas Courcy de ma vie!

— C'est lui tout craché. Même Jimmy s'en est avisé. Il faut que tu l'enlèves, Émilie.

Mais Émilie refusa carrément de «l'enlever». Le vieux Nicolas était l'un des meilleurs personnages de son roman.

Elle était complètement absorbée par cette œuvre. Mettre cette histoire en mots n'avait rien de commun avec l'extase créatrice ressentie à l'écriture du *Marchand de rêves*, mais c'était quand même fascinant. Le rédigeant, elle oubliait ses ennuis et ses chimères.

Elle y mit le point final le jour où les attelles furent enlevées à la jambe de la tante Élisabeth et qu'elle fut portée en bas, dans le petit salon attenant à la cuisine.

— Je suis contente de me retrouver là où je peux garder l'œil sur tout, dit-elle, mais j'admets que ton roman m'a aidée à traverser une dure épreuve. Qu'en feras-tu? Et quel titre lui donneras-tu?

— *L'âme de la rose.*

— Je ne pense pas que ça soit un bon titre. Je ne comprends pas ce qu'il veut dire.

— Tant pis. C'est son titre.

La tante Élisabeth soupira.

— Je ne sais d'où te vient ton obstination, Émilie, ça m'a toujours intriguée. Tu n'as jamais voulu accepter de conseils. Et je sais que les Courcy ne nous parleront plus jamais, quand le livre sera publié.

— Il n'a guère de chance d'être publié, fit Émilie, morose. On me le retournera, couvert de fleurs, mais avec une fin de non-recevoir. Autrement dit, en l'envoyant au diable.

La tante Élisabeth n'avait, de sa vie, entendu cette expression, et crut qu'Émilie venait de l'inventer.

— Que je n'entende jamais plus un tel mot dans ta bouche, la réprimanda-t-elle. Ilse y a probablement recours tout le temps. Nous ne pouvons la juger selon *nos* critères, mais sache que les Murray de la Nouvelle Lune n'emploient pas de tels termes.

— Ce n'était qu'une citation, tante Élisabeth, se défendit Émilie, navrée.

Elle était lasse. Lasse de tout. Noël serait bientôt là, et un hiver hostile s'étendait devant elle. Un hiver long et totalement vide. Plus rien n'avait d'importance pour elle, pas même de trouver un éditeur pour *L'âme de la rose*.

4

Elle n'en tapa pas moins soigneusement le texte à la machine et ne l'expédia pas moins à l'extérieur. Par trois fois. Et, par trois fois, il revint. Elle le retapa — les pages étaient cornées — et l'expédia de nouveau. Tout au long de cet hiver-là et de l'été qui suivit, elle envoya le manuscrit avec persévérance aux éditeurs notés sur sa liste. C'en était devenu, ma foi, presque drôle.

Les gens de la Nouvelle Lune connaissaient ces refus. Leur sympathie et leur indignation étaient, plus que les refus des éditeurs, difficiles à porter. Le cousin Jimmy se montrait si bouleversé par chaque rejet qu'il ne mangeait plus, le jour d'après. Elle jugea préférable de ne plus lui en parler.

Et si elle expédiait son manuscrit à Janet Royal? Lui demandant d'user de son influence pour qu'il soit publié? L'orgueil des Murray la retint.

Quand, à l'automne, le manuscrit revint du dernier éditeur sur sa liste, Émilie n'ouvrit même pas le colis. Elle le rangea négligemment dans un compartiment de son pupitre.

Le cœur trop las pour lutter
Encore et encore contre l'échec

— C'est la fin de mes rêves. Le papier me servira pour mes brouillons. Autant me résigner à écrire maintenant des articles alimentaires.

Les éditeurs de magazines l'appréciaient plus que les éditeurs de livres : «C'est qu'ils ont plus de bon sens!» déclarait le cousin Jimmy.

Pendant que le livre d'Émilie cherchait en vain son créneau, sa clientèle de magazines augmentait tous les jours.

Elle passait de longues heures à écrire et ne s'en trouvait pas trop mal, en fin de compte. Mais, là-dessous, s'ancrait le sentiment d'un échec. Elle ne gravissait pas vraiment le sentier alpestre. Les sommets de la réussite n'étaient pas pour elle. Pour elle, il y avait les textes alimentaires. Et c'était tout. Il lui restait à gagner sa vie, d'une manière que la tante Élisabeth trouvait honteusement facile.

Janet Royal lui écrivit franchement que, à son sens, elle se laissait aller. «Tu es tombée dans une ornière, Émilie, la prévint-elle. Une ornière de complaisance. L'admiration de ta tante Laura et de ton cousin Jimmy est mauvaise pour toi. Tu devrais être ici, où il te faudrait produire. Tu n'aurais pas le choix.»

Et si elle était allée à New York, avec Janet Royal, quand elle en avait eu l'occasion, six ans plus tôt? Son livre aurait sans doute été publié. N'était-ce pas le cachet fatal de l'Île-du-Prince-Édouard qui l'avait condamnée — cette petite province hors du monde, d'où rien de bon ne pouvait venir? Janet Royal avait peut-être raison. Et puis, après?

Personne ne vint à Blair Water, cet été-là. Personne, puisque Teddy Kent n'y vint pas. Ilse était de nouveau en Europe. Dean Priest semblait avoir élu en permanence la côte du

Pacifique comme lieu de résidence. La vie à la Nouvelle Lune se poursuivait, inchangée, sauf que la tante Élisabeth boitait un peu et que les cheveux du cousin Jimmy tournaient au blanc. Ils vieillissaient. La tante Élisabeth approchait de soixante-dix ans. Et, à sa mort, la Nouvelle Lune reviendrait à Andrew. Déjà, celui-ci assumait, lors de ses visites, des attitudes de propriétaire. Il ne se proposait nullement de vivre à la ferme, mais voulait conserver le domaine en bon état, pour le jour où il l'offrirait en vente.

— Il faudrait abattre les peupliers de Lombardie, dit-il, un jour, à l'oncle Oliver. Ils font pitié. Et les peupliers ne sont plus à la mode, maintenant. Le champ aux épinettes devrait être asséché et labouré.

— Le vieux verger devrait être nettoyé, dit l'oncle Oliver. C'est plus une jungle qu'un verger. Les arbres sont trop vieux pour porter fruit. Il faudrait les couper à la hache. Jimmy et Élisabeth ne tirent pas, de leur domaine, la moitié de l'argent qu'ils pourraient en obtenir.

Ce qu'entendant, Émilie se désola. La Nouvelle Lune serait profanée. Ses chers vieux arbres seraient coupés. Le champ d'épinettes où poussaient les fraises sauvages serait réduit à néant, la beauté rêveuse du vieux verger, détruite, les combes et les pentes qui gardaient son passé seraient changées, différentes... C'était insoutenable.

— Si tu avais épousé Andrew, La Nouvelle Lune serait à toi, reprocha la tante Élisabeth, lorsqu'elle trouva Émilie en pleurs, après le départ de l'oncle.

Non. Tout aurait quand même changé, constata Émilie. Andrew ne m'aurait pas écoutée. Il croit que le mari est le chef, dans le couple.

— Tu auras vingt-quatre ans, à ton prochain anniversaire, dit la tante Élisabeth.

Pourquoi donc disait-elle cela?

XIX

1

«1er octobre, 19-

«Cet après-midi, assise à ma fenêtre, j'ai rédigé ma nouvelle série, tout en guettant de l'œil un couple d'aimables jeunes érables, à l'orée du jardin. Ils se sont murmuré des secrets tout le jour. Ils se penchaient l'un vers l'autre et se parlaient fiévreusement, puis se redressaient et se regardaient comme horrifiés ou étonnés de ce qu'ils s'étaient confié. Je me demande quel scandale se prépare dans le pays des arbres.»

2

«Quel joli soir! J'ai gravi la colline et me suis promenée jusqu'à ce que le crépuscule se soit mué en une nuit d'automne baignant dans un calme étoilé. Une vraie bénédiction.

«J'étais seule, sans l'être : reine de mon domaine de fantaisie. J'ai échangé des idées avec des protagonistes imaginaires et inventé de si nombreux petits poèmes satiriques que j'en étais moi-même agréablement surprise.»

3

«28 octobre, 19-

«Ce soir, je suis sortie faire une de mes longues promenades. Univers étrange, violacé, ombreux; grands nuages doux s'empilant au-dessus d'un firmament ocre; collines méditant dans le silence de forêts abandonnées; océan battant la côte rocheuse. Le paysage entier ressemblait...

... à ceux-là qui attendent
Le jour du jugement pour connaître leur
sort...

«Je me suis sentie terriblement seule. «Souvent fille varie, bien fol qui s'y fie», dirait tante Élisabeth. Et Andrew en rajouterait.»

4

«5 novembre, 19-

«La nature s'est permis un accès de colère. Il a fait beau, avant-hier; vous auriez qualifié la saison de digne vieille dame drapée de brun et d'hermine. Hier, elle a minaudé, parée des grâces du printemps, avec des écharpes de brume bleue, mais n'en est pas moins restée, là-dessous, la vieille sorcière qu'elle est vraiment, usée, en loques. Depuis, irritée sans doute de sa propre laideur, elle rage nuit et jour.

«Je me suis éveillée aux petites heures, ce matin, et j'ai entendu le vent crier dans les arbres. Des larmes de dépit mouillaient les carreaux.»

5

«23 novembre, 19-

«Il pleut sans arrêt depuis deux jours. En fait, il a plu presque tous les jours, ce mois-ci. Nous n'avons pas eu de courrier, aujourd'hui. La nature est si lugubre avec ses arbres saturés d'eau et ses champs inondés que la mélancolie envahit mon âme et en sape tout courage et tout élan.

«Je n'avais de goût à rien et j'ai dû me faire violence pour lire, manger, dormir, écrire, et, même alors, j'avais l'impression que c'était la main ou l'esprit de quelqu'un d'autre qui agissait à travers moi et que le résultat n'était guère fameux. Je me sentais terne, mal fichue, peu engageante. Je m'assommais moi-même, c'est dire!

«Je stagne, dans cette existence.

«Là! Je me sens mieux d'avoir exprimé mes frustrations. Je sais qu'il y a, dans la vie de chacun, des jours d'abattement, de désespérance, où plus rien n'a de saveur. Le jour le plus ensoleillé a ses nuages, mais, derrière, le soleil brille encore.

«Facile de philosopher sur papier! (Sous l'averse, se sent-on plus au sec de savoir que le soleil est là quand même? Bonne question à noter.)

«Les jours se suivent mais ne se ressemblent pas nécessairement, Dieu merci!»

6

«Le soleil, ce soir, s'est couché dans un ciel d'orage, derrière les collines pâles et dénudées. Il étincelait, courroucé, à travers les peupliers de Lombardie et les sapins sombres du boisé du Grand Fendant, que le vent malmenait à plaisir. De ma fenêtre, j'étais témoin du phénomène. En bas, dans le jardin, il faisait presque noir et c'est à peine si je voyais les feuilles mortes virevolter dans les sentiers dégarnis. Pas si mortes que ça, ces feuilles! Un reste, en elles, de vie végétative, les rendait nerveuses et émouvantes. Disponibles au moindre souffle qui brisait leur repos. J'éprouvais de la pitié pour ces feuilles, que je regardais danser dans le crépuscule cafardeux, et de la colère aussi — c'est fou! — contre ce vent qui les harcelait: Pourquoi nous laissons-nous, elles et moi, ballotter au gré des effluences — éminemment transitoires — d'une vie qui nous met au rancart?

«Pas de nouvelles d'Ilse depuis longtemps. Elle aussi m'a mise au rancart.»

7

«10 janvier 19-

«En rentrant du bureau de poste, ce soir — avec trois acceptations — je me suis délectée de la beauté de mon hiver. Tout était si calme, tout m'y était si cher : le soleil déclinant projetait ses reflets rose pâle et mauves sur la neige, et la grande lune d'argent regardait indiscrètement par-dessus l'épaule la Montagne Délectable.

«Quelle différence font trois acceptations sur notre façon de voir la vie!»

8

«20 janvier 19-

«Les nuits sont très longues, maintenant, et les jours, désespérément gris et sans soleil. Je travaille et je réfléchis. Quand la nuit vient tôt, j'ai l'âme à la tristesse. Ce sentiment est difficile à définir. Il m'écrase. Plus que n'importe quelle souffrance physique. Je me sens alors infiniment lasse. Cet accablement ne provient ni du corps ni de l'esprit, mais *des entrailles* et se double d'une crainte morbide de l'avenir, quel qu'il soit. Bizarrement, un avenir heureux m'effraie plus encore qu'un sort misérable, car, dans cet étrange état où je croupis, il semble que le bonheur exige plus de ressorts que ceux dont je dispose. J'en viens à penser, possédée par cette peur, qu'il me serait *difficile* d'être heureuse, qu'il me faudrait y investir trop d'énergie.

«Pour être franche, je sais ce que j'ai. Cet après-midi, en fourrageant dans ma vieille malle, au grenier, j'ai trouvé les lettres que

Teddy m'a écrites, la première année de son séjour à Montréal. J'ai eu la curiosité de les relire toutes.

«Pure folie. Je paie pour cela, maintenant. De telles lettres ont le pouvoir de déterrer les morts. Je suis assiégée par des fantasmes et par des fantômes dont je ne veux pas : les petites joies spectrales du passé.»

9

«5 février, 19-

«Ma vie n'est plus ce qu'elle était. Quelque chose *en est parti*. Je ne suis pas malheureuse, mais ma sève s'est tarie. Tout bien considéré, je connais encore de bons moments. J'ai de plus en plus de succès — enfin, une certaine sorte de succès — dans ma carrière, et j'apprécie énormément ce que l'époque apporte de nouveautés réjouissantes. N'empêche que, là-dessous, je ressens une impression obsédante de vide.

«Tout cela, parce que «la neige a neigé», et que je ne puis aller me promener. Vienne le dégel, que j'aille quérir le baume des sapins, la paix des espaces blancs et «la force des collines», comme le dit si bien la Bible, et je serai régénérée.»

10

«Hier soir, je n'ai pu supporter plus long-temps la vue du vase plein de fleurs séchées sur le manteau de la cheminée. Elles sont là depuis quarante ans. J'ai pris le bouquet, j'ai ouvert la fenêtre et l'ai lancé sur la pelouse. Ça m'a soulagée à un point tel que j'ai en-suite dormi comme un bébé. Mais au matin, cousin Jimmy a ramassé les fleurs une par une et me les a remises en catimini, me pré-venant de ne plus «laisser le vent les empor-ter. Élisabeth en serait fâchée.»

«J'ai remis le bouquet dans le vase. On n'échappe pas à son destin.»

11

22 février, 19-

«Il y a eu un coucher de soleil crémeux et embrumé, ce soir, puis la lune s'est levée, si magnifique qu'elle incitait aux rêves heureux de jardins, de chansons, d'amitié. Par un tel clair de lune, on sent, à travers le sommeil, la splendeur de l'univers, et les pensées sont comme imprégnées de la douce musique que sa lumière fait naître.

«Je suis sortie à la dérobée me promener dans ce monde féerique. J'ai traversé le verger où les ombres des arbres marquaient la neige, j'ai gravi la colline qui étincelait sous les étoiles. J'ai erré longtemps dans la sapinière, au cœur du brouillard, et je me suis attardée le long d'un champ d'ébène et d'ivoire. Je suis venue au rendez-vous d'une amie des anciens jours, la Dame du Vent. Et chaque souffle était un poème, et chaque pensée, une extase, et je suis rentrée l'âme lavée par le bain de cristal de la nuit.

«Tante Élisabeth dit que les voisins me croiront folle, s'ils me voient vagabonder seule à cette heure de la nuit; tante Laura m'a fait ma potion chaude, à base de mûres, au cas où j'aurais pris froid; seul cousin Jimmy a semblé comprendre.

— Tu es sortie pour t'évader, je sais, a-t-il soufflé.

— «Mon âme a frayé avec les étoiles, dans les prairies de l'espace», ai-je riposté, à mi-voix.»

12

«26 février, 19-

«Jasper Frost avait pris l'habitude de venir, de Shrewsbury, nous rendre visite, depuis quelque temps. Je ne crois pas qu'il revienne, après notre conversation d'hier. Il m'a dit qu'il m'aimait d'un amour éternel. J'ai pensé qu'une éternité avec lui serait interminable. Tante Élisabeth était déçue, la pauvre chérie. Elle aime bien Jasper, et les Frost sont de bonne famille. Je l'aime bien, moi aussi, mais sans plus : il est trop guindé, trop tiré à quatre épingles.

— Tu préférerais un amoureux débraillé? s'est informée tante Élisabeth.

— Pas vraiment, ai-je répliqué, interloquée. Il existe sûrement un juste milieu.

— Une fille n'a pas à se montrer trop regardante, quand elle... — j'étais sûre qu'elle allait dire «a plus de vingt-quatre ans», mais elle ne l'a pas fait et a changé sa phrase pour — ... quand elle n'est pas, elle-même, un modèle de perfection.

«J'aurais voulu que M. Carpenter soit là pour entendre les *italiques* de tante Élisabeth. C'était meurtrier.»

13

1er mars, 19-

«Une magnifique petite brise de nuit parvient à ma fenêtre, du boisé du Grand Fendant. Non. Ce *n'est plus* le boisé du Grand Fendant, c'est le boisé d'Émilie Byrd Starr, maintenant.

«Je l'ai acheté aujourd'hui avec les recettes de mon dernier feuilleton. Et il est à moi. À moi. À moi. Toutes les jolies choses qu'il contient sont à moi : ses trouées de clair de lune, la grâce de son seul grand orme contre le ciel, ses petites combes ombreuses, ses amélanchiers et ses fougères, sa source cristalline, sa musique du vent, plus douce qu'un violon de Crémone. Plus personne ne pourra jamais couper ce boisé ou le profaner.

«Je suis heureuse. Le vent est mon complice, et l'étoile du soir mon amie.»

14

«23 mars, 19-

«Existe-t-il au monde son plus triste et plus étrange que le gémissement du vent autour des avant-toits et devant les fenêtres, par les nuits de tempête? L'écho semble alors vous retourner les cris de désespoir des belles dames mortes et enterrées depuis des siècles. Ce soir, je les entends. Et mon propre passé s'y exprime comme s'il émettait un plaidoyer pour reprendre possession d'une âme qui l'a évacué. Il y a d'étranges lamentos dans ce vent qui crie, là, à ma fenêtre : chagrins anciens, vieux désespoirs, rêves enfuis. Le vent de la nuit est l'âme vagabonde du passé. Il n'a pas part à l'avenir. Voilà pourquoi il est funèbre.»

15

«Ce matin, me sentant comme l'Émilie d'autrefois, je suis allée me promener dans la Montagne Délectable. C'était un matin très doux, calme, brumeux, avec un beau ciel gris perle et l'odeur du printemps dans l'air. Tous les lacets de ce sentier me sont familiers. Et tout était si neuf! Avril ne vieillira jamais. Les jeunes cèdres très verts m'ont tenu compagnie et les gouttes d'humidité qui ourlaient leurs aiguilles étaient comme des perles.

— Tu es à moi! cria la mer, par-delà Blair Water.

— Elle nous appartient en partie, répondirent les collines.

— Elle est ma sœur, fit un sapin, enthousiaste.

Alors que je les regardais, le déclic s'est déclenché, faveur insigne dont je n'ai que rarement bénéficié au cours des derniers mois. Vais-je perdre complètement ce don en vieillissant? Et n'aurai-je plus, alors que le quotidien en partage?

«Le déclic m'étant venu, je me suis sentie immortelle. La liberté, c'est dans le cœur qu'on la ressent.

La nature ne trahit jamais
Le cœur qui l'aime.

«Elle guérit qui vient à elle humblement. Les souvenirs corrosifs et les misères s'évanouissent. J'ai senti, soudain, qu'une allégresse ancienne m'attendait au tournant.

«Les grenouilles chantent, ce soir. Pourquoi le mot grenouille est-il un mot aussi drôle, charmant, absurde?»

16

«**15 mai, 19-**

«Quand je serai morte, je dormirai paisiblement sous les herbes pendant l'été, l'automne et l'hiver, je le sais, mais, le printemps venu, mon cœur battra dans mon sommeil et répondra, plein d'un vague désir, aux voix surgies de partout au-dessus de moi. Le printemps et l'aurore badinaient ensemble, ce matin, et je me suis jointe à eux, complétant le trio.

«Ilse a écrit aujourd'hui — chiche petite lettre, pauvre en nouvelles. Elle parle de rentrer :

«*J'ai le mal du pays. Les oiseaux sauvages chantent-ils toujours dans les bois de Blair Water, et les vagues appellent-elles*

encore derrière les dunes? Elles me man-
quent. Je veux voir la lune se lever sur le
port, comme nous l'avons si souvent re-
gardée, quand nous étions petites. Et puis,
je me languis de toi. Les lettres ne me
comblent pas. Il y a tant de choses dont
j'aimerais te parler. Le croirais-tu, je me
suis sentie vieille, aujourd'hui. Curieuse
sensation.»

«Elle n'a pas mentionné le nom de Teddy.
Mais elle a demandé : «Est-ce vrai que Perry
Miller est fiancé à la fille du juge Elmsley?»

«Je ne crois pas que ce soit vrai, mais le
seul fait qu'on en ait parlé montre à quel
point Perry monte vite dans l'échelle sociale.»

XX

1

Le jour de son vingt-quatrième anniversaire, Émilie ouvrit la lettre qu'elle s'était écrite «d'elle-même à quatorze ans, à elle-même, à vingt-quatre ans». Ce ne fut pas l'apothéose à laquelle elle s'attendait. Elle resta longtemps assise à sa fenêtre, la lettre à la main, regardant les étoiles s'éteindre au-dessus du boisé, toujours nommé «du Grand Fendant», plus par habitude qu'autrement. Qu'est-ce qui jaillirait de l'enveloppe, quand elle l'ouvrirait? Le fantôme de sa prime jeunesse? De ses ambitions? D'un amour évanoui? D'amitiés perdues?

Elle fut tentée de brûler la lettre sans la lire. Pas de ça. Il fallait se mesurer à tout, même aux fantômes. D'une main preste, elle décacheta l'enveloppe et retira les feuillets.

Une bouffée de parfum vieilli s'en échappa. Dans leurs plis reposaient quelques pétales de rose séchés, petites choses brunes parcheminées qui se désagrégèrent au toucher. Elle se souvint de cette rose. Teddy la lui avait donnée, un soir, alors qu'ils étaient enfants. Il était si fier de cette première rose rouge qui s'était épanouie sur un rosier d'intérieur, cadeau du docteur Burnley, la seule, en fait, qui y fleurît jamais. Sa mère s'était irritée de son affection pour cette plante. Une nuit, le pot avait été accidentellement jeté à bas de l'appui de fenêtre et s'était brisé. Si Teddy avait soupçonné la malversation, il n'en avait rien laissé paraître. Émilie avait gardé la rose aussi longtemps qu'elle l'avait pu dans un petit vase sur son pupitre, mais le soir où elle avait écrit sa lettre, elle avait pris la fleur fanée et l'avait glissée, avec un baiser, entre les feuillets. Et l'y avait oubliée. Et voilà qu'elle lui tombait dans la paume, plus belle du tout, mais gardant, au creux de ses pétales, un parfum douceâtre. La lettre entière en semblait imprégnée. Dans ses mots ou dans leur sens? Émilie n'aurait pas su le dire.

Cette lettre était, elle se le répéta, une fantaisie romanesque d'adolescente. Une chose dont on rit. Certains extraits la firent d'ailleurs rire. Quelle candeur! Quelle verdeur! Quelle sentimentalité! Quelle drôlerie! Avait-elle été à ce point jeune, à ce point naïve, pour écrire de telles inepties, fleuries de rhétorique et de triomphalisme? Pour une fille de quatorze ans, vingt-quatre ans, c'était presque la vieillesse.

«As-tu écrit ton grand livre?» demandait Quatorze à Vingt-quatre, désinvolte.

«As-tu gravi, jusqu'au sommet, ton sentier alpestre? Oh! Vingt-quatre, je t'envie, tu sais: ce doit être merveilleux d'être *toi*! Me regardes-tu de haut, avec condescendance? Tu ne te balances plus sur les barrières, j'en suis sûre. Es-tu devenue une sage épouse-et-mère-de-plusieurs-enfants, habitant avec qui-tu-sais, la Maison Déçue? Je t'en supplie, chère Vingt-quatre, ne te coule pas dans un moule. Et ne perds pas le sens du drame. J'aime que les gens et les choses en soient pénétrés. Es-tu devenue Mme....? Quel nom inscris-tu sur ces pointillés? Chère Vingt-quatre, je glisse pour toi, dans cette lettre, un baiser, une brassée de clairs de lune, l'âme de la rose, un peu du vert très doux du champ de la colline et une bouffée de violettes sauvages. J'espère que tu es heureuse et célèbre et belle, et que tu n'as pas oublié...

Ta folle alter ego: toi-même».

Émilie rangea la lettre.
— Finies, les folies! dit-elle, gouailleuse.
Puis, elle s'assit sur sa chaise et laissa tomber sa tête sur son pupitre.

Pauvre petite Quatorze! Heureuse, rêveuse, ne connaissant rien à rien. Et s'imaginant que le bonheur l'attendait au détour du chemin. Certaine que les «sommets empourprés» étaient à sa portée. Que les rêves se réalisent! Folle Quatorze, qui avait néanmoins su comment être heureuse!

— Je t'envie, dit Émilie. Je voudrais ne jamais avoir ouvert ta lettre, chère petite Quatorze. Retourne à ton passé dépassé, et ne reviens plus jamais me narguer. Par ta faute, je vais rester éveillée toute la nuit, à me lamenter sur mon sort.

Pourtant, à l'instant même où Émilie désespérait, le destin gravissait son escalier, sous la forme du cousin Jimmy.

2

Il lui apportait une enveloppe mince. Si elle n'avait été si absorbée par elle-même à quatorze ans, elle eût, sur-le-champ, noté que les yeux du cousin brillaient comme ceux d'un chat et que tout de son attitude trahissait la surexcitation.

Elle le remercia machinalement et regagna son pupitre, la lettre en main, mais il resta planté dans l'ombre du corridor, la guettant du coin de l'œil par la porte entrouverte. Il crut qu'elle n'allait jamais ouvrir l'enveloppe:

elle l'avait lancée négligemment sur le pupitre et la regardait, immobile.

Le cousin Jimmy trépignait d'impatience.

Émilie émergea de sa torpeur avec un soupir, et se saisit de l'enveloppe.

«Si je ne me trompe, chère petite Émilie, tu ne soupireras plus, quand tu auras lu cette lettre», se dit le cousin Jimmy, qui ne se tenait plus de joie.

Émilie regarda l'adresse de retour dans le coin gauche, se demandant ce que pouvait bien lui vouloir la *Wareham Publishing Company*, la plus ancienne et la plus importante maison d'édition d'Amérique. On lui envoyait une circulaire, probablement. Mais non. L'enveloppe contenait un feuillet dactylographié, qu'elle parcourut, les yeux exorbités pendant que le cousin Jimmy esquissait une danse silencieuse sur le tapis tressé du corridor.

— Je n'y comprends rien! fit-elle, soufflée, lisant à haute voix:

Chère mademoiselle Starr,
Nous avons le plaisir de vous informer que les membres de notre comité de lecture ont aimé votre roman, L'âme de la rose. *Si nous pouvons en arriver à une entente qui satisfasse les deux parties, nous aurons le plaisir d'ajouter ce texte à notre production de la saison prochaine.*

Nous sommes également intéressés par vos projets d'écriture.
Cordialement vôtres, etc.

— Je n'y comprends toujours rien, répéta Émilie.

Le cousin Jimmy n'y put tenir plus longtemps et laissa fuser un bravo enthousiaste. Émilie courut à lui et le tira dans sa chambre.

— Cousin Jimmy, qu'est-ce que cette lettre veut dire? Vous le savez. Mon petit doigt me le dit. Comment les Wareham ont-il eu mon roman?

— L'ont-ils vraiment accepté? s'enquit le cousin.

— Oui, mais je ne le leur ai jamais proposé. Je n'aurais pas osé... La maison Wareham! Je rêve, c'est certain.

— Tu ne rêves pas. Écoute, je vais t'expliquer. Mais ne sois pas fâchée contre moi. Tu te souviens qu'Élisabeth m'a demandé, le mois dernier, de faire le ménage du grenier. Quand j'ai déplacé la boîte de carton dans laquelle tu ranges tes effets, le fond s'est arraché. Le contenu s'est répandu à droite et à gauche. J'ai tout remis en place, mais le manuscrit de ton roman m'est tombé sous les yeux. J'ai lu une page, puis deux, et je me suis assis. Élisabeth est montée, une heure plus tard, et m'a trouvé, rivé au même endroit sur mes deux jambons, en train de lire. J'avais oublié le reste du monde. Elle était furieuse, inutile de te le dire...Le grenier était juste à moitié nettoyé, et le dîner était prêt. Ses reproches ne m'ont pas touché. Je me suis dit: «Un roman qui vous emporte ainsi dans son univers a quelque chose de magique. Je vais l'envoyer quelque part.» Je ne connaissais pas d'autre éditeur que Wareham, alors, j'ai tout enfourné dans une vieille boîte à biscuits que je leur ai envoyée par la poste.

— Vous n'avez même pas joint les timbres pour le retour? s'offusqua Émilie.

— Non. Même pas pensé. C'est peut-être pour ça qu'ils l'ont pris. Les autres éditeurs te retournaient peut-être tes envois parce que tu mettais des timbres.

— J'en doute.

Émilie riait et pleurait en même temps.

— Tu n'es pas fâchée, dis?

— Non, non, cher petit oncle. Je suis seulement abasourdie — comme vous dites — par cette nouvelle. Tellement, que je ne sais plus que dire, ni que faire. C'est inattendu... Les éditions Wareham!

— Je guette le courrier depuis longtemps, avoua le cousin Jimmy, en riant. Élisabeth est certaine que je suis devenu vraiment fou. Si ton roman était revenu, je l'aurais rapporté au grenier, sans en rien dire à personne. Mais quand j'ai vu l'enveloppe mince, je me suis souvenu que c'était celle des bonnes nouvelles. Chère petite Émilie, ne pleure pas.

— Je ne peux pas m'en empêcher. Et je regrette ce que j'ai dit de Mlle Quatorze. Elle n'était pas folle, elle était sage. Elle savait.

«La gloire lui monte à la tête», se dit le cousin, par devers lui. Pas étonnant! Après tant de rebuffades. Mais elle redeviendra vite elle-même.»

XXI

1

Teddy et Ilse venaient en vacances dans l'Île en juillet, pour dix courtes journées. Curieux! se dit Émilie, qu'ils viennent toujours ensemble. Coïncidence, sans aucun doute.

Elle appréhendait ces retrouvailles et souhaitait en avoir déjà fini avec elles. Avec Ilse, pas de problème: dès qu'elle rentrait de l'étranger, peu importe le temps qu'elle y passait, on la retrouvait inchangée. Mais Émilie ne voulait pas revoir Teddy. Teddy, qui l'avait oubliée. Qui n'avait jamais écrit, depuis son dernier départ. Teddy, qui était maintenant reconnu comme portraitiste de jolies femmes. Si reconnu et si couru, en fait, que — Ilse le lui avait écrit — il n'aurait plus à collaborer aux magazines pour gagner sa vie. Émilie s'était sentie soulagée d'un grand poids: elle ne redouterait plus d'ouvrir un magazine de crainte d'y voir son propre visage la regarder du fond d'une illustration signée Frédéric Kent, illustration qui semblait dire à tous ceux que ça pouvait intéresser: cette fille est à moi. Émilie n'aimait aucune reproduction de son visage, mais celles qu'elle détestait le plus, c'étaient celles où les yeux seuls étaient siens. Pour peindre ainsi ses yeux, Teddy connaissait sans nul doute tout de son moi intime. Cette pensée la remplissait de fureur, de honte et d'un horrible sentiment d'impuissance. Elle n'ordonnerait pas à Teddy de cesser de l'utiliser comme modèle, elle ne s'abaisserait jamais à cela, car alors il saurait qu'elle avait remarqué ce fait.

Et voilà qu'il revenait au pays, qu'il serait là avant peu. Si seulement elle avait pu partir! Pour quelques semaines. Janet Royal l'invitait à New York depuis longtemps. Elle aurait pu y aller, mais Ilse venait dans l'Île, et elle ne voulait pas la manquer.

Advienne que pourra! Émilie s'ébroua. Quelle idiote elle était! Teddy rentrait chez lui, en fils aimant, pour voir sa mère et, sans aucun doute, pour retrouver les amis d'autrefois. Pourquoi cela faisait-il problème? Il lui fallait se débarrasser de cette gêne absurde qui la paralysait. Elle le ferait.

Elle était assise à sa croisée ouverte. Le soir était pareil à une fleur sombre lourdement parfumée. C'était un soir en attente, un soir où des choses se produiraient. Un soir immobile. Où ne s'entendaient, assourdis, que les sons les plus jolis du monde: l'imperceptible murmure des arbres, le soupir aérien du vent, le gémissement de la mer.

— Oh, beauté! souffla Émilie, grisée, en élevant les mains vers les étoiles. Que serais-je devenue, sans toi, pendant toutes ces années?

La beauté du soir, le parfum, le mystère. Son cœur en débordait. Il n'y avait, en cet instant, place pour rien d'autre. Elle se pencha à sa fenêtre, la figure levée vers le ciel paré de pierres précieuses. Recueillie. En extase.

C'est alors qu'elle entendit, dans le boisé du Grand Fendant, le signal enchanté: deux notes hautes et une autre plus longue et basse: leur signal d'antan, auquel elle avait autrefois répondu en se précipitant vers l'ombre des sapins.

Elle resta assise, figée, son blanc visage encadré par les feuillages qui croissaient en grappes autour de sa fenêtre. Il était là. Teddy était là. Dans le boisé du Grand Fendant. Il l'attendait. Il l'appelait, comme autrefois. Il l'espérait.

Elle se leva d'un élan. D'un élan, elle allait se précipiter vers lui, qui l'attendait, quand elle s'arrêta...

N'essayait-il pas seulement de voir s'il exerçait toujours le même ascendant sur elle?

Il avait été absent deux ans, et n'avait même pas laissé un mot d'adieu. L'orgueil des Murray pouvait-il pardonner cela? L'orgueil des Murray courrait-il vers cet homme, qui en avait tenu si peu compte? L'orgueil des Murray s'y refusa. La jeune figure d'Émilie devint, dans la faible lumière, un masque de détermination têtue. Elle n'irait pas. Qu'il appelle tant qu'il le voudrait! «Siffle et j'accours, mon garçon!» Ah bien oui, comptes-y. C'en était fini de la docilité, pour Émilie Byrd Starr. Teddy Kent n'allait plus s'imaginer qu'il pouvait partir et revenir à sa guise, au long des années, et la trouver toujours là, à attendre docilement le signal de son seigneur.

L'appel se fit de nouveau entendre. Deux fois. Il était là, si près d'elle. À l'instant, si elle le voulait, elle serait à ses côtés, sa main dans la sienne, ses yeux scrutant les siens — peut-être.

Il était parti sans lui dire adieu.

Émilie se leva délibérément et alluma sa lampe. Elle s'assit à son pupitre, près de la fenêtre, prit sa plume et se mit à écrire. Parodie que cette écriture! Assidûment, elle écrivit. (Le lendemain, elle trouva des pages et des pages couvertes de répétitions inutiles, de vieux poèmes appris à l'école.) Tout en écrivant, elle écoutait. Appellerait-il de nouveau? Une fois, encore? Non. Rien. Quand elle fut absolument certaine que l'appel ne reviendrait plus, elle éteignit sa lampe et se jeta sur son lit, tête enfouie dans l'oreiller. L'orgueil se tenait pour satisfait. Elle avait montré qu'on ne la commandait pas au sifflet. Oh, comme elle était fière d'avoir eu la fermeté de rester coite! Sans doute était-ce à cause de cela que son oreiller était mouillé de larmes.

2

Il vint la voir le lendemain, avec Ilse, dans sa nouvelle voiture. Et il y eut des échanges de poignées de main, de la gaieté, des rires, oh, beaucoup de rires. Ilse était radieuse, sous son grand chapeau jaune orné de roses cramoisies, l'un de ces chapeaux ébouriffants qu'elle seule pouvait porter. Quelle différence avec la Ilse négligée et en loques d'autrefois! Toujours aussi attachante, pourtant! On ne pouvait s'empêcher de l'aimer. Teddy fut charmant, lui aussi, manifestant juste ce qu'il fallait de l'intérêt mêlé de détachement de celui qui rentre au pays de son enfance. Intéressé par les gens et les choses, oh oui, vraiment, tout à fait. Ilse me dit que tu publieras bientôt un livre. Magnifique. De quoi parle-t-il? Il m'en faut un exemplaire. Blair Water n'a pas beaucoup changé. C'est épatant de revenir là où le temps semble s'être arrêté.

Émilie se persuada qu'elle avait rêvé l'appel, dans le boisé du Grand Fendant. Mais alla se promener au auto à Priest Pond avec Ilse et Teddy. Ils firent sensation, les automobiles étant rares aux alentours. Et ils eurent beaucoup de plaisir. Non seulement au cours de cette promenade, mais tous les autres jours. Ilse aurait voulu passer trois semaines dans l'Île, mais s'aperçut qu'elle ne disposait que de cinq jours. Et Teddy, qui semblait libre comme l'air, décida qu'il ne prolongerait pas son séjour, lui non plus. Ils vinrent ensemble dire au revoir à Émilie, et ils partirent tous les trois pour une balade d'adieu au clair de lune où ils rirent beaucoup. Ilse déclara, en serrant Émilie dans ses bras, que c'était comme autrefois; et Teddy acquiesça.

— Si seulement Perry avait été là! ajouta-t-il. Je suis désolé de l'avoir manqué. Il paraît qu'il brûle les étapes.

Perry était venu sur la côte pour les affaires de son bureau. Émilie chanta ses louanges. Que Teddy Kent n'aille pas s'imaginer qu'il était le seul à réussir!

— Ses manières se sont-elles améliorées? s'enquit Ilse.

— Ses manières sont assez bonnes pour des gens simples comme nous, insulaires du Prince-Édouard, répliqua Émilie, rosse.

— Ah bon, je dois admettre que je ne l'ai jamais vu se curer les dents en public, concéda Ilse. Savez-vous — ce disant, elle jeta, du coin de l'œil, à Teddy, un regard furtif qu'Émilie intercepta — savez-vous que j'ai longtemps pensé être amoureuse de Perry Miller?

— Un veinard, ce Perry! dit Teddy, avec ce qui semblait un sourire comblé.

Ilse n'embrassa pas Émilie, au départ, mais lui serra la main, tout comme le fit Teddy. Émilie se félicita de n'avoir pas couru vers Teddy, quand il l'avait appelée, si vraiment il l'avait appelée.

Ils roulèrent gaiement le long du chemin. Mais quand, quelques instants plus tard, Émilie s'engagea dans l'entrée de la Nouvelle Lune, il y eut, derrière elle, des pas précipités, et elle fut enveloppée dans une étreinte de soie.

— Émilie chérie, adieu. Je t'aime toujours autant, mais tout a tellement changé que nous ne trouverons plus jamais les îles de l'enchantement. Je regrette d'être revenue au pays, mais dis-moi que tu m'aimes et que tu m'aimeras toujours. Je ne pourrais pas le supporter, si tu ne m'aimais plus.

— Je t'aimerai toujours, Ilse, c'est sûr.

Elles s'embrassèrent longuement, presque tristement, au cœur des faibles parfums froids de la nuit.

Ilse descendit l'allée au bout de laquelle Teddy — ou son automobile — l'attendait en ronronnant et en scintillant, et Émilie rentra à la Nouvelle Lune où ses deux vieilles tantes et son cousin Jimmy faisaient de même.

— Je me demande si Ilse et Teddy se marieront un jour, dit la tante Laura.

— Il serait temps qu'Ilse s'assagisse, dit la tante Élisabeth.

— Pauvre Ilse! dit le cousin Jimmy, inexplicablement. (Il se comprenait.)

3

Un soir de novembre, un joli soir de l'automne avancé, Émilie rentra à pied chez elle du bureau de poste de Blair Water, apportant une lettre d'Ilse et un colis. Elle vibrait d'un enivrement capiteux qu'on confond souvent avec le bonheur. La journée entière avait été, bizarrement, déraisonnablement, délicieuse, avec son soleil mûr sur les collines fanées, son efflorescence timide sur les forêts lointaines et ce ciel bleu si doux coupé de petits nuages gris pareils à des écharpes tombées. Émilie s'était éveillée, ce matin-là, d'un rêve de Teddy, le cher Teddy amical d'autrefois, et, toute la journée, elle l'avait senti très proche d'elle. Il lui avait semblé que les pas de Teddy résonnaient près des siens et qu'elle arriverait soudain face à lui au tournant de la courbe frangée d'épinettes du chemin rouge, ou lorsqu'elle descendrait dans quelque ravin gorgé de soleil où les fougères étaient épaisses et dorées, et qu'elle le trouverait, souriant, les années d'exil et d'aliénation oubliées. Elle n'avait plus pensé à lui de longtemps. L'été et l'automne avaient été occupés: elle s'échinait sur un nouveau roman. Les lettres d'Ilse avaient été rares et décousues. Pourquoi ressentait-elle, soudain, cette impression irrationnelle de la présence de Teddy? Lorsqu'elle reçut la grosse lettre épaisse de Ilse, elle fut très sûre qu'il y avait, dedans, des nouvelles de Teddy.

Mais c'est le petit paquet qui l'excitait surtout. Il portait l'estampille de la maison Wareham, et elle savait ce qu'il contenait: son livre, *L'âme de la rose.*

Elle se hâta vers sa maison par les petits chemins creux, ces petits chemins où errent les vagabonds et où les amoureux courent à l'élue de leur cœur, ces chemins où se croisent le pâturage de Blair Water et le Chemin d'Hier. Ayant gagné la solitude aux branches grises du Chemin d'Hier, Émilie s'assit dans un nid de fougères et ouvrit son colis. Il était là, son livre. *Son* livre. Flambant neuf, tout frais sorti de la maison d'édition. Moment d'intense fierté; magnifique, exaltant. La crête du chemin alpestre était-elle enfin atteinte? Émilie leva des yeux extasiés vers le ciel de novembre d'un bleu profond et aperçut, par-delà la colline, pic après pic d'azur ensoleillé. De nouveaux sommets auxquels aspirer! Atteignait-on jamais l'ultime sommet? Quelle victoire d'avoir gagné au moins un plateau! Quelle récompense pour les années de labeur et d'efforts, de déceptions et de découragement!

Mais, oh, son pauvre *Marchand de rêves* mort-né!

4

L'excitation qui gagna la Nouvelle Lune, cet après-midi là, était presque à la mesure de celle d'Émilie. Le cousin Jimmy laissa tomber sans remords le labourage du champ de la colline pour rester à la maison, à se repaître du livre. La tante Laura pleura, bien entendu, et la tante Élisabeth feignit l'indifférence, laissant seulement tomber, d'un ton surpris, que c'était relié comme un vrai livre, alors qu'elle s'attendait à une couverture en papier. Elle commit toutefois plusieurs erreurs incompréhensibles en piquant sa courtepointe, et ne demanda pas une seule fois à Jimmy pourquoi il ne labourait pas son champ. Et lorsque des visiteurs se présentèrent inopinément, *L'âme de la rose* se retrouva en évidence sur le guéridon du salon, bien que le livre ait été sur le pupitre d'Émilie, quand l'automobile s'était engagée dans la cour. Lorsque les visiteurs se retirèrent, la tante Élisabeth déclara, méprisante, que John Angus n'avait pas plus de bon sens qu'il n'en avait jamais eu et que, si *elle* était la cousine Margaret, elle ne porterait pas des vêtements de vingt ans trop jeunes pour son âge.

— Une vieille brebis, accoutrée comme une agnelle, constata-t-elle.

S'ils avaient été à la hauteur de ce qu'on attendait d'eux, il est probable que la tante Élisabeth aurait dit que John Angus avait toujours été un bon vivant, et que c'était magnifique de voir comme la cousine Margaret se défendait bien.

5

Dans toute cette excitation, Émilie avait remis à plus tard la lecture de la lettre d'Ilse. Au crépuscule, elle gagna sa chambre et s'assit dans la lumière déclinante. Le vent avait changé, et le soir était froid et mordant. Ce que Jimmy appelait «une poudrée de neige» était tombé soudainement, recouvrant de blanc le jardin fané. Mais les nuages de tempête étaient passés et le ciel était clair et jaune au-dessus des collines blanches et des sapins sombres.

Le parfum subtil dont Ilse faisait usage depuis toujours flotta hors de sa lettre, quand Émilie l'ouvrit. Émilie avait toujours vaguement détesté ce parfum, mais son goût en la matière différait — comme en beaucoup d'autres choses — de celui d'Ilse. Ilse aimait les odeurs exotiques, capiteuses, provocantes. Elle écrivait:

«J'ai mille fois projeté de t'écrire, mais quand on est emportée comme je le suis dans la roue du temps, il ne reste plus guère d'occasions de faire ce qui vous plaît vraiment. Ces derniers mois, j'ai été tellement bousculée que je me suis sentie comme un chat qu'un chien poursuit et qui ne peut s'arrêter pour reprendre haleine.

«Ce soir, j'ai le goût de miauler tout mon soûl. J'ai quelque chose à te confier. Et ta chère lettre est arrivée aujourd'hui. Alors, j'y réponds dare-dare, et tant pis pour moi si le chien me mange.

«Je suis heureuse que tu te portes bien et que tu sois de belle humeur. Certains jours, je t'envie, comme ce n'est pas possible, la paix que tu connais à la Nouvelle Lune, ce travail qui te comble et t'absorbe, ta détermination d'arriver à tes fins. «Si ton œil est sain, ton corps entier sera plein de lumière.» C'est dans la Bible ou dans Shakespeare. Que ce soit où ça voudra, c'est vrai. Tu m'as dit, déjà, que tu m'enviais la chance que j'ai de voyager. Émilie, chère âme, courir comme je le fais, à hue et à dia, ce n'est pas voir le monde. Si tu étais comme ta folle Ilse, chassant ses papillons, tu ne serais pas heureuse. Toi, tu me rappelles et me rappelleras toujours les vers d'un poète dont j'oublie le nom: «son âme était une étoile et habitait ailleurs».

«Enfin, quoi, quand on ne peut décrocher ce à quoi on aspire, on cherche ce qui s'y substitue. Tu m'as toujours trouvée idiote de m'être entichée de Perry Miller. Tu n'as jamais tout à fait compris ce que je ressentais. Comment l'aurais-tu pu? Les hommes, c'est le cadet de tes soucis. Alors, tu m'as trouvée stupide. Et tu n'avais sans doute pas tort. Mais je vais m'amender, à l'avenir. Je vais épouser Teddy Kent.

«Voilà, c'est dit.»

6

Émilie laissa choir la lettre, un moment. Elle ne ressentait ni douleur, ni surprise: que sent-on, quand la balle frappe le cœur? Elle savait que cela arriverait. Elle le savait depuis le dîner-dansant des Chidlaw. Maintenant que c'était définitif, elle vivait une véritable petite mort... sans la fin clémente.

Dans le miroir terne éclairé par le crépuscule, elle vit sa figure. Émilie-dans-la-glace avait-elle jamais eu ce visage-là? La chambre était restée la même, pourtant. Après quelques minutes — ou quelques années — Émilie reprit la lettre et continua sa lecture.

«Je ne suis pas amoureuse de Teddy, mais il est devenu pour moi une habitude. Je ne peux plus vivre sans lui, et il faut que je choisisse: ou je m'en passe, ou je l'épouse. Il en a assez de mes tergiversations. Et puis, tu sais, il deviendra célèbre. J'aurai plaisir à être la femme d'un homme célèbre. Et il sera riche. Je ne suis pas foncièrement vénale, Émilie. J'ai dit non à un millionnaire, la semaine dernière. Gentil garçon, aussi, mais au faciès de fouine aimable, si ça se trouve. Il a pleuré, quand je lui ai dit que je ne serais pas sa femme. Pénible!

«Bon, je l'admets, c'est d'ambition qu'il s'agit. Et d'une certaine lassitude, d'un certain dégoût de l'existence que je mène depuis quelques années. Je me sens aussi sèche qu'un citron pressé. Mais j'ai de l'affection pour Teddy, beaucoup d'affection. Il est gentil, c'est un bon compagnon, et nous avons la même sorte d'humour. Il ne m'ennuie jamais, alors que d'autres... Il est tellement bel homme qu'il sera toujours la cible des chasseresses, mais comme je ne meurs pas d'amour pour lui, je ne serai pas torturée par la jalousie. Au printemps de ma vie, quand mon sein était jeune, j'aurais plongé dans l'huile bouillante toute fille — sauf toi — à laquelle Perry Miller eût fait les yeux doux. On change.

«Je refoule Teddy depuis des semaines. Je ne voulais pas qu'il prononce des mots qui nous lient. Le destin s'en est mêlé. Nous sommes partis, un soir, en randonnée, et un orage malencontreux nous est tombé dessus. Nous avons retrouvé notre chemin, de peine et de misère: il n'y avait aucun endroit où s'abriter sur la crête nue. La pluie tombait à torrents, le tonnerre tonnait, les éclairs zigzaguaient. C'était insupportable. Nous avons foncé, jurant et sacrant. Puis, ça s'est liquidé aussi vite que c'était venu. Et j'ai perdu mon sang-froid. Tu vois ça: madame a ses vapeurs. Je me suis mise à pleurer comme une enfant. Et les bras de Teddy m'ont entourée et il m'a dit que je devais l'épouser et le laisser me protéger. J'ai sans doute consenti à sa proposition, parce que c'est clair qu'il nous croit fiancés. Il m'a donné un chiot chow bleu et une bague de saphir, qu'il a achetée quelque part en Europe. C'est un bijou historique, objet d'un meurtre, à ce qu'il dit.

«Je suis sûre que ce sera épatant qu'on s'occupe de moi. Personne ne l'a jamais fait, tu le sais. Mon père ne voulait rien savoir de moi jusqu'à ce qu'il apprenne la vérité sur ma mère — quelle sorcière tu étais! Et après cela, il m'a adorée et gâtée. Mais ne s'est pas plus occupé de moi qu'auparavant.

«Nous nous marierons en juin. Papa sera content. Il commençait à s'effrayer que je ne réussisse jamais à mettre le grappin sur un homme. Teddy a toujours été son chouchou. Mon père se flatte d'avoir des idées avancées, mais, au fond, il est plus victorien que les Victoriens.

«Tu seras ma demoiselle d'honneur, il va sans dire. Oh! Émilie chérie, comme je voudrais être avec toi, ce soir. Comme je voudrais partager un de nos dialogues échevelés, me promener avec toi sur la Montagne Délectable et le long des boisés gelés, m'attarder dans ton jardin où poussent les coquelicots et dans nos repaires familiers. Je voudrais — je suis sincère — redevenir la Ilse Burnley aux pieds nus et aux cheveux en désordre. La vie m'est bonne, pourtant. Très bonne, même, par bouts. Mais les transports d'extase, la grive les atteint mieux que nous, n'importe quand. Émilie, vieille branche, reviendrais-tu en arrière, si tu le pouvais?»

7

Émilie relut la lettre trois fois. Et resta assise un très long temps à sa fenêtre, regar-

dant sans le voir le monde bleu et flou étalé
— absurde dérision — sous un firmament
criblé d'étoiles. Le vent, autour de l'avant-
toit, bruissait de voix spectrales. Des extraits
de la lettre d'Ilse lui revenaient en mémoire,
tournaient et retournaient puis s'évanouis-
saient comme des serpents venimeux, por-
teurs d'un poison mortel. «Ta détermination
d'arriver à tes fins», «les hommes, c'est le
cadet de tes soucis», «tu seras ma demoiselle
d'honneur, il va sans dire», «je ne peux pas
vivre sans Teddy», «j'ai refoulé Teddy...»

Quelle fille «refoulerait» Teddy Kent?
Émilie entendit un petit rire amer. Était-ce elle
qui riait, ou le spectre évanescent de Teddy
qui l'avait hantée toute la journée, ou ce te-
nace mais persistant espoir tenu en laisse qui
riait avant de mourir pour tout de bon?

À l'instant même, Ilse et Teddy étaient ensemble. «Si j'étais allée vers lui, ce soir de
l'été dernier, quand il m'appelait, est-ce que
ça aurait été différent?» se demandait-elle, effondrée.

«Je voudrais haïr Ilse. Ce serait plus facile», se dit-elle, lugubre. «Si elle aimait
Teddy, je pourrais la détester. Qu'elle ne
l'aime pas rend, bizarrement, la situation
moins terrible. Étrange que je puisse supporter que lui l'aime, alors que le contraire me
révulserait!»

Elle se sentit soudain si accablée que,
pour la première fois de sa vie, la mort lui

sembla une amie. Elle se coucha très tard. Vers le matin, elle dormit un peu, mais s'éveilla à l'aurore. Qu'était-ce donc qu'elle avait entendu?

Elle se souvint. Elle se leva, s'habilla — comme elle s'était levée et habillée tous les matins de sa vie, et comme elle continuerait à le faire pour le reste de ses jours.

— Eh bien, dit-elle à voix haute à Émilie-dans-la-glace, j'ai répandu sur le sol, je ne sais comment, le vin de ma coupe, et il ne m'en sera pas donné d'autre. Je resterai, pour toujours, altérée. Est-ce que cela aurait été différent, si j'avais répondu à l'appel de Teddy, ce soir-là? Comment savoir?

Il lui sembla voir les yeux de Dean, débordants d'ironie et de compassion.

Elle éclata soudain de rire.

— Pour dire comme Ilse, quel maudit gâchis j'ai fait! s'exclama-t-elle.

XXII

1

La vie continua, quotidienne, en dépit de ses misères. La routine ne s'arrête pas parce qu'on est malheureux. Il y eut, deçà, delà, des moments supportables. Émilie se mesura à la douleur et en sortit gagnante. Armée de l'orgueil des Murray — avec une réserve de Starr dans sa manche — elle écrivit à Ilse une lettre de félicitations à laquelle nul n'eût trouvé à redire. S'il n'y avait eu que cela! Les gens ne cessaient de lui parler d'Ilse et de Teddy.

Les fiançailles furent annoncées dans les journaux de Montréal, puis dans ceux de l'Île.

— Oui, ils sont fiancés: le ciel nous soit en aide! déclara le docteur Burnley, dissimulant difficilement sa satisfaction.

— J'ai longtemps pensé que Teddy et *toi* vous vous épouseriez, lança-t-il, jovial, à Émilie, qui porta vaillamment le coup et murmura quelque chose sur les surprises que ménage la vie.

— En tout cas, nous aurons un grand mariage. On n'en a pas eu dans la famille depuis une éternité. Je pensais même qu'on avait oublié ce que c'était. Je vais leur en mettre plein la vue. Ilse m'écrit que tu seras sa demoiselle d'honneur. Garde l'œil sur tout, veux-tu. Un mariage, ça ne se confie pas à une femme de ménage.

— Comptez sur moi, répondit automatiquement Émilie. (Nul ne soupçonnerait ce qu'elle ressentait, dût-elle en mourir. Elle serait même demoiselle d'honneur.)

Si cette épée de Damoclès n'avait été suspendue sur sa tête, elle eût, à son sens, passé un bon hiver. Car *L'âme de la rose* connut un succès immédiat. La première édition fut épuisée en dix jours, et trois importantes réimpressions, en trois semaines: cinq, en huit semaines. La nouvelle courut partout — exagérée — de bénéfices pécuniaires importants. Pour la première fois, l'oncle Wallace la regarda avec respect, et la tante Addie regretta en secret que son Andrew se soit si vite consolé. La vieille cousine Charlotte, de Derry Pond, entendit parler des nombreuses éditions et opina qu'Émilie devait être occupée, si elle avait à mettre tous ces feuillets ensemble et à les coudre elle-même. Les habitants de Shrewsbury, eux, étaient furieux parce qu'ils croyaient se retrouver dans le roman. Chaque famille se prenait pour les Applegath.

Mlle Royal lui écrivit:

«Tu as eu raison de ne pas venir à New York. Tu n'aurais jamais pu écrire L'âme de la rose, ici. Les roses sauvages ne poussent pas dans les rues des villes. Et ton histoire, ma chère, est une rose sauvage, toute de douceur et de parfums inattendus, piquée d'épines d'humour et de satire. Elle parle de puissance, de douceur et de compréhension. C'est plus que de la petite histoire. Il y a de la magie, là-dedans. Émilie Byrd Starr, d'où tiens-tu, toi si jeune, ton étrange compréhension de la nature humaine?»

Dean lui écrivit, lui aussi:

«Bon travail de création, Émilie. Tes personnages sont naturels, humains, délicieux. Et j'aime cette bonne humeur qui rayonne à travers tout le livre.»

2

— J'espérais apprendre, en m'appuyant sur les critiques, soupira Émilie, mais elles se contredisent. Ce qu'un critique considère le meilleur point du roman est rejeté par un second comme son plus gros défaut. Écoutez ça: «Mlle Starr ne réussit jamais à rendre ses personnages convaincants», et «Le lecteur croit que maints personnages sont des copies d'êtres vivants; ils semblent si vrais que l'on imagine mal qu'ils soient le fruit de l'imagination de l'auteur.»

— Je t'avais bien dit que les lecteurs reconnaîtraient le vieux Donald Courcy, lança la tante Élisabeth.

— «Livre ennuyeux comme la pluie!», «Livre charmant!», «De la fiction très ordinaire», «La griffe de l'artiste paraît à chaque page», «Un romanesque de bas étage», «Beau travail littéraire, une rare réussite», «Histoire idiote, décousue, sans aucune couleur», «Romance à l'eau de rose», et «Roman qui vivra». Qui croire, là-dedans?

— Je retiendrais seulement les jugements favorables, dit la tante Laura.

Émilie soupira.

— Je serais plutôt portée à pencher de l'autre côté. Je ne peux m'empêcher de penser que les rapports défavorables sont vrais, et que les autres ont été écrits par des crétins, mais peu importe ce qu'ils disent à propos du livre. C'est seulement quand ils critiquent mon héroïne que je réagis. J'ai vu rouge en lisant ces commentaires sur ma chère Peggy: «Une fille aussi stupide que celle-là, ça n'existe pas» ou, encore, «L'héroïne est trop évidemment consciente de sa mission.»

— Il m'a semblé qu'elle était un brin coquette, concéda le cousin Jimmy.

— «Une héroïne de peu d'envergure», «Peg ennuie», «Par trop étrange».

— Je t'ai dit qu'elle n'aurait pas dû avoir des yeux verts, grommela le cousin Jimmy. Une héroïne devrait toujours avoir des yeux bleus.

— Oui, mais écoutez-moi cela, s'écria gaiement Émilie. «Peg Applegath est tout simplement irrésistible», «Peg, une personnalité remarquable», «Une héroïne fascinante», «Peg est si charmante qu'on n'échappe pas à son envoûtement», «C'est l'une des filles immortelles de la littérature». Qu'est-ce que vous disiez donc, à propos des yeux verts, cousin Jimmy?

Le cousin hocha la tête. Il n'était pas convaincu.

— Voilà une critique pour vous, le taquina Émilie. «Ce problème psychologique aux racines plongeant en des profondeurs subliminales aurait donné du poids au roman, s'il avait été abordé avec sincérité.»

— Je connais le sens de chacun de ces mots, sauf deux, mais mis ensemble, ils ne veulent rien dire pour moi, protesta lugubrement le cousin Jimmy.

— «Sous l'atmosphère insaisissable et charmeuse de l'intrigue, transparaît la maîtrise qu'a l'auteur de ses personnages.»

— Comprends pas ça non plus, confessa le vieil homme, mais ça me semble favorable.

— «Roman conventionnel et banal.»

— Qu'est-ce que conventionnel veut dire? s'informa la tante Élisabeth, que les mots transsubstantiation et agnosticisme n'auraient pas collée.

— «Magnifiquement écrit et pétillant d'humour. Mlle Starr est une véritable fée de la littérature.»

— Oh, voilà une critique qui fait du sens, ronronna le cousin.

— «L'impression qui vous reste de ce livre est qu'il aurait pu être bien pis.»

— Ce critique voulait se montrer intelligent, dit la tante Élisabeth, qui oubliait qu'elle avait elle-même dit la même chose.

— «Le roman manque de spontanéité. Il est mélodramatique, fade et naïf.»

— Je sais que je suis tombé dans le puits, dit le cousin Jimmy, piteusement. Est-ce pour ça que je ne comprends rien à cette critique?

— En voici une que vous allez comprendre. «Mlle Starr a sans doute inventé le verger des Applegath tout autant que son héroïne aux yeux verts. Or, il n'y a pas de vergers à l'Île-du-Prince-Édouard. Les embruns qui soufflent sur cette étroite bande de sable les tuent.»

— Lis donc ça une autre fois, je te prie, Émilie.

— Des fous, il y en a partout.

— «Cette histoire est fort joliment narrée. Les personnages sont bien campés. Le dialogue est habilement mené et les descriptions sont étonnamment efficaces. Et quel humour discret et délectable!»

— J'espère que ça ne t'enflera pas la tête, Émilie, la prévint la tante Élisabeth.

— Pas de danger, avec l'antidote qui suit: «Ce prétentieux et sentimental roman, si tant est qu'on puisse le coiffer de ce nom, déborde de banalités et d'insignifiances. Plein d'épisodes sans liens et de bouts de dialogues entremêlés de longues périodes de réflexion et d'introspection.»

— Je me demande si la personne qui a écrit cela connaissait le sens de ces mots, dit la tante Laura.

— «Ce roman se déroule à l'Île-du-Prince-Édouard, bande de terre au large des côtes de Terre-Neuve.»

— Les Yankees étudient donc pas la géographie? renâcla le cousin, exaspéré.

— «Cette histoire ne corrompra pas ses lecteurs.»

— Ah, voilà un véritable éloge! dit la tante Élisabeth.

Le cousin Jimmy eut l'air d'en douter. Ça semblait flatteur; bien sûr, le roman de la chère petite Émilie ne corrompait personne, mais...

— «Recenser un livre tel que celui-ci, c'est tenter de disséquer une aile de papillon ou d'arracher à une rose ses pétales pour découvrir le secret de son parfum.»

— Trop pompeux, à mon goût, renifla la tante Élisabeth.

— «L'auteur confond sentimentalité et poésie.»

— Qu'est-ce que j'aimerais lui mettre mon poing sur le nez, dit le cousin avec élan.

— «Facile à lire et pas dangereux.»

— Curieux, ce commentaire ne me plaît pas vraiment, commenta la tante Laura.

— «Cette histoire fera naître un sourire sur vos lèvres et dans votre cœur.»

— Enfin quelque chose que je comprends! fit le cousin, radieux.

— «Nous avons commencé la lecture de ce livre que nous avons trouvé lassant et que nous n'avons pas terminé.»

— Eh bien, tout ce que je puis dire, s'indigna le cousin, c'est que plus je lis *L'âme de la rose*, plus je l'aime. Hier, j'en étais à ma quatrième lecture et j'en était si captivé que j'ai oublié l'heure du souper.

Émilie sourit. Ça valait mieux pour elle d'avoir gagné l'estime des gens de la Nouvelle Lune plutôt que celle du monde. Qu'importait ce que dirait n'importe quel critique, quand la tante Élisabeth concluait, en jugement définitif:

— Tu vois, jamais je n'aurais cru qu'un tissu de mensonges pourrait ressembler à la vraie vie comme ce livre-là le fait.

XXIII

1

Rentrant à la maison, un soir de janvier, après avoir rendu visite à une connaissance, Émilie emprunta le chemin de traverse qui contournait le Trécarré. L'hiver n'avait pas été neigeux et le sol, sous ses pieds, était nu et dur. Elle semblait la seule créature vivante dehors dans la nuit et elle marchait lentement, savourant le charme spectral des prairies dénudées et des bois silencieux. La lune brilla soudain, échappée aux nuages noirs, sur les terres basses des sapins pointus. Émilie tenta, sans y parvenir, d'éviter de penser à la lettre qu'elle avait reçue d'Ilse, ce jour-là, une lettre gaie, quelque peu incohérente, dont il ressortait que la date du mariage avait été fixée au 15 juin.

«Je veux que ta robe de demoiselle d'honneur soit de gaze bleu jacinthe sur fourreau de taffetas ivoire, ma chérie. Tes cheveux noirs resplendiront merveilleusement au-dessus.

«Ma robe de mariée sera de velours ivoire, et ma vieille grand-tante Édith, d'Écosse, m'envoie son voile en point d'Alençon, et la grand-tante Theresa, du même pays féru d'histoire, m'envoie une traîne brodée de fils d'argent que son mari lui a rapportée de Constantinople. Je la masquerai de tulle. Quelle créature éblouissante je ferai! Je ne crois pas que les chères vieilles dames aient eu vent de mon existence avant que mon père ne leur ait annoncé mes noces prochaines. Papa en est beaucoup plus excité que moi.

«Teddy et moi passerons notre lune de miel dans de vieilles auberges d'une Europe peu fréquentée par les touristes, des endroits où nul ne veut aller: Vallambroso, en particulier. À cause, sans doute, de ce vers de Milton qui m'a toujours fascinée: ... lourd comme les feuilles d'automne qui jonchent les ruisseaux de Vallambroso... Tirée de son horrible contexte, cette phrase est un pur délice.

«Je serai à la maison en mai, pour les derniers préparatifs, et Teddy viendra le premier juin passer quelque temps avec sa *mère. Comment le prend-elle, Émilie? En as-tu une idée? Je ne peux rien tirer de Teddy. Sans doute que ça lui déplaît. Elle m'a toujours détestée, je ne l'ignore pas. Mais elle détestait tout le monde; toi, surtout. En fait de belle-mère, j'ai déjà vu mieux. J'aurai toujours la bizarre impression qu'elle amasse secrètement sur ma tête des tas de malédictions. Heureusement que Teddy compense par sa gentillesse. Il est merveilleux. Je n'en avais pas idée, et je m'attache de plus en plus à lui. Franchement, quand je le regarde et que je me rends compte à quel point il est beau et charmant, je ne peux pas comprendre que je ne sois pas follement amoureuse de lui, mais c'est vraiment beaucoup plus confortable ainsi. Si je l'étais, j'aurais le cœur brisé chaque fois que nous nous querellons. Ça nous arrive tout le temps: tu me connais. Ça nous arrivera toujours. Nous gâcherons nos plus beaux moments par une querelle. Mais la vie ne sera pas monotone.»*

Émilie frissonna. Sa propre existence lui semblait, en cet instant, particulièrement monotone et austère. Oh, qu'on en finisse au plus vite avec ces noces, ces noces où *elle* aurait dû être la mariée, oui, *aurait dû*, et où elle serait la demoiselle d'honneur — et que les gens cessent d'en parler.

Bleu jacinthe sur taffetas ivoire! Le sac et la cendre, plutôt!

2

— Émilie, Émilie Starr.

Émilie sursauta. Elle n'avait pas vu Mme Kent, dans l'obscurité, et elles se retrouvaient face à face au milieu du sentier menant au Trécarré.. Mme Kent y était debout, tête nue, dans la nuit frileuse, main tendue.

— Émilie, je voudrais te parler. Je t'ai vue passer ici, tout à l'heure, et je te guette, depuis. Viens à la maison.

Émilie eut de beaucoup préféré refuser. Pourtant, elle emboîta le pas à Mme Kent le long du sentier abrupt semé de racines. Mme Kent voltigeait devant elle, pareille à une feuille morte portée par le vent. Portée à travers le jardin en friche où rien ne poussait plus que la tanaisie, jusque dans la petite maison aussi minable qu'elle l'avait toujours été. Les gens disaient que Teddy Kent aurait dû retaper un peu la maison de sa mère, s'il faisait autant d'argent qu'on le prétendait, mais Émilie savait que Mme Kent ne le laissait pas faire, qu'elle ne voulait pas que rien soit changé.

Elle regarda intensément la petite maison. Elle n'y était plus venue depuis les jours anciens où Ilse, Teddy et elle étaient enfants.

Elle paraissait inchangée. Comme au temps jadis, la maison semblait avoir peur du rire. Il y régnait une atmosphère recueillie. Et le vieux saule, à l'ouest, tapait toujours contre la fenêtre, de ses doigts de fantôme. Il y avait, sur le foyer, une photographie récente de Teddy. Une bonne photo. Il semblait s'apprêter à dire quelque chose de triomphant, d'exultant: «Émilie, j'ai trouvé l'or de l'arc-en-ciel. La gloire et l'amour.»

Elle lui tourna le dos et s'assit. Mme Kent s'installa en face d'elle, petite créature fanée, tassée sur elle-même, avec cette longue cicatrice qui lui balafrait la lèvre et le visage, ce visage qui avait dû être très joli, autrefois. Elle regarda longuement Émilie, scrutant ses traits, mais — Émilie s'en rendit aussitôt compte — la vieille haine brûlante avait disparu des yeux fatigués. Elle se pencha sur Émilie et effleura son bras de ses doigts, pareils à des serres.

— Tu sais que Teddy va épouser Ilse Burnley, dit-elle.

— Oui.

— Qu'est-ce que tu en penses?

Émilie s'ébroua avec impatience.

— Que vous importe madame Kent? Teddy aime Ilse. Elle est belle, brillante, chaleureuse, et je suis sûre qu'ils seront très heureux.

— L'aimes-tu encore?

Émilie se demanda pourquoi elle ne lui en voulait pas de sa question. Mais on ne jugeait pas Mme Kent selon les critères ordinaires. Émilie tenait l'occasion rêvée de sauver la face par un petit mensonge, juste quelques mots indifférents...«plus maintenant, madame Kent. Oh, je sais que je l'ai déjà cru — l'imagination est l'une de mes faiblesses. Mais je m'aperçois qu'il me laisse froide, maintenant...»

Pourquoi ne pouvait-elle pas dire cela? Elle ne le pouvait pas, c'était tout. Elle ne pouvait, en aucun mot, nier son amour pour Teddy. Il faisait à ce point partie d'elle-même qu'elle ne pouvait dire que la vérité. Et n'y avait-il pas, aussi, un secret soulagement à ce qu'il existe une personne au moins avec laquelle elle puisse être elle-même... devant laquelle elle n'aurait ni à feindre ni à dissimuler?

— Je ne pense pas que vous ayez le droit de poser cette question, madame Kent. Mais, oui, je l'aime encore.

Mme Kent rit silencieusement.

— Autrefois, je te détestais. Je ne te déteste plus. Nous ne faisons plus qu'une maintenant, toi et moi. Nous l'aimons. Et il nous a oubliées. Il ne se soucie plus de nous. Il est allé à *elle*.

— Il se soucie de vous, madame Kent. Il vous a toujours aimée. Vous pouvez sûrement comprendre qu'il y ait plus d'une sorte d'amour. Et j'espère que vous n'allez pas détester Ilse parce que Teddy l'aime.

— Non, je ne la déteste pas. Elle est plus belle que toi, mais il n'y a pas de mystère en elle. Elle ne le possédera jamais complètement, comme toi, tu l'aurais fait. C'est très différent. Mais je voudrais savoir, cependant, si tu es malheureuse à cause de ce mariage.

— Non. Si. Peut-être. Pour quelques minutes, de temps en temps. Je suis habituellement si prise par mon travail que je ne m'arrête pas morbidement à ce que je ne peux avoir.

Mme Kent avait écouté avidement.

— Oui, oui, tout à fait ce que j'ai pensé. Les Murray sont si raisonnables. Un jour... un jour... tu seras heureuse que ceci soit arrivé, heureuse que Teddy n'ait pas répondu à ton sentiment. Ne le crois-tu pas?

— Peut-être.

— Oh, j'en suis sûre. C'est tellement mieux pour toi. Tu ne te doutes pas de la souffrance et de l'infortune auxquelles tu échappes. C'est de la folie d'aimer autant. Dieu est jaloux. Si tu avais épousé Teddy, il t'aurait brisé le cœur, comme le font tous les hommes. Ça vaut mieux pour toi. Tu t'en rendras compte, avec le temps.

Tap — tap — tap, disait le vieux saule.

— Est-ce nécessaire de s'attarder à ces choses, madame Kent?

— Te souviens-tu de la nuit où je vous ai trouvés, Teddy et toi, dans le cimetière? demanda Mme Kent, comme si elle n'avait pas entendu la question d'Émilie.

— Oui.

Émilie se souvenait très clairement de cette étrange et merveilleuse nuit où Teddy l'avait sauvée de Morrison-le-Fou et où il lui avait dit des choses si douces, si inoubliables.

— Oh, comme je t'ai haïe, cette nuit-là! s'exclama Mme Kent. Mais je n'aurais pas dû te parler comme je l'ai fait. Toute ma vie, j'ai dit des choses que je n'aurais pas dû dire. Une fois, j'en ai dit une terrible... si terrible... que je ne suis jamais venue à bout d'en chasser l'écho de mes oreilles. Et, te souviens-tu de ce que toi, tu m'as dit? C'est à cause de ces mots que j'ai laissé Teddy me quitter. S'il n'était pas parti, tu ne l'aurais peut-être pas perdu. Regrettes-tu d'avoir intercédé pour lui?

— Non. Si quelque chose que j'ai dit a pu lui ouvrir la voie, j'en suis heureuse. Heureuse.

— Tu recommencerais?

— Je recommencerais.

— Et ne détestes-tu pas Ilse de tout ton cœur? Elle t'a pris ce que tu désirais. Tu *dois* la détester.

— Je ne la déteste pas. Je l'aime autant que je l'ai toujours aimée. Elle ne m'a rien pris qui m'ait jamais appartenu.

— Je n'y comprends rien, je n'y comprends rien, fit Mme Kent, à mi-voix. Mon amour n'est pas comme celui-là. Peut-être est-ce pour cela qu'il m'a toujours rendue si malheureuse. Non, je ne te déteste plus. Mais, oh, comme je t'ai détestée! Je savais que Teddy t'aimait plus que moi. Est-ce que toi et lui ne parliez pas contre moi, dans mon dos? Ne me critiquiez-vous pas?

— Jamais.

— Je pensais que si. Les gens faisaient tous cela. Toujours.

Mme Kent serra soudain violemment l'une contre l'autre ses petites mains maigres.

— Pourquoi ne m'as-tu pas dit que tu ne l'aimais plus? Pourquoi? Même si c'était mentir? C'est cela que je voulais entendre. J'aurais pu te croire. Les Murray ne mentent jamais.

— Qu'est-ce que ça peut bien faire? cria Émilie, à la torture. Mon amour ne signifie plus rien pour lui, maintenant. Il appartient à Ilse. Vous n'avez plus à être jalouse de moi, madame Kent.

— Je ne le suis plus, je ne le suis plus. Ce n'est pas ça.

Mme Kent lui jeta un regard étrange.

— Oh, si seulement j'osais! Mais non, non, il est trop tard. Ça ne servirait à rien. Je ne sais plus ce que je dis. Seulement, Émilie, viendrais-tu me voir, quelquefois? C'est solitaire, ici, très solitaire. Encore plus, maintenant que Teddy appartient à Ilse. Son portrait m'est parvenu mercredi dernier, non, jeudi. Les jours se ressemblent tous. Je l'ai mis là, mais ça rend les choses encore plus difficiles. Il y pensait à elle — facile de voir, à ses yeux, qu'il pensait à la femme qu'il aime. Je ne lui suis plus d'aucune utilité. Je ne suis plus utile à personne.

— Si je viens vous rendre visite, vous ne devrez pas me parler de lui ou d'eux, fit Émilie, remplie de pitié.

— C'est promis, je n'en parlerai pas. Mais ça ne m'empêchera pas d'y penser, n'est-ce pas? Tu t'assoiras là-bas et moi, ici, et nous parlerons du temps qu'il fait et nous penserons à lui. Folichon! Mais quand tu l'auras oublié tout à fait, quand tu ne l'aimeras plus du tout, tu me le diras, n'est-ce pas?

Émilie acquiesça et se leva pour partir. Elle n'en pouvait plus.

— Et s'il y a quoi que ce soit que je puisse faire pour vous, madame Kent...

— Je veux du repos, *le* repos, dit Mme Kent, en riant sauvagement. Peux-tu me trouver cela? Ne sais-tu pas que je suis un fantôme, Émilie? Je suis morte il y a des années. Je marche dans le noir.

Alors que la porte se refermait derrière elle, Émilie entendit Mme Kent pleurer à gros sanglots. Avec un soupir, elle se tourna vers les vastes espaces accueillants du vent, de la nuit, des ombres et de la lune.

Pour y respirer, enfin.

XXIV

1

Ilse arriva en mai. Gaie, rieuse. Presque trop gaie et trop rieuse, se dit Émilie. Ilse avait toujours été un être joyeux, sans souci, mais jamais on ne lui avait connu cette frénésie dans le plaisir. Elle ne semblait jamais sérieuse et tournait tout à la blague, même son mariage. La tante Élisabeth et la tante Laura en étaient scandalisées. Une jeune femme sur le point d'embrasser l'état de mariage se devait d'être plus réfléchie. «Attitude d'une époque dépassée», dit Ilse à Émilie.

Elle parlait sans arrêt lorsque Émilie et elle étaient ensemble, mais ne dialoguait jamais *vraiment* avec son amie, bien qu'elle en ait manifesté le désir dans ses lettres. Peut-être n'était-elle pas seule à blâmer. Émilie montrait une réserve certaine, née de son chagrin secret et de sa farouche détermination de le cacher. Ilse sentait la réserve sans en soupçonner la cause. Émilie devenait de plus en plus Nouvelle-Lunaire, à partager la vie de ces chères vieilles reliques.

— Quand Teddy et moi reviendrons et nous installerons à Montréal, tu passeras tous les hivers avec nous, chérie. Promets. La Nouvelle Lune est un endroit charmant en été, mais l'hiver, tu y es enterrée vivante.

Émilie ne promit rien. Elle se voyait mal en invitée dans la maison de Teddy. Chaque nuit, elle se disait qu'elle ne pourrait survivre au lendemain. Mais, le lendemain venu, elle s'en tirait. Elle pouvait même parler chiffons avec Ilse. La robe bleu jacinthe devint réalité. Émilie l'essaya, deux soirs avant le retour attendu de Teddy. Le mariage serait célébré dans deux semaines.

— Tu as l'air d'un rêve, là-dedans, constata Ilse, allongée sur le lit d'Émilie avec la grâce et l'abandon d'un chaton, le saphir de Teddy à son doigt. Mon velours et mes dentelles en paraîtront frustes, à côté. T'ai-je dit que Lorne Halsey sera le témoin de Teddy? J'en suis ravie: le grand Halsey! Sa mère a été très malade. Il croyait ne pas pouvoir venir. Mais l'obligeante dame s'est remise et il sera des nôtres. Son nouveau livre a un succès fou. Tous les critiques de Montréal chantent ses louanges. Il est l'homme le plus intéressant et le plus civilisé que je connaisse. Ce ne serait pas épatant, dis, que vous vous épreniez l'un de l'autre?

— Ne m'arrange pas de mariage, Ilse, reprocha Émilie avec un léger sourire, en retirant sa robe bleue. Je sens dans mes os que je vais réussir mon célibat, ce qui est bien différent de mourir vieille fille contre son gré.

— À vrai dire, il, ressemble à une gargouille, fit Ilse, méditative. Sans cela, je crois que je l'aurais épousé moi-même. J'en suis presque certaine. Sa façon de me faire la cour, c'était de me demander mon opinion sur tout. C'était agréable en grand. Et puis, on ne sait jamais vraiment ce qu'il pense. Il te regarde avec adoration, mais qui sait s'il ne s'attarde pas aux pattes d'oie autour de tes yeux? Quoi qu'il en soit, Teddy est certainement ce qu'on peut trouver de plus beau sur la terre. Tu ne crois pas?

— Il a toujours été joli garçon.

— Joli garçon, singea Ilse. Émilie Starr, si jamais tu te maries, j'espère que ton époux va t'enchaîner dans la niche du chien. Si ça continue, je vais t'appeler tante Émilie. Écoute, personne à Montréal n'arrive à la cheville de Teddy. C'est sa beauté que j'aime, pour tout te dire, pas lui. Souvent, je m'ennuie en sa compagnie. J'étais pourtant certaine que je ne m'embêterais pas avec lui. Ça ne m'était jamais arrivé, avant que nous soyons fiancés. Quelque chose me dit qu'un jour, je lui lancerai la théière à la figure. Quel dommage qu'on ne puisse avoir deux maris: un pour le plaisir des yeux, l'autre, pour la conversation! Pourtant, tu vas voir, Teddy et moi formerons un couple éblouissant: lui si brun, moi si blonde. L'idéal, quoi! Pas vrai, ma douce? J'ai toujours rêvé d'être une belle brune comme toi, mais quand je l'ai avoué à Teddy, il a ri et m'a cité un poème ancien:

> *Si les poètes n'ont pas menti,*
> *Les sirènes ont des cheveux noir profond.*
> *Mais depuis que l'art a surgi,*
> *On donne aux anges des cheveux blonds.*

Être comparée à un ange par Teddy, c'est une veine. Pourtant, à y bien réfléchir, Émilie, je préférerais de beaucoup — es-tu sûre que la porte est fermée et que ta tante Laura ne risque pas d'en tomber raide morte? — je préférerais de beaucoup être une sirène qu'un ange. Pas toi?

— Vérifions plutôt les listes d'invités, pour nous assurer que personne n'a été oublié, répondit Émilie à ce débordement de mots.

— C'est terrible d'appartenir à un clan, grommela Ilse. Il faut qu'un tas de vieilles ruines soient là. Je voudrais ne plus avoir de parenté. Je voudrais que la maudite cérémonie soit finie. Tu es certaine que tu as envoyé une invitation à Perry?

— Oui.

— Je me demande s'il viendra. J'espère que oui. Quelle idiote j'ai été de m'imaginer que je l'aimais! Je me bâtissais des rêves à son sujet, même si je le savais fou de toi mais, après le souper dansant de Mme Chidlaw, j'ai cessé d'espérer. T'en souviens-tu, Émilie?

Émilie s'en souvenait.

— Jusque là, j'avais gardé l'espoir qu'un jour, quand il se rendrait compte qu'il ne pouvait pas t'avoir, je l'attraperais au vol. Je croyais qu'il serait chez les Chidlaw. Il y avait été invité. Et j'ai demandé à Teddy si Perry viendrait. Teddy m'a regardée jusqu'au fond des yeux et m'a dit: «Il bûche une cause qu'il doit défendre demain. Le moteur de Perry, c'est l'ambition. Il n'a pas de temps à consacrer à l'amour.» Je savais que Teddy me mettait en garde et qu'espérer était inutile. Alors j'ai abandonné. Ça n'a quand même pas trop mal tourné. C'est merveilleux que les choses finissent si bien. On croit presque en la toute puissante Providence. N'est-ce pas magnifique de pouvoir placer tout le blâme sur Dieu?

Émilie entendait à peine ce que racontait Ilse et suspendit la robe bleue dans le placard pour enfiler un ensemble de sport. Ainsi, c'était *cela* que Teddy avait dit à Ilse, ce soir d'il y avait longtemps, alors qu'elle avait cru lire sur ses lèvres le mot «amour». Et elle avait été glaciale avec lui à cause de cela! Mais ne prévenait-il pas Ilse parce qu'il voulait distraire à son profit les pensées axées sur Perry?

Émilie fut soulagée qu'Ilse rentre chez elle, ce jour-là. Son bavardage incessant lui tapait sur les nerfs, bien qu'elle osât à peine se l'avouer. Cette torture ne finirait donc jamais? Encore deux semaines à la subir, et, ensuite, la paix.

2

Elle se rendit au Trécarré, ce soir-là, pour rendre à Mme Kent un livre que celle-ci lui avait prêté, la veille. Cette visite devait se faire avant le retour de Teddy. Elle était allée au Trécarré à plusieurs reprises depuis sa rencontre avec Mme Kent, et une étrange amitié était née entre les deux femmes. Elles s'échangeaient des livres et causaient de tout, sauf de ce qui leur importait le plus. Le livre qu'Émilie rapportait était un vieil exemplaire de *La ferme africaine*. Émilie avait exprimé le désir de lire ce roman et Mme Kent était allée le chercher à l'étage. Elle en était redescendue le visage blanc comme un drap, la cicatrice le brûlant en une diagonale plus frappante que d'habitude, comme chaque fois qu'elle était perturbée.

— Voici le livre que tu veux, dit-elle. Je l'avais en haut, dans une boîte.

Émilie termina le bouquin avant de sombrer dans le sommeil. Elle dormait mal, et les nuits étaient longues. Le livre avait une odeur de moisi: la boîte dont parlait Mme Kent n'avait, de toute évidence, pas été ouverte de longtemps. Et, dans le livre, Émilie trouva une mince lettre, non affranchie, adressée à Mme David Kent.

Ce qui étonnait, de cette lettre, c'est qu'elle n'avait apparemment pas été ouverte. Bon, il arrive que les envelopppes se recachettent d'elles-mêmes, quand le rabat n'a pas été déchiré, la première fois. Cette lettre n'avait probablement aucune importance. Mais elle en parlerait lorsqu'elle rapporterait le livre.

— Saviez-vous qu'il y avait une lettre dans ce livre, madame Kent.

— Une lettre?

— Oui. Qui vous est adressée.

Émilie tendit la lettre à Mme Kent, dont le visage blêmit quand elle en vit l'écriture.

— Tu as trouvé *cela* dans ce livre? bafouilla-t-elle. Dans ce livre qui n'a pas été ouvert depuis vingt-cinq ans. Sais-tu qui a écrit cette lettre? Mon mari. Et je ne l'ai jamais lue. Je n'ai jamais su qu'elle existait.

Émilie eut l'impression d'être au cœur d'une tragédie, de la torture secrète de la vie de Mme Kent, peut-être?

— Je vais m'en aller, pour que vous la lisiez seule, dit-elle doucement.

Elle partit, laissant Mme Kent debout dans la pièce envahie par les ombres, tenant dans ses mains la lettre, comme on tiendrait un serpent.

3

— Je t'ai fait demander, ce soir, dit Mme Kent, parce qu'il y a quelque chose que je dois te dire.

Elle était assise, la mine déterminée, dans le fauteuil près de la fenêtre qu'éclairait la rude lumière du couchant. On était en juin, mais il faisait froid.

Le ciel était bas comme en automne. Émilie eût de beaucoup préféré rester chez elle, mais le mot de Mme Kent avait été pressant, presque péremptoire. Qu'est-ce que cette femme étrange pouvait bien lui vouloir? Teddy était-il en cause?

Dès qu'elle vit Mme Kent, elle s'aperçut que celle-ci avait étonnamment changé. Ce changement était difficile à définir. Elle restait aussi fragile et pitoyable qu'auparavant, mais il y avait dans ses yeux un air de défi. Pour la première fois depuis qu'elle la connaissait, Émilie ne se sentit pas en présence d'une femme brisée. La paix régnait en elle, une paix étrange, empreinte de tristesse. Cette paix toute nouvelle marquait la fin des tourments d'une âme torturée.

— J'étais morte. J'étais en enfer, et me revoilà vivante, exulta Mme Kent. C'est ton œuvre: tu as trouvé la lettre. À cause de cela, je te dois une explication. Tu me haïras. Et j'en aurai de la peine. Mais ces choses doivent être dites.

Émilie sentit qu'elle détestait d'avance ce que Mme Kent avait à lui dire. Cela avait sûrement rapport à Teddy. Et elle ne voulait rien entendre, rien, sur le futur mari de sa meilleure amie.

— Vous ne pensez pas que ce serait préférable de ne rien me dire?

— Je dois parler. J'ai commis une injustice. Il me faut la confesser. Je ne peux pas défaire ce que j'ai fait; il est sans doute trop tard pour cela, mais, au moins, tu sauras. Auparavant, il y a des choses que tu dois connaître. Des choses dont je n'ai jamais parlé, qui m'ont broyée au point où j'en hurlais d'angoisse, certaines nuits. Tu ne me pardonneras jamais, mais peut-être comprendras-tu…

— J'ai toujours eu de la sympathie pour vous, madame Kent.

— Je te crois, oui, mais comment aurais-tu pu savoir ce que je vivais? Je n'étais pas comme ça, quand j'étais jeune. J'étais comme les autres. Et jolie, aussi, vraiment jolie. Quand David Kent est entré dans ma vie et qu'il m'a incitée à l'aimer, j'étais magnifique. Et il m'a aimée, alors. Il m'a toujours aimée. Il le dit dans sa lettre.

Elle tira le papier de son corsage et l'embrassa farouchement.

— Je ne peux pas te la laisser lire, Émilie. Seuls mes yeux peuvent s'y poser, mais je vais te dire ce qui s'y trouve. Tu ne peux pas savoir à quel point je l'aimais. Tu crois que tu aimes Teddy! Tu ne *peux* l'aimer autant que j'aimais son père.

Émilie n'était pas d'accord, mais ne souffla mot.

— Il m'a épousée et m'a emmenée dans sa famille, à Malton. Nous étions heureux, au début; trop, sans doute. Dieu est jaloux, je te l'ai dit. Et les gens de sa famille ne m'aimaient pas. Ils ne me trouvaient pas assez bien pour lui et prétendaient que notre mariage était pour David une mésalliance. Ils s'immisçaient constamment entre nous. Je savais ce qu'ils cherchaient. Sa mère me détestait. Elle ne m'appelait jamais Aileen. Elle disait: «Toi, là», ou «la femme de David». Elle m'épiait sans cesse, en silence; m'épiait. Je n'ai jamais été des leurs. Je n'ai jamais semblé capable d'apprécier leur genre d'humour. Ils se moquaient toujours de quelque chose ou de quelqu'un: de moi, la plupart du temps. Ils écrivaient à David sans jamais faire mention de moi. Certains étaient tout juste polis à mon endroit, d'autres me donnaient des coups de griffe. Un jour, la sœur aînée m'a fait parvenir un manuel d'étiquette. Ils ne cessaient de me blesser, et je ne pouvais rendre la pareille. David se rangeait de leur côté. Il partageait avec eux des secrets qu'il ne me révélait pas. Malgré tout, j'étais heureuse. Je l'ai été jusqu'à ce que je laisse choir la lampe et que le feu marque ma figure comme tu le vois. Ensuite, je n'ai pu croire que David puisse continuer à m'aimer. J'étais défigurée. Les nerfs à vif, je lui chantais pouilles à la moindre vétille. Il était patient avec moi, pourtant. Il me pardonnait sans cesse. Mais il y avait cette cicatrice. J'attendais un enfant. Je ne le lui ai pas dit, remettant toujours la révélation au lendemain. C'est alors que j'ai fait une chose terrible. J'hésite à t'en parler. David avait un chien. Il aimait tellement cette bête que je m'étais mise à la détester. Je... je l'ai empoisonnée. Je ne sais pas ce qui m'a prise. Allez donc savoir... Je n'étais pas comme ça, avant.

Mme Kent s'interrompit, et la femme qu'agitaient des sentiments jamais exprimés se mua subitement en petite bourgeoise victorienne.

— Je ne devrais pas aborder de tels sujets avec une jeune fille, s'excusa-t-elle, confuse.

— Je sais que les bébés ne surgissent pas de la trousse noire du docteur Burnley, la rassura gravement Émilie.

— Alors, tu vois — Mme Kent se retransforma en Aileen Kent la passionnée — David a découvert ce que j'avais fait. Oh, son visage! Nous nous sommes querellés. Terriblement. C'était juste avant son départ pour Winnipeg en voyage d'affaires. J'étais si bouleversée de ses reproches que j'ai crié — oh, Émilie! — que j'espérais ne plus jamais le revoir. Je ne l'ai jamais revu. Dieu m'a prise au mot: une pneumonie l'a emporté à Winnipeg. Je n'ai su qu'il était malade que lorsqu'on m'a appris sa mort. Et l'infirmière qui l'a soigné était une jeune fille pour laquelle il avait eu un béguin et qui l'aimait. *Elle* a pris soin de lui et l'a assisté, pendant que moi, à la maison, je continuais à le haïr. Comment jamais me pardonner? Et pardonner à Dieu? Elle a ramassé ses choses et les a retournées à la maison. Ce livre en faisait partie. Il l'avait sans doute acheté à Winnipeg. Je ne l'ai jamais ouvert, je n'en étais pas capable. Il a sans doute écrit cette lettre quand il s'est senti mourir, et l'a glissée, pour moi, dans ce livre. Et il est mort sans révéler qu'elle était là. Cette fille le savait, peut-être, et n'en a rien dit. La lettre est restée là, toutes ces années, Émilie, toutes ces années où j'ai cru que David était mort en me détestant, en refusant de me pardonner. J'ai rêvé de lui tant et plus, et, chaque fois, son visage se détournait de moi. Vingt-sept ans de ce supplice. Vingt-sept ans. N'ai-je pas expié ma faute? Hier soir, j'ai ouvert sa lettre et je l'ai lue. Juste quelques griffonnages: sa pauvre main pouvait à peine tenir le crayon. Il m'appelait sa chère petite femme et me demandait pardon — à moi! — d'avoir été si dur, le dernier jour. Il disait qu'il me pardonnait d'avoir tué son chien, et de ne plus m'en faire à ce sujet, et qu'il savait que je souhaitais le revoir, en dépit de ce que j'avais prétendu, qu'enfin, il me comprenait mieux qu'avant et qu'il m'avait toujours aimée et m'aimerait toujours, et... quelque chose de plus que je ne puis dire à personne parce que c'est trop intime et précieux. Tu ne peux pas imaginer, Émilie, ce que cette lettre représente pour moi! Il n'est pas mort irrité contre moi, il est mort en m'aimant et en pensant à moi avec tendresse. Je n'en savais rien. Je crois que j'avais un peu perdu la tête. Sa famille me croyait folle, d'ailleurs. Quand Teddy est né, je me suis réfugiée ici, loin d'eux tous. Pour qu'ils ne puissent me l'enlever. J'ai refusé leur argent. J'avais celui des assurances de David, c'est de cela que nous avons vécu. Teddy était ma seule possession. Et *tu* es venue, et je savais que tu me le prendrais. Je savais qu'il t'aimait. Depuis toujours. Oh oui, il t'aimait. Quand il est parti, je lui écrivais et je lui racontais tes idylles. Et, il y a deux ans, tu te souviens, il a quitté l'Île pour Montréal en coup de vent et tu étais absente, il voulait absolument te dire au revoir. Alors, il t'a écrit.

Émilie étouffa un petit cri de dénégation.

— Oui, il t'a écrit. J'ai vu la lettre sur son pupitre, après son départ. J'ai décollé le rabat à la vapeur et je l'ai lue. J'ai brûlé la lettre, Émilie, mais je peux te dire ce qu'elle contenait. Comment l'oublier? Il te disait qu'il aurait voulu te révéler de vive voix qu'il t'aimait et que, si tu partageais son sentiment, il fallait le lui écrire aussitôt. Mais que, si tu ne ressentais rien pour lui, de ne pas écrire du tout. Comme je t'ai détestée! J'ai détruit la lettre et j'ai laissé dans l'enveloppe, que j'ai rescellée, les poèmes qu'il y avait glissés. Et il l'a mise à la poste sans rien savoir de mon intervention. Je n'ai jamais regretté mon geste, non, pas même quand il m'a écrit qu'il allait épouser Ilse. Mais hier soir, quand tu m'as apporté cette lettre — et le pardon et la paix — j'ai su que j'avais commis un crime. J'ai gâché ta vie et peut-être celle de Teddy. Pourras-tu jamais me pardonner?

4

Emportée dans un tourbillon d'émotions, Émilie ne fut vraiment consciente que d'une chose: Teddy l'avait aimée. L'amertume, l'humiliation, la honte ne trouvaient plus place en son cœur. La douceur de cette révélation effaçait, pour l'heure, tout autre sentiment. Elle ressuscitait. Et c'est d'un cœur sincère et d'une voix douce qu'elle dit lentement:

— Je comprends, oui, je comprends.

Mme Kent se tordit les mains.

— Émilie, est-il trop tard? Est-il trop tard? Ils ne sont pas encore mariés. Il ne l'aime pas comme il t'aimait. Si tu lui disais, si tu lui disais...

— Non, non, non! s'écria Émilie, emportée. Il *est* trop tard. Il ne faut pas qu'il sache. Vous ne devrez jamais le lui dire. Il aime Ilse, maintenant. J'en suis certaine, et cette révélation ne ferait de bien à personne. Au contraire, elle créerait un drame. Promettez-moi, chère madame Kent, s'il vous semble que vous me deviez quoi que ce soit, promettez-moi que vous ne direz jamais rien à Teddy.

— Mais toi, tu seras malheureuse.

— Je ne serai pas malheureuse. Pas maintenant. Vous ne pouvez savoir quelle différence votre aveu a fait. Le dard est enlevé. Je vais mener une vie heureuse, une vie utile et occupée, et les regrets des vieux rêves n'y auront plus de place. La blessure est cicatrisée, maintenant.

— C'est épouvantable, ce que j'ai fait! murmura Mme Kent. Je m'en rends compte.

— Sans doute, mais je n'y pense déjà plus. J'ai retrouvé l'estime de moi-même.

— L'orgueil des Murray, murmura Mme Kent, en la regardant. Tout bien considéré, Émilie Starr, je crois que, chez toi, l'orgueil l'emporte sur l'amour.

— Peut-être, dit Émilie, en souriant.

5

Elle était à ce point bouleversée, quand elle rentra chez elle, qu'elle fit une chose dont elle eut honte le reste de ses jours. Perry Miller l'attendait dans le jardin de la Nouvelle Lune. Elle ne l'avait pas revu de longtemps et eût été heureuse de le rencontrer n'importe où, en d'autres circonstances. Maintenant que Perry avait abandonné tout espoir de mariage, son amitié lui était très douce. Il s'était étoffé, au cours des années. C'était un bel homme, débordant d'humour et moins vantard qu'avant. Il avait même acquis un certain raffinement et n'avait plus autant de mains et de pieds en société. Très pris pas ses affaires, il ne fréquentait plus guère la Nouvelle Lune, mais Émilie se réjouissait de chacune de ses visites, sauf de celle-ci. Ce soir, elle aurait voulu être seule pour mettre de l'ordre dans ses émotions et s'enivrer de sa fierté retrouvée. Arpenter les allées du jardin en bavardant avec Perry était au-dessus de ses forces. Elle ne pensait qu'à se défaire de lui. Et Perry, qui n'en était nullement conscient, posait mille et une questions sur le mariage d'Ilse, en particulier. Il était froissé qu'on ne l'ait pas demandé comme témoin. Il y aurait eu droit, lui, vieux camarade des deux époux.

— Je n'aurais jamais pensé que Teddy me ferait cet affront, grommela-t-il. Est-ce qu'il se trouverait trop important pour que Stovepipe Town lui serve de témoin?

C'est alors qu'Émilie commit un crime. Sans presque se rendre compte de ce qu'elle disait, choquée de ce que Perry calomnie Teddy de la sorte, elle éclata:

— Bougre d'idiot! Ce n'est pas Teddy qui t'a écarté. Comment crois-tu qu'Ilse accepterait comme témoin l'homme qu'elle rêve depuis toujours d'épouser?

Elle n'avait pas sitôt parlé qu'elle s'interrompit, consternée. Qu'avait-elle fait? Elle avait trahi l'amitié, violé une confidence. C'était impardonnable. Comment était-ce possible qu'Émilie Byrd Starr de la Nouvelle Lune ait pu commettre une telle bourde?

Perry restait planté près du cadran solaire, confondu.

— Émilie, tu n'es pas sérieuse! Ilse ne m'a jamais vu comme ça, voyons.

Émilie s'aperçut, effondrée, qu'on ne rattrape pas les mots qui vous échappent et que le gâchis dont elle était responsable ne se réparerait pas d'une pirouette.

— Oui, tu as compté pour elle, un temps, mais elle s'en est sortie.

— *Moi*? Tu veux rire, elle m'a toujours méprisé. Tu te souviens. Sans cesse à m'asticoter. Rien de ce que je faisais ne lui plaisait.

— Oui, je me souviens, dit Émilie, avec un soupir de lassitude. Elle avait une si haute opinion de toi qu'elle ne pouvait souffrir que tu te diminues à ses yeux. Si elle ne t'avait pas aimé, crois-tu qu'elle se serait préoccupée de tes fautes de grammaire ou d'étiquette? Je n'aurais pas dû te confier ce secret, Perry. J'en aurai honte le reste ma vie. Il ne faut pas qu'Ilse se doute que tu sais. N'en dis rien.

— Bien sûr que non. De toute façon, elle l'a sûrement oublié depuis longtemps.

— Sans doute. Mais ça ne lui serait pas particulièrement agréable que tu sois le témoin du marié, à son mariage. Je ne voulais pas que tu juges Teddy prétentieux. Et maintenant, Perry, m'en voudrais-tu si je te demandais de partir? Je suis très fatiguée, et j'ai beaucoup à faire les deux prochaines semaines.

— Tu devrais être couchée, c'est vrai, acquiesça Perry. Je suis bête de te faire veiller si tard. Mais quand je viens ici, je retrouve le passé et je m'incruste. Quels fous nous étions! Et maintenant, Ilse et Teddy se marient. On vieillit.

— Aux prochaines nouvelles, c'est toi qui te marieras, dit Émilie, en tentant de sourire. J'ai entendu des rumeurs.

— Jamais de la vie. Cette idée m'est sortie de la tête pour tout de bon. Pas que je m'accroche encore à toi, mais, après toi, vois-tu, personne n'a de saveur. J'ai essayé. Je mourrai célibataire. C'est mon destin. On me dit que c'est une belle mort, mais j'ai de hautes visées dans la vie, et ça regarde bien. Au revoir, chérie. Je te verrai au mariage. C'est dans l'après-midi, n'est-ce pas?

— Oui. (Émilie s'étonna de pouvoir en parler si calmement.) À trois heures. Puis, il y aura un souper et une randonnée en auto jusqu'au bateau du soir. Perry, Perry, je voudrais ne t'avoir rien dit à propos d'Ilse. C'était moche, comme on disait à l'école.

— T'en fais pas pour ça. Je suis enchanté — comme un chien à deux queues — de savoir qu'Ilse a pu, un certain temps, m'avoir en si haute estime. Crois bien que je suis assez futé pour me rendre compte du compliment que c'était. Et crois bien aussi que je sais quelles chics filles vous avez été pour moi, et ce que je dois à votre amitié. Je ne me suis jamais fait d'illusions à propos de Stovepipe Town et des différences qui existaient entre nos milieux. J'ai gravi quelques échelons. J'ai l'intention d'en gravir d'autres, mais Ilse et toi, vous étiez *nées* au sommet. Vous ne m'avez jamais laissé sentir la distance entre nous, comme certaines filles l'ont fait. Tu te souviens comme Rhoda Stuart me dénigrait? Alors, ne crois pas que je serais assez malotru pour me rengorger parce que j'ai découvert qu'Ilse a déjà eu un sentiment pour moi. Ou que je lui apprendrais jamais que je le sais. Stovepipe, tu sais, est loin derrière moi, même s'il me faut encore m'appliquer à choisir la bonne fourchette, dans les banquets. Émilie, te souviens-tu du soir où ta tante Ruth m'a surpris en train de t'embrasser?

— Comment donc!

— C'est la seule fois où je t'ai embrassée, dit Perry, sans verser dans le sentiment. Et ça n'a pas été une réussite, pas vrai? Quand je pense à la vieille dame dans sa chemise de nuit, la bougie à la main!

Perry prit congé en riant, et Émilie regagna sa chambre.

— Émilie-dans-la-glace, dit-elle, presque gaiement, je peux de nouveau te regarder dans les yeux. Je n'ai plus honte, maintenant. *Il m'aimait.*

Elle resta là un long moment, à sourire dans le vide. Puis, le sourire s'effaça.

— Oh, si seulement j'avais eu cette lettre! murmura-t-elle tristement.

XXV

1

Il ne restait que deux semaines avant le mariage. Émilie les trouva très longues, en dépit du fait que chacune de leurs minutes ait été remplie à ras bord de corvées sociales. On faisait grand cas de l'affaire, aux alentours. Dents serrées, Émilie suivit le courant. Ilse était ici, là partout. Parlant beaucoup, n'agissant guère.

— Tranquille comme une mouche, grommelait le docteur Burnley.

— Ilse est une effervescente, se lamentait la tante Élisabeth. Elle semble craindre qu'on doute de son existence si elle reste assise deux minutes.

— J'ai quarante-neuf remèdes pour le mal de mer, dit Ilse. Si tante Kate Mitchell vient ici, ça m'en fera cinquante. N'est-ce pas merveilleux d'avoir une parenté aussi pleine d'égards, Émilie?

Elles étaient seules dans la chambre de Ilse. On attendait Teddy ce soir-là. Ilse avait essayé une demi-douzaine de robes, qu'elle avait rejetées du revers de la main.

— Émilie, qu'est-ce que je vais mettre? Décide pour moi.

— Pas moi. D'ailleurs, qu'est-ce que ça peut changer, ce que tu portes?

— Tu as raison. Teddy ne remarque jamais mes toilettes. J'aime qu'un homme s'arrête à mon vêtement et m'en fasse compliment, qu'il me préfère vêtue de soie plutôt que de coton.

Émilie regarda, par la fenêtre, le jardin touffu où le clair de lune était une calme mer argentée berçant à sa surface une flottille de coquelicots.

— Je voulais dire que Teddy ne regardera pas ta robe, c'est toi qu'il regardera.

— Tu t'entêtes à parler comme si Teddy et moi étions follement amoureux l'un de l'autre. Est-ce à cause de ton complexe victorien?

— Pour l'amour du ciel, cesse tes turpitudes! s'exclama Émilie, avec une violence inhabituelle et très peu *murrayesque*. J'en ai assez entendu. Tu qualifies de victorien tout ce qui est simple, doux, naturel. Le monde d'aujourd'hui semble pétri de préjugés contre tout ce qui est victorien. Sait-il ce dont il parle? Moi, j'aime ce qui est sain et décent; si c'est cela, être victorien, je le suis.

— Émilie, ta tante Élisabeth trouverait-elle sain et décent d'être follement amoureuse?

Les deux filles s'esclaffèrent, et la tension entre elles se relâcha.

— Tu ne t'en vas pas, Émilie?

— Bien sûr que je m'en vais. Je ne veux pas servir de chaperon.

— Te voilà repartie. Crois-tu que je souhaite passer une soirée entière enfermée avec le seul Teddy? Nous nous prendrions aux cheveux à tout bout de champ, à propos de n'importe quoi. Ces prises de becs ne me déplaisent pas, remarque. Elles pimentent l'existence. Il me faut ma prise de bec par semaine. Tu sais comme j'aime la bagarre. Rappelle-toi comme nous nous crêpions le chignon, toi et moi. Tu en as perdu, depuis. Teddy lui-même ne semble plus avoir de cœur aux débats. Perry, c'était autre chose: il savait se défendre. Pense aux chahuts épiques que nous aurions pu avoir, lui et moi! Et comme nous nous serions aimés, entre les batailles! Le diable m'emporte!

— Est-ce que tu aimes encore Perry Miller? demanda âprement Émilie.

— Non, chère naïve. Et je ne suis pas non plus folle de Teddy. Il s'agit, pour nous deux, d'un amour d'occasion, tu le sais. D'une soupe réchauffée. Mais ne t'en fais

pas. Je lui serai précieuse. Je vais le garder
en alerte beaucoup plus efficacement que si
je le croyais de nature céleste. Ça ne vaut
rien aux hommes qu'on les croie parfaits: ils
en sont déjà persuadés. Quand ils trouvent
quelqu'un qui partage leur opinion, ils sont
portés à se reposer sur leurs lauriers. Ça
m'exaspère que les gens me trouvent chanceuse d'avoir décroché Teddy comme mari.
Le gros lot. Tiens, prends tante Ida Mitchell.
«Tu t'es déniché un mari extraordinaire, Ilse!»
Survient Bridget Mooney de Stovepipe
Town. Tout en frottant les planchers, elle
s'exclame: «Ma foi, vous avez emporté le
morceau, mamzelle!» J'admets que Teddy
n'est pas mal, surtout depuis qu'il s'est
aperçu qu'il n'était pas le seul homme au
monde. J'aimerais savoir quelle fille le fait
ainsi retomber dans la réalité. Il a eu une
femme dans sa vie. Il m'en a parlé. Trop
peu, à mon gré, mais suffisamment pour que
je sache qu'elle le traitait de haut et qu'après
lui avoir laissé croire qu'elle l'aimait, elle l'a
renvoyé à ses oignons. Elle n'a même pas
répondu à la lettre dans laquelle il lui disait
qu'il l'aimait. Je déteste cette femme, Émilie,
n'est-ce pas étrange?

— Ne la déteste plus, fit Émilie, à voix
basse. Peut-être ne savait-elle pas ce qu'elle
faisait?

— Je la déteste de s'être ainsi servie de
Teddy. Bien qu'au fond, il y ait gagné.

Pourquoi est-ce que je la déteste tellement, cette femme, Émilie, dis-moi?

— Tu la déteste parce que, pour parler cru, tu te contentes de «ses restes».

— Petit démon! Sans doute n'as-tu pas tort. Certains sentiments paraissent bien laids, quand ils font surface. Je me flattais de cultiver une haine noble contre cette femme, parce qu'elle avait fait souffrir Teddy. Les Victoriens n'avaient peut-être pas tellement tort de voiler les choses moches. Bon, rentre chez toi, puisqu'il le faut. Moi, je vais essayer de ressembler à la fiancée qui attend le bonheur.

2

Lorne Halsey vint avec Teddy. Le célèbre Halsey plut beaucoup à Émilie, en dépit de son faciès de gargouille. C'était un gaillard d'apparence hilarante, aux yeux vifs et moqueurs, qui semblait percevoir le monde, en général, et le mariage de Fred Kent, en particulier, comme une blague colossale. Sa présence réconforta Émilie sans qu'elle sût trop pourquoi. Elle se montra brillante et gaie, les soirs qu'ils passèrent ensemble. Elle redoutait plus que tout le silence, lorsque Teddy était là. «Ne reste jamais silencieuse avec la personne que tu aimes et redoutes», lui avait dit M. Carpenter, dans le temps. «Le silence trahit.»

Teddy se montrait très amical, mais son regard oubliait toujours Émilie. Un soir, alors qu'ils marchaient tous sur la pelouse bordée de saules de la propriété des Burnley, Ilse eut l'idée farfelue de les interroger sur leur étoile favorite.

— La mienne, c'est Sirius. Lorne?

— Antarès du Scorpion, l'étoile rouge du sud, dit Halsey.

— Bellatrix d'Orion, jeta Émilie, d'un élan. (Elle n'avait jamais pensé à Bellatrix auparavant, mais n'osait pas hésiter un moment, devant Teddy.)

— Je n'ai pas d'étoile préférée, dit Teddy, posément, mais il y en a une que je déteste: c'est Véga de la Lyre.

Sa voix était chargée d'une rancune presque palpable. Plus rien ne fut dit sur les étoiles. Mais Émilie les regarda, toute seule, cette nuit-là, jusqu'à ce qu'elles se soient éteintes, l'une après l'autre.

3

Trois jours avant son mariage, Ilse scandalisa Blair Water et Derry Pond en se promenant avec Perry Miller dans la torpédo de ce dernier jusqu'aux petites heures du matin. Ilse admit froidement le fait, quand Émilie l'interrogea.

— Eh oui, c'est vrai. J'avais passé une soirée barbante avec Teddy. Ça avait commencé par un différend à propos de mon chow bleu. Teddy a dit que j'y prêtais plus d'attention qu'à lui. J'ai répliqué qu'il ne se trompait pas, et ça l'a irrité, bien qu'il ait eu peine à me croire. Typique. Teddy reste persuadé que je meurs d'amour pour lui. Il s'est moqué de mon chow. «Un chien qui n'a jamais chassé un chat de sa vie!» qu'il a dit. Nous nous sommes boudés le reste de la soirée. Il m'a quittée vers onze heures, sans m'embrasser. J'ai résolu de faire quelque chose de fou et de beau pour la dernière fois, et je suis sortie me promener seule jusqu'aux dunes. Perry a surgi sur les entrefaites dans son auto et j'ai opté pour une balade avec lui au clair de la lune. Je n'étais *pas encore* mariée, après tout. Cesse de me regarder comme si j'étais une criminelle. Nous sommes restés dehors seulement jusqu'à une heure, et nous avons été très sages et convenables. Je me suis seulement demandé, à un moment donné, ce qui se produirait si je disais soudain: «Perry chéri, *tu* es le seul homme que j'aie jamais aimé. Marions-nous, veux-tu?» J'aurai quatre-vingts ans que je me demanderai encore si je ne souhaiterais pas l'avoir dit.

— Tu m'as juré que tu étais guérie de Perry.

— Et tu m'as crue. Remercie le Ciel de n'être pas une Burnley.

Émilie se dit, amère, que ça ne valait guère mieux d'être une Murray. Elle serait allée à Teddy, le soir où il l'appelait, sans cet orgueil viscéral, et c'est elle qui se marierait, demain, et non Ilse.

Demain. C'était demain. Ilse se tiendrait près de Teddy, et Émilie entendrait celui-ci vouer sa vie entière à une autre femme. Tout était prêt, y compris le repas de noces, dont le docteur Burnley se disait très satisfait, lui qui souhaitait un bon vieux banquet d'antan plutôt qu'une petite bouchée de ci, un petit morceau de ça, à la moderne.

— Les mariés n'auront pas faim, mais les invités, si. C'est le premier mariage qui se célèbre dans la famille depuis des années. Je veux que nous nous surpassions. Qu'on dise à Laura, pour l'amour de Dieu, de ne pas baigner la cérémonie de ses larmes.

La tante Élisabeth et la tante Laura eurent la main haute sur les préparatifs et, pour la première fois depuis vingt ans, la maison des Burnley fut nettoyée de la cave au grenier. Le docteur Burnley remercia le ciel avec effusion de n'avoir à subir cette épreuve qu'une fois dans sa vie, mais personne ne l'écoutait vitupérer. Élisabeth et Laura se firent faire des robes en satin, les premières de longtemps.

Élisabeth prépara le gâteau de noces et s'occupa des jambons et des poulets. Laura fit les crèmes, les gelées, les salades, et Émilie les transporta chez les Burnley, se demandant, chaque fois, si elle n'allait pas bientôt s'éveiller de ce mauvais rêve.

— J'ai hâte que ce branle-bas soit fini, grommela le cousin Jimmy. Émilie se tue au travail. Regardez-lui les yeux.

4

— Reste avec moi, cette nuit, Émilie, supplia Ilse. Je te jure que je ne parlerai pas comme un moulin et que je ne pleurerai pas, non plus. Quoique... si je pouvais m'éteindre, ce soir, comme une chandelle, je serais soulagée. Quand Jean Askew a été demoiselle d'honneur pour Milly Hyslop, elle a passé la nuit précédant le mariage avec la fiancée. Les deux filles ont pleuré ensemble sans arrêt. Une véritable orgie de larmes. Milly pleurait parce qu'elle se mariait, et Jean pleurait parce qu'elle ne se mariait pas. Toi et moi ne sommes pas du genre saule pleureur. Nous serions plus portées à nous prendre aux cheveux qu'à fondre en larmes, pas vrai? Je me demande si Mme Kent viendra, demain. Ça m'étonnerait. Teddy dit qu'elle ne mentionne jamais son mariage. Il m'assure qu'elle a beaucoup changé, qu'elle est plus aimable, plus calme, plus humaine. Émilie, te rends-tu compte que demain, à cette heure-ci, je serai Ilse Kent?

Émilie se rendait très bien compte.

Elles ne dirent plus rien, mais, deux heures plus tard, lorsque Émilie, encore éveillée, eut l'impression que Ilse, immobile, dormait profondément, cette dernière s'assit soudain sur son séant et saisit la main de son amie dans le silence:

— Quel soulagement ce serait, pour toute femme, de se réveiller mariée sans avoir eu à passer par le tralala de la cérémonie!

5

C'était l'aube. L'aube du jour où Ilse convolait. Ilse dormait quand Émilie se glissa hors du lit et gagna la fenêtre. L'aube: un bouquet de pins sombres en calme extase au bord de Blair Water, le souffle du vent sur la dune, les vagues d'ambre dans la rade, le ciel épanoui, à l'est, le phare d'un blanc perlé contre le ciel éthéré. Et, au-delà, le champ bleu de la mer avec ses bouquets d'écume et, derrière le halo doré de la colline du Trécarré, Teddy, éveillé, attendant, bénissant le jour qui lui apportait la réalisation de son rêve. L'âme d'Émilie, vidée de tout espoir et de tout désir, ne soupirait plus qu'après une chose: que la journée soit finie.

«Ça soulage, pensa-t-elle, qu'une chose redoutée devienne irrévocable.»

— Émilie. Émilie.

Elle se détourna de la fenêtre.

— C'est une journée superbe, Ilse. Le soleil brillera sur toi. Ma chérie, qu'y a-t-il? Tu pleures?

— Je ne peux pas m'en empêcher, renifla Ilse. Je me plie aux usages. J'ai la trouille, ça me tue. Crois-tu que ça aiderait que je me roule sur le plancher en criant?

— Que crains-tu donc? interrogea Émilie, que l'impatience gagnait.

Ilse sauta du lit, frondeuse.

— De tirer la langue au pasteur, voyons donc. Quoi d'autre?

6

Cet avant-midi-là resta dans le souvenir d'Émilie comme une sorte de cauchemar. Plusieurs invités, membres de la famille, arrivèrent tôt. Elle en accueillit un si grand nombre qu'il lui sembla que son sourire se figeait sur sa figure. Il y eut quantité de cadeaux de noces à déballer et à disposer élégamment. Avant de s'habiller, Ilse vint y jeter un regard indifférent.

— Qui a envoyé ce service à thé?

— Perry, dit Émilie.

Elle avait aidé le jeune homme à choisir ce délicat service aux motifs de roses surannées. Une carte portait l'écriture énergique de Perry: «À Ilse, avec les meilleurs vœux de son vieil ami, Perry.»

Ilse prit les pièces du service et les lança délibérément sur le plancher où elles se fracassèrent. Elle avait agi si vite qu'Émilie, pétrifiée, ne put rien faire pour l'en empêcher.

— Ilse! Es-tu devenue folle?

— Voilà! Beau massacre! Ramasse les miettes, Émilie. Ça m'a fait autant de bien qu'une crise de nerfs. Davantage, même. Maintenant, je peux faire front.

Émilie balaya le plancher juste à temps: Mme Clarinda Mitchell entrait dans la pièce en ondulant, parée de mousseline bleu pâle et d'une écharpe cerise. Cette jolie et rondelette cousine par alliance était tout sourire. Tout l'intéressait: «Qui a donné ceci?», «Qui a envoyé cela?»

— Elle sera une charmante mariée, j'en suis sûre, s'attendrit Mme Clarinda. Et Teddy Kent est un garçon *tellement* bien! C'est vraiment le mariage idéal, n'est-ce pas? Comme dans les romans. J'adore les mariages de ce genre. Je bénis le ciel de n'avoir pas perdu intérêt à ces choses, en vieillissant. L'amour me fait encore vibrer et je n'ai pas peur de le montrer. Est-ce vrai que les bas de noces de Ilse ont coûté quatorze dollars?

La tante Isabella Hyslop, née Mitchell, était morose. Offensée du fait que son coûteux présent — des verres à sorbet en cristal — ait été placé près du ridicule ensemble de napperons crochetés par la cousine Annabel. Très négative, la tante.

— J'espère que tout ira bien. Mais j'ai comme l'impression — une manière de pressentiment — qu'il y aura des pépins. Croyez-vous aux prémonitions? Un gros chat noir a traversé la route juste devant nous. Et il y avait, sur l'arbre, au tournant de l'allée, les restes d'une vieille affiche électorale où on lisait: «Effondrement des Bleus». Ça nous a frappés, et il y avait de quoi: c'était écrit en lettres noires hautes de trois pouces.

— De la malchance pour vous, peut-être, mais pas pour Ilse. Sûrement.

La tante Isabella hocha la tête, accrochée à sa version des faits.

— Il paraît qu'on n'a jamais rien vu d'aussi splendide, à l'Île-du-Prince-Édouard, que la robe de la mariée. Une telle extravagance vous paraît-elle convenable, mademoiselle Starr?

— C'est le présent qu'ont fait à Ilse ses grands-tantes d'Écosse, madame Mitchell. Du moins, la partie la plus coûteuse. Et puis, bon, la plupart d'entre nous ne nous marierons qu'une fois.

Ce sur quoi Émilie se rappela que la tante Isabella s'était mariée trois fois. Elle se demanda si le chat noir ne lui avait pas jeté un sort, à elle aussi.

La tante Isabella sortit d'un air majestueux et froid et on l'entendit déclarer, par la suite, que «cette fille Starr ne portait plus à terre depuis qu'un de ses livres avait été publié... qu'elle se sentait autorisée à insulter tout venant».

Émilie se réjouissait d'en être débarrassée mais tomba sous la coupe d'autres parents Mitchell. Une tante critiquait les vases de cristal de Bohême surchargés d'ornements offerts par une autre tante.

— Bessie Jane n'a jamais eu de goût. Quel cadeau banal! Les enfants vont, c'est certain, décrocher les prismes et les perdre.

— Quels enfants?

— Voyons donc, ceux qu'ils auront.

— Mlle Starr va mettre ça dans son livre, Matilda, prévint le mari, moqueur.

Ricanant de plus belle, il souffla à Émilie:

— La mariée, ça devrait être toi. Pourquoi as-tu laissé Ilse prendre ta place?

7

Émilie fut soulagée d'être appelée à l'étage pour aider Ilse à s'habiller. Bien que, là aussi, les tantes et les cousines aient envahi la place de leur présence et de leurs commentaires.

— Émilie, dit Ilse, te souviens-tu de notre premier été ensemble et du jour où nous nous sommes disputé le rôle de la mariée dans l'une de nos pièces de théâtre? Je me sens comme si je le jouais, ce rôle. Rien de tout ceci ne m'apparaît réel.

Émilie avait l'impression que rien de tout cela n'était réel. Mais, avant peu — très bientôt, en fait — tout serait fini, et elle serait enfin — quel bonheur! — seule. Et Ilse, revêtue de sa toilette, était une mariée si exquise, qu'elle légitimait tout le brouhaha fait autour du mariage. Comme Teddy devait l'aimer!

— Elle a l'air d'une reine, tu ne trouves pas? murmura la tante Laura, sous le charme.

Ayant enfilé sa robe bleu jacinthe, Émilie embrassa le jeune visage empourpré sous son voile de point d'Alençon orné de perles.

— Ilse chérie, tu vas dire que je suis une romantique invétérée, mais je te souhaite du bonheur pour toute l'éternité.

Ilse lui serra la main, mais eut un rire trop bruyant pour l'occasion.

— J'espère que ce n'est pas à la reine Victoria que ta tante Laura croit que je ressemble, souffla-t-elle. Et j'ai l'horrible impression que la tante Janie Milburn prie pour moi. Ça paraissait dans sa figure, quand elle est venue m'embrasser. Ça m'irrite que les gens prient pour moi. Dis, veux-tu me rendre un dernier service. Fais-les tous sortir de ma chambre. Je veux être seule, absolument seule, pour quelques minutes.

Émilie vint à bout de refouler les curieux, et les cousines s'égaillèrent au rez-de-chaussée. Le docteur Burnley attendait impatiemment dans le hall.

— Serez-vous bientôt prêtes? Teddy et Halsey attendent le signal pour descendre au salon.

— Ilse veut être seule quelques instants. Oh, tante Ida, je suis contente que vous ayez pu venir (ceci, à une forte dame qui arrivait, pantelante, en haut de l'escalier). Nous étions inquiets que quelque chose vous ait mise en retard.

— Quelque chose l'a fait, haleta la tante Ida, qui n'était, en fait, qu'une vague cousine.

En dépit de son souffle court, la tante était heureuse. Elle avait toujours aimé être la première à annoncer les nouvelles, les mauvaises, surtout.

— Mon mari le docteur n'a pas pu m'accompagner. J'ai dû prendre un taxi. Le pauvre Perry Miller... Vous le connaissez, je crois?... Un garçon si jeune, si brillant! Il a été tué dans un accident d'auto, il y a environ une heure.

Émilie retint un cri et jeta un regard alarmé à la porte derrière laquelle se trouvait Ilse. Elle était légèrement entrouverte. Le docteur Burnley disait:

— Perry Miller? Tué! Mon Dieu, quelle horreur!

— Enfin presque, à ce qu'il semble. Il est probablement mort, à l'heure qu'il est: il était inconscient, quand ils l'ont retiré des débris. Ils l'ont conduit à l'hôpital de Charlottetown et ont téléphoné à Bill, qui s'y est précipité. C'est une chance qu'Ilse n'épouse pas un médecin. Ai-je le temps de retirer mon manteau avant la cérémonie?

Refoulant ses inquiétudes au sujet de Perry, Émilie conduisit la tante Ida à la chambre d'amis et revint vers le docteur.

— Ne dis rien à Ilse, la prévint-il, comme s'il en était besoin. Ça gâcherait son mariage. Perry et elle étaient très copains. Allons, pressons. C'est l'heure.

Plus que jamais persuadée qu'elle vivait un cauchemar, Émilie frappa à la porte de Ilse. Il n'y eut pas de réponse. Elle ouvrit. Sur le parquet, en petit tas dérisoire, gisaient le voile de mariée et le bouquet d'orchidées qui avait sans doute coûté à Teddy plus que le trousseau entier de n'importe quelle Murray ou Burnley, mais Ilse n'était pas là. Une fenêtre était ouverte, celle qui donnait accès à la véranda de la cuisine.

— Qu'est-ce qui se passe? s'exclama le docteur Burnley, perdant patience. Où est Ilse?

— Elle est... partie, fit Émilie, consternée.

— Partie? Où ça?

— Voir Perry Miller.

Émilie le savait: Ilse avait entendu la tante Ida.

— Sacré maudit torrieu! éclata le docteur Burnley.

8

À l'instant, ce fut le chaos dans la maison. Les invités de la noce, sidérés, s'exclamaient et s'interrogeaient à qui mieux mieux. Le docteur Burnley, hors de lui, se prit à jurer comme un charretier, sans se préoccuper des oreilles délicates qui l'entendaient.

La tante Élisabeth elle-même paraissait dépassée par les événements. Il n'y avait pas de précédent du genre, dans la famille. Juliette Murray s'était peut-être mariée en cachette, mais elle s'était mariée, au moins. Les fiancées du clan n'avaient jamais rien fait de tel!

Seule Émilie gardait son calme. C'est elle qui apprit, par le jeune Rob Mitchell, comment Ilse s'était enfuie. Il rangeait son auto dans la cour quand...

— Je l'ai vue surgir de cette fenêtre, sa traîne autour des épaules. Elle s'est laissé glisser le long du toit et a sauté sur le sol comme un chat, puis elle a couru jusqu'à la torpédo de Ken Mitchell, s'y est assise et a démarré comme si elle avait le diable à ses trousses. Je pensais qu'elle était devenue folle.

— Elle l'est devenue, d'une certaine façon. Rob, il faut que tu la rattrapes. Moi, je dois rester ici pour voir à tout. Vas-y aussi vite que tu peux, je t'en prie. Il n'y a que quatorze milles d'ici à Charlottetown. Tu seras revenu en moins d'une heure. Il *faut* que tu la ramènes. Je vais prier les invités d'attendre.

— Tu ne tireras rien de bon de cet imbroglio, Émilie, prophétisa Rob.

9

L'heure passa. Même de telles heures viennent à bout de passer. Le docteur Burnley et Rob rentrèrent seuls. Ilse n'avait pas voulu revenir — et c'était définitif. Perry Miller n'était pas mort, n'était même pas gravement blessé, mais Ilse restait à son chevet. C'est lui qu'elle allait épouser, et personne d'autre, avait-elle dit à son père.

C'est ce que ce dernier expliqua, dans le corridor de l'étage, à un trio de femmes désemparées: la tante Élisabeth, la tante Laura et Émilie.

— Ça ne serait peut-être pas arrivé, si sa mère avait vécu, gémit le docteur, effondré. Quelqu'un aurait dû tordre le cou à Ida

Mitchell, en temps opportun. Oh pleurez, oui, pleurez tant que vous le voudrez — ceci, à la tante Laura. Japper, hurler ne donnerait rien de plus. Quel gâchis! Quelqu'un devra prévenir Kent. Moi, je suppose. Et ces ahuris, en bas. Il faut leur donner une bouchée avant de les renvoyer. C'est pour manger que la moitié d'entre eux sont venus, de toute façon. Émilie, tu parais la seule en état de fonctionnement. Vois-y, veux-tu, comme l'ange que tu es.

Émilie n'était pas portée à l'hystérie, mais, pour la deuxième fois de sa vie, il lui sembla que si elle pouvait crier fort et longtemps, elle serait soulagée du poids qui l'oppressait. Toute cette tension accumulée: seul le cri pouvait l'alléger. Digne et sereine, elle conduisit les invités aux tables bien garnies. Ils se calmèrent quelque peu quand ils s'aperçurent qu'ils ne serait pas lésés sur tout.

Le banquet eut un succès mitigé. Même les convives affamés firent preuve de modération: s'empiffrer eût été un manque de délicatesse, dans les circonstances. Et nul ne prit plaisir aux agapes, sauf le vieil oncle Tom Mitchell, qui fréquentait ouvertement les noces pour leur table et qui se fichait qu'il y ait ou non cérémonie. Il mangea donc de bon appétit, s'arrêtant seulement pour décréter en hochant la tête:

— Où c'est-y donc que les femmes s'en vont?

La cousine Isabella, confirmée dans ses pressentiments, se cherchait des interlocuteurs, mais nul ne l'écoutait. La plupart des invités n'osaient parler, de crainte de se fourvoyer. Aux dires de l'oncle Oliver, quantité de repas de funérailles avaient été plus gais que ce banquet de noces. Les hôtesses, bouleversées, commettaient des erreurs grossières. Mme Derwent, la jeune et jolie épouse du nouveau pasteur, paraissait constamment au bord des larmes. Peut-être avait-elle compté sur les revenus du mariage pour s'acheter un chapeau neuf? La regardant offrir à la ronde une galantine de volaille, Émilie eut envie de rire, et cette pulsion lui parut aussi hystérique que l'avait été son désir de crier.

Rien n'en transparut, cependant sur son blanc visage. Les habitants de Shrewsbury en conclurent qu'elle était aussi froide et impersonnelle qu'elle avait toujours été. Cette fille n'était pas normale, elle ne réagissait à rien.

Pourtant, si: le sort de Teddy l'obsédait. Où était-il? Que pensait-il? Que faisait-il? Elle haïssait Ilse d'avoir blessé Teddy, de l'avoir humilié. Comment le pauvre garçon pouvait-il continuer de vivre après un tel affront? C'était l'un de ces événements qui font s'arrêter le cours du temps.

10

— Quelle journée! geignit la tante Laura, alors qu'elles rentraient à la maison, ce soir-là. Une honte! Un scandale!

— Qu'Allan Burnley s'en morde les pouces, coupa sa sœur. Ilse a eu la bride sur le cou toute sa vie. Son père ne lui a jamais inculqué aucune discipline. Elle a toujours fait ce qu'elle voulait, au moment où elle le voulait. Alors, le sens des responsabilités, pour elle...

— Pourtant, si elle aime Perry Miller, plaida Laura.

— Alors, pourquoi a-t-elle promis d'épouser Teddy Kent? Pourquoi a-t-elle traité ce garçon comme elle l'a fait? Ne cherche pas d'excuses à Ilse. Elle n'en a aucune. Quelle idée, pour une Burnley d'aller prendre mari à Stovepipe Town!

— Il faudra retourner les cadeaux, dit Laura. J'ai fermé à clef la porte de la pièce où ils sont. On ne sait jamais,... de nos jours...

Émilie se retrouva enfin seule dans sa chambre, trop épuisée pour ressentir quoi que ce fût. Une grosse boule tigrée déroula sa fourrure sur son lit et ouvrit grand une gueule rose.

— Jonquille, fit Émilie, au bord des larmes, tu es la seule créature que je connaisse qui reste fidèle à ce qu'elle est.

Elle ne s'endormit qu'à l'aube, après une nuit d'insomnie, pour s'éveiller à un monde neuf où tout devait être remis en perspective. Et elle se sentit trop fatiguée pour que ça ait quelque importance.

XXVI

1

Ilse ne se cherchait nulle excuse quand elle pénétra dans la chambre d'Émilie, deux jours plus tard, sans s'être annoncée. Elle était tout simplement radieuse.

Émilie la regarda fixement.

— Ilse! Comment as-tu pu faire une chose pareille?

— Bon, j'imagine que la secousse sismique est terminée, fit-elle. Il reste encore des choses debout?

Ilse tira un carnet de son sac, et le consulta.

— J'ai dressé la liste des choses que tu me dirais. C'était la première. Tu l'as dite. La prochaine, c'est: «Tu n'as pas honte?» Non, je n'ai pas honte, jeta-t-elle, impudente.

— Je le sais fort bien. Je ne te le demande pas.

— Pas de remords, et pas de regrets. Et je suis effrontément heureuse. Mais j'ai gâché la fête, je suppose. Les vieilles placoteuses ont dû s'en donner à cœur joie. Elles avaient matière à scandale, pour une fois.

— As-tu pensé à Teddy? interrogea Émilie, sévère. Comment se sent-il, crois-tu?

— Pas plus mal que Dean ne s'est senti, j'imagine. Tu vis dans une maison de verre.

Émilie s'empourpra.

— J'ai mal agi envers Dean, je le sais, mais je ne l'ai quand même pas...

— ... planté là à l'autel. C'est vrai. Vois-tu, je n'ai pas pensé à Teddy du tout, quand j'ai entendu la tante Ida déclarer que Perry avait été tué. Je suis devenue comme folle. Je n'ai eu qu'une idée en tête: le revoir avant qu'il ne soit mort. Quand je suis arrivée là-bas, j'ai trouvé, comme l'a dit Mark Twain «que la nouvelle de sa mort avait été grandement exagérée». Il n'était même pas gravement blessé, mais il était assis dans son lit, la figure pleine d'ecchymoses et de pansements. Il faisait peine à voir. Veux-tu savoir ce qui s'est passé ensuite?

Ilse se laissa choir aux pieds de son amie et la regarda, cajoleuse.

— Ma douce, c'était prédestiné. À quoi bon t'élever contre cela? Ça ne changera rien à rien. J'ai entrevu ta tante Laura dans le petit salon, en me faufilant en haut. Elle avait l'air d'avoir perdu un pain de sa fournée. Mais toi, tu n'as pas que du Murray dans ta nature. Toi, tu devrais me comprendre. Ne te mets pas martel en tête pour Teddy. Il ne m'aime pas, je l'ai toujours su. C'est son orgueil qui souffre, rien de plus. Tiens, rends-lui son saphir, de ma part.

Ilse vit dans le visage d'Émilie quelque chose qui lui déplut.

— Il ira rejoindre l'émeraude de Dean.

— Teddy est parti pour Montréal le lendemain après... après...

— Après le mariage raté, termina Ilse. L'as-tu vu, Émilie?

— Non.

— Bon, qu'il aille chasser les fauves en Afrique pendant un temps et il se remettra complètement. Émilie, je vais épouser Perry l'année prochaine. Tout est arrangé. Je lui suis tombée dans les bras dès que je l'ai vu, et je l'ai embrassé. J'ai laissé choir ma traîne et elle s'est déployée magnifiquement sur le plancher. L'infirmière a cru que je m'étais échappée de l'asile du docteur Percy, mais je l'ai mise à la porte de la chambre. Et j'ai dit à Perry que je l'aimais et que je n'épouserais jamais Teddy Kent, quoi qu'il arrive. Et alors, il m'a demandé si je l'épouserais, *lui*, ou je lui ai dit qu'il devait m'épouser, ou ni l'un, ni l'autre. Nous nous sommes seulement rendus à l'évidence que nous nous aimions. Émilie, je l'aime. Je serais morte et il viendrait à moi et me regarderait et je revivrais. Je n'ignore pas qu'il t'a toujours courtisée, mais il va m'aimer plus qu'il ne t'a jamais aimée: nous sommes faits l'un pour l'autre.

— Perry n'a jamais été vraiment amoureux de moi, fit Émilie. Je lui plaisais, c'est tout. Il ne connaissait pas la différence entre les deux sentiments.

Elle regarda le visage radieux d'Ilse et sa vieille et fidèle amitié pour cette adorable créature fantasque lui remonta au cœur.

— Ma chérie, j'espère que tu seras heureuse. Toujours.

— Qu'en termes victoriens ces choses-là sont dites! fit Ilse, pleine de contentement. Je peux me taire, maintenant, Émilie. Pendant des semaines, j'ai craint d'éclater si je restais silencieuse plus d'un moment. Et ça ne me dérange plus que la tante Janie prie pour moi. Je dirais même que je compte sur ses prières.

— Ton père, qu'est-ce qu'il a dit de tout cela?

— Oh, papa! (Ilse haussa les épaules.) Il est fidèle à ses vieux gènes. Il ne m'adresse même plus la parole, mais il s'en remettra. Il est autant à blâmer que moi pour ce que j'ai fait. Je n'ai jamais eu de toute ma vie à demander de permissions à personne. Je faisais ce qui me plaisait. Mon père m'a toujours laissée libre. Au début, parce qu'il me détestait; ensuite, parce qu'il voulait compenser pour m'avoir délaissée.

— Il te faudra, j'ai l'impression, demander à Perry, par ci par là, si tu peux aller de l'avant à ta guise.

— C'est évident. Tu seras étonnée de voir la bonne épouse que je ferai. Je retourne à mon travail dès maintenant. Dans un an, les gens auront oublié ce qui s'est passé. Perry et moi nous nous marierons sans fla-fla. Plus de voile au point d'Alençon et de traîne orientale et d'agapes de clans pour moi. Seigneur! Je l'ai échappé belle. Dix minutes de plus, et j'étais mariée à Teddy. Pense au scandale que ça aurait causé, à l'arrivée de la tante Ida. Parce que, tu sais, je serais partie quand même.

2

L'été fut difficile pour Émilie. Sa peine avait rempli sa vie, et maintenant qu'il n'y avait plus de raison de désespérer, c'était le grand vide. La vie sociale lui était pénible. Les gens ne parlaient que du mariage avorté, questionnaient, interrogeaient, auguraient. Les commérages sur les agissements d'Ilse moururent enfin de leur belle mort et les gens du cru trouvèrent d'autres sujets de conversation. Émilie fut alors laissée à elle-même.

Seule. C'était bien là que le bât blessait. L'amour, l'amitié: envolés pour toujours. Ne restait plus que l'ambition. Émilie se remit résolument à la tâche. La vie courut, à nouveau, le long des sillons habituels. Les années passèrent, l'une suivant l'autre, devant sa porte: printemps aux vals semés de violettes; étés de mots et de fleurs; automnes de sapins ménestrels; hivers aux nuits incendiées par la Voie lactée. Passèrent les doux ciels de la nouvelle lune d'avril, la beauté éthérée des sombres peupliers contre un lever de lune, l'appel de la mer au vent profond, la solitude des feuilles mortes tombant sur les crépuscules d'octobre, le clair de lune tissé serré dans le verger. Il y avait encore de la beauté dans le monde, il y en aurait toujours!

Émilie connut quelques heures magnifiques d'inspiration et de réussite. Mais la beauté pure et simple qui l'avait longtemps comblée ne lui suffisait plus. La Nouvelle Lune restait la même, paisible, tranquille, alors qu'autour d'elle, tout changeait. Mme Kent était partie vivre avec Teddy. Le Trécarré fut vendu à quelqu'un de Halifax qui s'en fit une maison d'été. Perry se rendit à Montréal, un automne, et en ramena Ilse. Ils vivaient heureux, depuis, à Charlottetown, où Émilie leur rendait souvent visite, se gardant bien des pièges matrimoniaux qu'Ilse multipliait sous ses pas. Le clan s'était fait à l'idée qu'Émilie ne se marierait jamais.

— Ça ne fera jamais qu'une vieille fille de plus, à la Nouvelle Lune, soulignait l'oncle Wallace, avec son amabilité coutumière.

— Quand je pense à tous les hommes qu'elle aurait pu avoir! accusait la tante Élisabeth, déçue. Aylmer Vincent, Andrew...

— Elle ne les aimait pas, disait la tante Laura.

— Laura, voyons donc, ne sois pas inconvenante.

Le vieux Kelly, qui faisait encore sa tournée et qui, comme le déclarait Ilse, «la ferait jusqu'à la fin du monde», ne taquinait plus jamais Émilie sur son futur mariage, bien qu'il fît, à l'occasion, des allusions énigmatiques pleines de regret à «l'onguent de crapaud». Il ne lui tapait plus de clins d'œil complices et l'interrogeait gravement, en lieux et place, sur le livre qu'elle écrivait, puis s'en allait en branlant la tête.

— Qu'est-ce qu'ils ont donc, les gars de par ici? Allez, ma picouille, on y va.

Les hommes de la région rêvaient encore à Émilie, pourtant. Andrew, devenu veuf, aurait surgi au moindre appel, mais Émilie n'en fit aucun. Graham Mitchell, de Shrewsbury, ne faisait pas mystère de ses intentions. Émilie ne voulait pas de lui parce qu'il avait un léger voile sur l'œil. Enfin, c'est ce que les Murray en conclurent. Quel autre motif Émilie eût-elle pu avoir pour refuser un tel parti? Les gens de Shrewsbury déclarèrent que Graham figurerait dans le prochain roman d'Émilie, et qu'elle «l'avait aguiché» pour étoffer sa documentation.

Un millionnaire renommé du Klondyke la poursuivit de ses assiduités, tout un hiver, puis s'évanouit au printemps, comme il était venu.

— Depuis qu'elle publie des livres, personne n'est assez bon pour elle, se dirent les habitants de Blair Water.

La tante Élisabeth ne regretta pas l'homme du Klondyke: il n'était, après tout, qu'un Butterworth de Derry Pond, et qu'étaient les Butterworth? Rien, ou presque. Sans doute s'imaginaient-ils qu'ils existaient, mais les Murray, plus clairvoyants, savaient qu'il n'en était rien. La tante ne comprenait pas qu'Émilie ne puisse s'accommoder de M. Mooresby, de Mooresby & Parker, de Charlottetown. Émilie lui expliqua, sans qu'elle y comprît goutte, qu'elle ne se faisait pas à l'idée que M. Mooresby soit resté sous le charme d'avoir eu, un temps, son portrait sur les annonces d'aliments Perkins pour bébés.

La tante Élisabeth finit par admettre, en désespoir de cause, qu'elle ne comprenait rien à la jeune génération.

3

De Teddy, Émilie n'entendit plus jamais parler, sauf, occasionnellement, dans les journaux, qui suivaient la montée régulière de sa carrière. Il se faisait un nom comme portraitiste dans les cercles internationaux. Finies, les illustrations pour les magazines. Émilie n'était plus confrontée à sa propre image, à son propre sourire, à ses propres yeux la regardant du fond d'une page imprimée.

Un hiver, Mme Kent s'éteignit. Avant sa mort, elle envoya à Émilie une lettre très brève, la seule qu'Émilie eût jamais reçue d'elle.

«Je mourrai bientôt. Quand je n'y serai plus, Émilie, dis tout à Teddy, à propos de sa lettre. J'ai tenté de lui en parler, mais je n'en suis pas venue à bout. Je ne me suis pas résignée à dire à mon fils ce que j'avais fait. Dis-le-lui pour moi.»

Émilie sourit tristement, en rangeant la lettre. Il était trop tard pour tout dire à Teddy. Elle n'était plus rien pour lui depuis longtemps. Et, pourtant, elle l'aimerait toujours. Même s'il n'en savait rien, cet amour rôderait autour de lui toute sa vie, pareil à une invisible bénédiction, le gardant, sans

qu'il le sache, de l'adversité et le préservant
de tout mal.

4

Cet hiver-là, la rumeur courut que Jim
Butterworth, de Derry Pond, avait acheté, ou
était sur le point d'acheter, la Maison Déçue.
Il se proposait, à ce qu'on disait, de la trans-
porter ailleurs, de la reconstruire et de l'agran-
dir, et quand ce serait fait, il y installerait à
demeure une certaine demoiselle bien en chair
mais âpre au gain de Derry Pond connue
sous le nom de «la Mabel du pont Geordie».

Émilie en fut atterrée. Le soir où elle
l'apprit, elle sortit dans le crépuscule printa-
nier et gravit, pareille à un fantôme soucieux,
le sentier envahi d'herbes folles de la colline
aux épinettes, jusqu'à la barrière de la petite
maison. Ça ne se pouvait pas que Dean l'ait
vendue. Elle appartenait à la colline. On ne
pouvait imaginer l'une sans l'autre.

Quelque temps auparavant, la tante Laura
avait retiré de la maison tout ce qui appartenait à Émilie. Tout, sauf la sphère aux miroirs, qui était restée là, à refléter dans la
lumière argentée qui filtrait entre les lattes des
persiennes, le salon tel qu'il était lorsque
Dean et elle s'étaient séparés. Dean n'en
avait rien repris, à ce qu'on disait. Tout ce
qu'il y avait mis y était encore.

La petite maison avait sans doute froid. Aucun feu n'y avait été allumé de longtemps. Elle paraissait abandonnée, solitaire, triste. Nulle lumière ne brillait à sa fenêtre. L'herbe envahissait ses sentiers et se tassait autour de sa porte trop longtemps close.

Émilie ouvrit les bras comme pour en entourer la maison. Jonquille se frotta à ses chevilles, ronronnant sa prière. Le chat vieillissant n'aimait pas ces promenades humides et fraîches. La Nouvelle Lune lui agréait beaucoup mieux. Émilie le prit dans ses bras et le déposa sur le montant fatigué de la barrière.

— Jonquille, dit-elle, il y a un foyer dans cette maison. Il porte les cendres d'une ancienne flambée. C'est un foyer devant lequel des chats devraient se chauffer... et des enfants, rêver. Ça ne se produira plus, maintenant, parce que Mabel Geordie n'aime pas les âtres où l'on fait du feu: c'est malpropre, c'est poussiéreux». Un radiateur chauffant est tellement plus pratique et économique. Est-ce que tu ne regrettes pas — en es-tu capable? — que toi et moi soyons des créatures raisonnables, conscientes des avantages qu'ont les foyers anciens sur les radiateurs chauffants?

XXVII

1

Il vint, clair et soudain, porté sur l'air d'un soir de juin. Cet appel familier, cet appel d'antan: deux notes hautes et une note soutenue, plus basse et plus douce. Émilie Starr, assise à sa fenêtre, l'entendit et se leva d'un élan, le visage vidé de son sang. Elle rêvait. Bien sûr qu'elle rêvait. Teddy Kent était à des milliers de milles de là, en Orient. Elle l'avait appris par un article dans un journal de Montréal. Oui, elle rêvait, elle avait imaginé cet appel.

Le sifflement se répéta. Et Émilie *sut* que Teddy était là, qu'il l'attendait dans le boisé du Grand Fendant, qu'il l'appelait à travers le temps. Elle descendit lentement l'escalier et sortit. Traversa le jardin. Teddy était là, sous les sapins. C'était normal qu'il vienne à elle, là, dans ce jardin d'un monde ancien où les trois peupliers de Lombardie montaient la garde depuis toujours. La brèche creusée par le temps était comblée. Il n'y avait plus d'abîme entre eux. Il tendit la main et l'attira à lui sans prendre la peine de la saluer. Et lui dit, comme s'il l'avait vue la veille:

— Ne me dis pas que tu ne peux pas m'aimer. Tu le peux. Tu le dois. Oh, Émilie — leurs yeux s'étaient, un moment, croisés, extasiés — tu m'aimes.

2

— C'est terrible que de petites choses insignifiantes mènent les gens à se méprendre sur leurs sentiments, fit Émilie, quelques minutes... ou quelques heures plus tard.

— Toute ma vie, j'ai essayé de t'avouer que je t'aimais, dit Teddy. Te souviens-tu d'un soir d'il y a longtemps, sur le Chemin de Demain, après la fin du cours secondaire? Au moment précis où j'allais, en ramassant tout mon courage, te demander si tu m'attendrais, tu as dit que l'air du soir était mauvais pour toi, et tu es rentrée. J'ai pensé que c'était une bien piètre excuse pour te débarrasser de moi. Je savais à quel point l'air du soir t'indifférait. Ça m'a refroidi pour des années. Quand j'ai appris, à propos de toi et d'Aylmer Vincent... ma mère m'a écrit que vous alliez vous fiancer... j'ai éprouvé un choc terrible. Je me suis rendu compte que tu ne m'appartenais pas vraiment, comme je le croyais. L'hiver où tu as été si malade, j'ai été comme fou, là-bas, en France, où je ne pouvais pas te voir. Les gens qui m'écrivaient disaient que Dean Priest était toujours près de toi et qu'il t'épouserait, si tu guérissais. Et puis, la nouvelle m'est venue que tu allais vraiment l'épouser. Je ne dirai rien là-dessus. Mais quand tu m'as sauvé, *toi*, de la mort sur le *Flavian*, j'ai su que tu étais à moi pour toujours, que tu le saches ou non. J'ai tenté ma chance une autre fois, un matin, près de la rivière, et tu m'as de nouveau évincé sans merci. Repoussant ma main, comme si j'étais un serpent. Et puis, tu n'as jamais répondu à ma lettre. Émilie, *pourquoi* n'as-tu pas répondu? Tu disais pourtant que je t'étais cher.

— Je n'ai jamais reçu ta lettre.

— Je l'ai pourtant mise à la poste.

— Oui, je le sais. Il faut que je te dise... elle m'a écrit de te le dire...

Elle lui dit tout brièvement.

— Ma mère? Elle a fait *ça*!

— Ne la juge pas trop sévèrement, Teddy. Elle n'était pas comme les autres, tu le sais. Sa brouille avec ton père... es-tu au courant?

— Oui, elle m'en a parlé, quand elle est venue vivre avec moi à Montréal. Mais *ça*, Émilie...

— Oublions. Pardonnons. Elle était si malheureuse qu'elle ne savait plus ce qu'elle faisait. Et puis moi, vois-tu, j'ai été trop fière pour aller vers toi, quand tu m'as appelée, la dernière fois. Je pensais que j'étais pour toi une amusette.

— J'ai abandonné tout espoir à ce moment-là. Je t'ai vue, à ta fenêtre, brillant, à ce qu'il m'a semblé, d'une froide luminosité, pareille à une étoile d'hiver. Je savais que tu m'avais entendu. C'était la première fois que tu ne répondais pas à notre signal. Il ne me restait plus qu'à t'oublier. Si ça m'était possible. Ça ne l'était pas, mais j'ai cru y arriver, parfois, sauf quand je regardais Véga de la Lyre. Je me sentais très seul. Ilse était une bonne amie. J'ai pensé que si je pouvais parler de toi avec elle, j'occuperais un petit coin de ta vie, à titre de mari de quelqu'un que tu aimais. Je savais qu'Ilse ne m'aimait pas d'amour, que j'étais en quelque sorte un prix de consolation pour elle. Mais j'ai pensé que nous pourrions faire route ensemble et nous aider l'un l'autre à tromper la solitude. Et alors — Teddy rit tout fort — quand elle m'a plaqué à l'autel, selon les mots de Bertha M. Clay, j'ai été humilié. Elle m'avait tourné en ridicule, moi qui me flattais de briller dans le monde. Maudit, ce que j'ai pu haïr les femmes, après ça! Et j'avais de la peine. Je m'étais attaché à Ilse, je l'aimais, d'une certaine manière.

«D'une certaine manière.» Émilie n'était pas jalouse de cela.

3

— Je ne sais pas si je me contenterais des restes d'Ilse, laissa tomber la tante Élisabeth.

Émilie lui lança l'un de ses regards étoilés d'autrefois.

— Les restes d'Ilse. Voyons donc! Teddy a toujours été à moi, et moi à lui. De cœur, d'esprit, de corps.

La tante Élisabeth frémit. On pouvait penser ces choses-là. De là à les exprimer!

— Toujours aussi secrète! commenta la tante Ruth.

— Qu'elle se dépêche de l'épouser avant de changer d'idée, ronchonna la tante Addie.

— J'imagine qu'elle n'essuiera pas *ses* baisers à lui du revers de la main, fit l'oncle Wallace.

Tout bien considéré, le clan était satisfait. Très satisfait. Après s'être inquiété des idylles d'Émilie, on se réjouissait de la voir se ranger dans la norme avec un «gars du pays», auquel on ne connaissait ni mauvaises habitudes, ni antécédents disgracieux. Et qui se débrouillait plutôt bien dans le commerce du portrait.

Ils ne l'avouaient pas ouvertement, mais le vieux Kelly, qui était d'accord, l'énonça pour eux.

— Ah ça, alors, c'est quelque chose!

4

Dean écrivit, quelque temps avant le mariage intime à la Nouvelle Lune. La grosse enveloppe renfermait un document: les titres de la Maison Déçue et de son contenu.

«Je désire que tu acceptes ceci de ma part, mon étoile, en cadeau de noces. Cette maison ne doit plus être déçue. Je souhaite qu'elle vive. Teddy et toi l'utiliserez comme maison d'été. Un jour, je vous y rendrai visite. Je réclame un petit coin à moi dans votre maison de l'amitié et j'y viendrai me ressourcer de temps en temps.»

— Comme c'est bien que Dean ait fait cela! Je suis heureuse qu'il n'ait plus mal.

Émilie se tenait là où le Chemin de Demain s'ouvrait sur la vallée de Blair Water. Elle entendait, derrière, les pas de Teddy, se précipitant vers *elle*. Et, devant elle, sur la colline sombre, se découpait, contre le couchant, sa chère petite maison grise, qui ne serait plus jamais déçue.

FIN

Un mot de la traductrice...

Les gens qui font le métier de traduire les œuvres des autres sont parfois tentés d'ajouter ou de retrancher aux textes qu'ils disséquent, phrase après phrase, mot après mot.

C'est ainsi que, traduisant la série *Émilie de la Nouvelle Lune* (*Emily of New Moon, Emily Climbs, Emily's Quest*) et sachant pertinemment que l'héroïne, Émilie, avait, toute sa vie, cherché, sans l'atteindre, le point de chute de l'arc-en-ciel, j'ai, de mon propre chef, terminé la dernière phrase du livre comme suit: ...«et, devant elle, sur la colline sombre, se découpait, contre le couchant, *point de chute de l'arc-en-ciel*, sa chère petite maison grise...» pour me rendre compte avec stupéfaction, à la relecture, que l'auteure n'avait pas jugé bon de boucler elle-même la boucle et qu'il n'y avait, dans sa conclusion, que ...«se découpait, contre le couchant, sa chère petite maison grise...»

Si Lucy Maud Montgomery n'a pas jugé bon de boucler elle-même cette boucle, ce n'est pas à moi de le faire et je m'en suis abstenue, mais, ces mots-là, je crois, pour m'être pénétrée de cette œuvre comme si c'était la mienne, qu'ils auraient dû y être.

Mille pardons, Lucy Maud! Je ne vous en aime pas moins quand même.

Paule Daveluy

Extraits de critiques

ÉMILIE DE LA NOUVELLE LUNE

...Émilie est une fée, à sa manière. Comme l'auteure qui l'a créée, elle sait d'un coup de plume traduire et transformer, ensorceler et exorciser le réel. Et comme par hasard, elle habite un petit coin d'univers magique et ravissant: la Nouvelle Lune

(Châtelaine, décembre 1983)

...Lucy Maud Montgomery nous livre un texte d'une richesse et d'une complexité étonnantes, un texte où fantasmes morbides, descriptions poétiques et innocence enchanteresse se chevauchent et s'enchevêtrent inextricablement, un texte où enfants et adultes peuvent trouver leur compte.

(Danielle Thaler, *Canadian Children's Literature / Littérature canadienne pour la jeunesse, n° 37 —1985)*

Émilie enchante. Rien d'étonnant, puisqu'elle a les oreilles pointues des lutins et, comme les fées, le pouvoir magique de s'évader sur les ailes de la lune ou du vent. Un roman émouvant, chaleureux et parfois éblouissant.

(Livres québécois pour enfants — *Sélection de Communication-Jeunesse,* 1986)

Émilie est un personnage attachant... La traduction de Paule Daveluy est excellente. Celle-ci a non seulement retenu tout l'esprit, l'humour et la sensibilité du roman original, mais elle décrit le milieu avec autant de réalisme et d'animation que Lucy Maud Montgomery.

(*Un choix de livres canadiens —* supplément 83 — Irène Aubrey)

«...Le temps aurait pu donner à l'écriture de Lucy Maud Montgomery des allures d'envolées lyriques; or, on est plutôt surpris du pouvoir envoûtant de cette écriture de qualité, riche de mots, d'émotions et d'humour; le plaisir de lire dans toute sa finesse et son intériorité. On a le goût de se réfugier sous l'ombre d'un arbre centenaire et de se délecter.»

(Claire Séguin, *Des livres et des Jeunes*, Été 1989 — n° 33)

«C'est un enchaînement naturel: même ton piquant, même charme poétique, mais aussi même courant sous-jacent d'angoisse lancinante. Ce qui en fait crée la magie du texte est cet entrecroisement de paysages sereins et de visions hallucinantes, d'imagination vibrante et de cycles d'humiliation cinglante.

Paule Daveluy... a surmonté les obstacles présentés par le texte avec une sûreté et une finesse qui ont depuis longtemps fait leurs preuves.»

Danielle Thaler,
Canadian Children's Literature
Littérature canadienne pour la jeunesse,
n°61 — 1991

* Certificat d'honneur de l'Union internationale pour les livres de jeunesse, pour la traduction (IBBY).

* Certificat d'honneur de l'Union internationale pour les livres de jeunesse, pour la traduction (IBBY).

Transcontinental
IMPRESSION
MÉTROLITHO

Imprimé au Canada